Tatort Märchenland

Kommissar Keller
ermittelt

Die Fälle 1 bis 4

BoD
BOOKS on DEMAND

Für meine Mutter, Hedwig Schneider, der ich unendlich dankbar bin.

Für Beate - für alles.

Die Deutsche Nationalbibliothek verzeichnet diese Publikation in der Deutschen Nationalbibliografie; detaillierte bibliografische Daten sind im Internet über http://dnb.dnb.de abrufbar.

© 2015 Christian Schneider
Cover: Christian Schneider
Lektorat: Kerstin Schulz, Lektorat Schulz, Meerbusch
Satz: Federstrich 3610, www.federstrich3610.com

Herstellung und Verlag: BoD – Books on Demand, Norderstedt

ISBN: 978-3-738-61104-5

Inhalt

Das gemeingefährliche Jahrgangstreffen

Kommissar Kellers erster Fall

Prolog

Sonntag, 3. Juni 2012, gegen fünf Uhr morgens

Den Schatten, der im matten Licht der Straßenlaterne über sein Gesicht strich, nahm er nicht mehr wahr. Jörg Schultz schlief tief und fest auf dem frischgemähten Rasen, neben ihm eine ungeöffnete Flasche Dornfelder. Zuvor war er durch den großen Vorgarten die Treppen zum Haus seiner Eltern hinuntergestolpert. Ein verdächtiges Geräusch aus dem Gebüsch hatte ihn zwar kurz aufgeschreckt, er aber war, vorsichtig einen Fuß vor den anderen setzend, weitergetaumelt. Er scherte sich nicht darum, denn er war viel zu betrunken.

»Es war – Mist. Wo ist denn die Uhr geblieben? Hmmh, was soll's, spät auf jeden Fall.«

Ernst sagte vorhin im Auto was von halb fünf. Er kam eben vom Jahrgangstreffen seines Grundschuljahrgangs. Viele der Gestalten hatte er über 20 Jahre nicht mehr gesehen. Kerstin hatte sie noch nach Hause gefahren. Sie, das waren Ernst, Susi und er. Ernst, der ist jetzt Polizist. Susi war und ist seine beste Freundin. Sie ist Sachbearbeiterin beim Landratsamt in Kassel. Kerstin arbeitet in Kassel in einer Bäckerei – oder war es eine Fleischerei?

Egal, sein vordringlichstes Ziel war es, unfallfrei das Bett in seinem Jugendzimmer zu erreichen. Sicher hatte niemand etwas dagegen, wenn er sich erst einmal auf den frischgemähten Rasen setzte und in die Sterne blickte - nur einen Moment. Das ging natürlich in der

Rückenlage viel besser, daher legte sich Jörg lang auf den schon etwas feuchten Rasen. Keine zehn Sekunden später schlief er den Schlaf der Gerechten. Nach dem Schlag zuckte er nur kurz zusammen.

Kapitel 1

Freitag, 1. Juni 2012, 17.37 Uhr

Hallo Zusammen!
Hat nicht jemand von euch Lust, am Vorabend unseres
Jahrgangstreffen mit mir einen vergorenen Traubensaft
oder eine Hopfenkaltschale trinken zu gehen?
Meldet euch einfach unter 1337.
Viele Grüße, Ernst

Genauso hatte an einem Freitagabend, Anfang Juni
2012, für Kriminaloberkommissar Ernst Keller der gan-
ze Ärger angefangen. Innerhalb von weniger als zehn
Minuten bekam Keller die erste Antwort auf Facebook:
Werner Kerstens, sein ehemals bester Kumpel aus
Grundschultagen, saß im Eissalon Cortina direkt an der
Hauptstraße und las den Pinnwandeintrag auf seinem
Mobiltelefon. Die beiden verabredeten sich für den
Abend, ein gemeinsamer Freund kam auch noch vorbei.
Sie erlebten einen netten Abend im gut besuchten
›Fürstenkrug‹. Keller kam es gar nicht so vor, als hätten
sie sich die letzten 25 Jahre nicht gesehen, geschweige
denn nicht miteinander geredet.

Den größten Teil des Abends verbrachten sie damit,
die wesentlichen Erlebnisse des letzten Vierteljahrhun-
derts aufzufrischen. Keller erzählte vom Abitur in Hofgeismar und den sich daran anschließenden vier Jahren
als Zeitsoldat bei der Bundeswehr. Seinem Wunsch
entsprechend war er zu einer Fernmeldeeinheit gekom-

men und hatte den größten Teil seiner Dienstzeit in Pinneberg verbracht. Dort hatte er auch Christiane kennengelernt. Schon mit dem Thema Elektronik vertraut, nahm er nach der Militärzeit ein Elektrotechnik-Studium in Kassel in Angriff. Jedoch interessierte ihn, den Praktiker, die theoretisch ausgerichtete Elektrotechnik mit ihren vielen Differentialgleichungen schon bald nicht mehr. Daher schlug er einen anderen Weg ein. Auch, weil die Abfindung der Bundeswehr schnell verbraucht war. Von seinem Vater brauchte er keine Unterstützung mehr zu erwarten. Der frühpensionierte Finanzbeamte kümmerte sich nur noch um den Garten und seine größte Leidenschaft, das Angeln. Um finanziell unabhängig zu sein, bewarb Keller sich für eine Ausbildung an der hessischen Hochschule für Polizei und Verwaltung. Da er gleichzeitig in Hessen bleiben, jedoch so weit wie möglich von zu Hause weg sein wollte, ging er nach Wiesbaden. Keller begann ein Studium und wurde nach drei Jahren Kriminalkommissar. Vor drei Jahren hatte er sich wieder nach Nordhessen versetzen lassen, nun war Kassel sein Dienstort. Er wohnte auch dort - und damit so weit wie praktisch möglich von seinem Vater entfernt.

Werner Kerstens hingegen war 1986 nach Berlin gegangen, um so der Bundeswehr zu entgehen. Er hatte im Lauf der Zeit etwas zugelegt und auch wesentlich weniger Haare als zu seinen besten Zeiten, als er einen blonden Zopf trug. Nach zehn Semestern Betriebswirtschaftslehre an der Freien Universität studiert arbeitete er nun in einer Werbeagentur. Er lebte immer noch in Berlin, mit seiner Frau und den beiden Kindern.

An jenem Abend kamen sie stets auf die ›guten alten Zeiten‹ zurück. Man sprach über die ›alten Recken‹ früherer Tage.

»Wo treibt sich eigentlich Bernd Winter rum?« Oder: »Hast du mal was von Jörg Schultz gehört?«

Werner hatte Jörg Schultz vor einiger Zeit in Berlin getroffen. Dieser hatte beruflich dort zu tun. Keller fragte daraufhin neugierig nach, was sie in Berlin denn so getrieben hatten. Er kannte die Stadt ebenfalls ganz gut, schließlich hatte ein guter Freund von ihm lange dort gewohnt. Doch es schien, als wollte Werner diesem Thema ausweichen.

»Nichts Besonderes. Wir haben über die alten Zeiten und das Angeln geredet.«

Werner war seit frühester Jugend ebenfalls ein passionierter Angler. Keller dachte daran, wie oft er in Gesprächen zwischen Werner und seinem Vater als unwissender Dritter stumm danebensaß.

Gegen zehn Uhr wankte Keller nach dem Genuss von drei Gläsern Wein glücklich nach Hause. Als er im Bett lag, fühlte es sich so an, als würde sich die Welt um ihn herum drehen.

Kapitel 2

Sonntag, 3. Juni 2012, morgens

Als Keller am Morgen nach dem Klassentreffen aufwachte, erkannte er schnell, dass er an diesem Tag wohl keine Bäume würde ausreißen können. Er schlief in seinem alten Zimmer im oberen Stockwerk seines Elternhauses. Sehr oft war er in den letzten Jahren nicht hier gewesen. Das Grundstück seiner Eltern lag am Stadtrand, ein kleines Haus mitten im Wald. Bis er sich entschieden hatte, Polizist zu werden, kam er immer gerne hierher. Es war ›seine Oase in der Natur‹. Das änderte sich, als er sich am Ende seiner Bundeswehrzeit mit seinem Vater überworfen hatte. Grund für das Zerwürfnis waren seine Berufswahl zum Polizisten und die Trennung von Christiane.

Sein Vater hatte Kellers damalige Freundin sehr gemocht.

»So eine findest du nie wieder«, hatte er danach immer wieder zu seinem Sohn gesagt.

Mit seiner Mutter telefonierte Keller zweimal die Woche, war aber in den letzten Jahren nicht einmal mehr zu ihren Geburtstagen nach Hause gekommen. Hatte er mit seiner Mutter wenigstens noch telefonischen Kontakt, ging er seinem Vater konsequent aus dem Weg. Nahm Erwin Keller einmal das Telefon ab – was er zum Glück nur selten tat – gab er den Hörer unverzüglich an seine Frau weiter. Als diese jedoch hörte, dass ihr Sohn zum Jahrgangstreffen in den Ort kommen

14

würde, hatte sie ihn sogleich zu einem Wochenende zu Hause verdonnert.

Langsam schlurfte Keller in seinem alten Trainingsanzug die steile Treppe hinunter und ging wie früher ins Esszimmer, wo der Tisch bereits für ihn gedeckt war. Er schaute auf die Uhr. Bereits Viertel nach zehn. Kerstin hatte ihn erst um Viertel vor fünf daheim abgeliefert.

Die Dusche hatte gutgetan, zum Frühstück bekam er Erdbeer-Rhabarber-Konfitüre, seine Lieblingsmarmelade und noch heiße Aufbackbrötchen aus dem Backofen. Seine Mutter leistete ihm Gesellschaft, sein Vater war beim Angeln. Gleich nach dem Mittagessen würde er, ohne seinen Vater noch einmal zu treffen, nach Kassel zurückfahren. Als er bei seiner zweiten Tasse Kaffee saß und müde die alte Kaffeekanne betrachtete, riss ihn das Telefon aus seinem Tagtraum von Prielblumen und Mainzelmännchen. Das Display des Handys zeigte eine ihm nicht bekannte Handynummer. Keller ging dran. Es meldete sich eine aufgeregte Frauenstimme.

»Hallo Ernst, ich bin's, Susi. Komm bitte sofort nach Hofgeismar ins Krankenhaus, wir brauchen deine Hilfe.«

»Langsam, was ist denn passiert?«, fragte Keller.

»Jörg Schultz wurde heute Nacht niedergeschlagen und liegt nun mit einer schweren Kopfverletzung hier auf der Intensivstation.«

»Okay, ich bin unterwegs. Ist jemand bei dir?«

»Ja, Werner Kerstens, Heike Müller und Bernd Winter.«

»Gut, es ist wichtig, dass du jetzt nicht alleine bist.«

Keller hörte noch lange zu, dann brach er das Gespräch ab.

»Bis gleich.«

»Wer war das?«, fragte seine Mutter neugierig.

»Susi, Susanne Gierke. Es ist dringend, ich muss weg.«

»Aber zum Mittagessen bist du wieder da?«

»Ich glaub nicht, Mama.«

Als er eine halbe Stunde später im Krankenhaus in Hofgeismar ankam, saßen die vier in der Cafeteria. Sie wirkten niedergeschlagen, Heike musste viel geweint haben, ihre Augen waren stark gerötet. Susis blonden Schopf erkannte Keller schon von weitem. Sofort nahm sie ihn zur Begrüßung in den Arm.

»Schön, dass du da bist.«

Die großgewachsene und spindeldürre Heike war extra den weiten Weg von Göttingen zurückgekommen, als Susi sie angerufen hatte. Werner musste in zwei Stunden im Zug nach Berlin sitzen. Auf ihn wartete morgen ein voller Terminkalender, unter anderem hatte er einen Termin beim Notar.

»Wie geht es Jörg?«

»Die wollen uns doch nichts sagen. Wir wissen eigentlich nur, dass er noch lebt«, antwortete ihm Werner.

Sicher wollte Keller seine ehemaligen Klassenkameraden gerne schnell wiedersehen, doch so schnell dann auch wieder nicht.

Nachdem die Begrüßung beendet war und bereits quälendes Schweigen aufzukommen drohte, stellte Keller seine Fragen.

16

»Was ist genau passiert?«, fragte er in die Runde.

Es folgte ein unendlicher Moment quälender Stille. Sie hörten durch das offene Fenster einen Rollstuhlfahrer über den Parkplatz fahren. Das Quietschen seiner Räder durchschnitt den ruhigen Morgen wie ein scharfes Schwert.

Nachdem der Rollstuhlfahrer aus ihrem Sicht- und vor allem Hörfeld verschwunden war, ergriff Bernd mit zitteriger Stimme als Erster das Wort. Er trug die gleichen Klamotten wie am Vorabend, Jeans, ein schlappriges Sweatshirt und Turnschuhe.

»Wie kann so etwas passieren, kannst du mir das mal erklären?«

Keller schwieg, naturgemäß konnte er die Frage nicht beantworten.

Er wandte sich an Susi: »Kerstin hat uns doch heute Morgen alle nach Hause gefahren. Dabei hat sie zuerst mich abgesetzt, anschließend wird sie vermutlich Jörg und dich noch auf euren Berg gefahren haben. Wenn ich mich recht erinnere, wohnt ihr in der gleichen Straße, du jedoch etwas unterhalb. Wer von euch ist zuerst ausgestiegen?«

»Wir sind beide bei uns ausgestiegen, Jörg war ja nicht mehr so recht beieinander. Kerstin hat oben gedreht, ich habe ihr Auto auch noch an unserem Grundstück vorbeifahren hören. Jörg wollte die letzten Meter unbedingt alleine gehen. Ich habe ihn stehen lassen, ich musste gerade dringend aufs Klo.«

»Kerstin ist also diejenige, die ihn als letzte unverletzt gesehen hat.«

»Ja, im Vorbeifahren sozusagen.«

Keller spürte Unbehagen in sich aufsteigen.

»Ist euch sonst irgendetwas Ungewöhnliches aufgefallen? Hatte Jörg Feinde oder irgendwelche Probleme? Gab es auf dem Treffen irgendetwas Außergewöhnliches, einen Streit vielleicht? Vor allem zum Ende hin, wo viele schon nicht mehr so ganz nüchtern waren?«

Wie aus heiterem Himmel platzte es aus Heike heraus: »Jörg und Kerstin! Sie hat ihm ja auch schon früher immer schöne Augen gemacht. Außerdem bin ich gestern Abend gerade in dem Moment vorbeigelaufen, als sie ihm angeboten hat, ihn nach Hause zu fahren.«

Alle starrten Heike überrascht an.

»Wie ihr wisst, kenne ich Jörg Schultz ziemlich gut. Wenn da etwas wäre, so wüsste ich das bestimmt. Jörg war außerdem dicht wie eine Strandhaubitze, er wollte sicher nur noch in sein Bett«, erwiderte Susi ruhig.

Eher zufällig wandte sich Keller an den gerade neben ihm stehenden Bernd Winter.

»Es könnte ihm auch jemand aufgelauert haben, der das Treffen schon früher verlassen hat?«

»Was schaust du mich dabei so an, drehst du nun völlig ab?«

Keller ging jedoch nicht auf den Vorwurf ein.

»Ich will zunächst einmal mit Kerstin reden. Das passt ganz gut, ich muss sowie nach Kassel zurück, wir haben für heute Abend Opernkarten. Auf dem Weg kann ich kurz bei ihr vorbeifahren oder mich irgendwo mit ihr treffen.«

Werner ergriff das Wort: Ich möchte – vermutlich spreche ich für uns alle –, dass du dieses Drecksschwein findest und in den Knast bringst.«

»Ich verspreche euch, dass ich das Menschenmögliche tue, um den Fall zu lösen. Schließlich will ich auch bei unserem nächsten Treffen 2017 mit euch allen ein Bier trinken und auf die guten alten Zeiten anstoßen. Doch erst einmal werde ich jetzt in Erfahrung bringen, wie es Jörg eigentlich geht.«

Nach gut fünf Minuten kam Keller zurück.

»Er ist immer noch nicht erwacht und schwebt auch noch immer in Lebensgefahr. Seine Eltern sind bei ihm.«

Heike fing wieder an zu weinen.

Im selben Moment sah Keller durch das Fenster zum Parkplatz, wo sich ein alter roter Opel Corsa quer über zwei Behindertenparkplätze stellte.

»Mist, der hat uns gerade noch gefehlt.«

Bernd schaute ihn fragend an.

»Was ist denn los?«

»Wir bekommen gleich Besuch von der Lokalpresse. Holger E. Meier, Redakteur der Hessisch/Niedersächsischen Allgemeinen Zeitung.«

»Ein Freund von dir?«, hakte Heike nach.

»Ganz im Gegenteil. Ich lese zwar jeden Tag seine Zeitung, ihm aber gehe ich aus dem Weg, wo ich nur kann. Immer, wenn sich ein Treffen nicht vermeiden lässt, giften wir uns an. Ihr werdet es gleich sehen.«

Meier kam durch die Tür zur Cafeteria. Ausgelatschte Turnschuhe und die unvermeidliche Jeansjacke, so kannte ihn Keller. Sein weißes Hemd hatte einen offenen Knopf.

Kellers Hirn arbeitete »Hatte er sich heute etwa rasiert? Und was wollte er mit dem Blumenstrauß?«

Als Meier seinerseits Keller erblickte, zogen sich für einen kurzen Moment seine Gesichtszüge zusammen. Dann grinste er - dämlicher Blick und schiefe Zähne inklusive.

»Ernst, was musst du jetzt schon sonntags deine SOKO Märchenland antreten lassen? Gönn ihnen doch auch mal ein freies Wochenende.«

Für alle überraschend meldete sich Werner zu Wort.

»Ernst, nimm ihn doch bitte gleich fest. Erstens parkt er auf einem Behindertenparkplatz, zweitens geht sicher bald eine Anzeige für dreistes Blumenpflücken in irgendeiner Parkanlage ein.«

Keller grinste. Werner hatte es - ohne Meier zu kennen - schon ganz gut getroffen. Ihm war jedoch klar, dass Meier das nicht auf sich sitzen lassen würde.

»Schade, Keller, ich hätte deinem Spaßvogel hier gerne noch etwas zugehört. Leider bin ich schon spät dran, die Besuchszeit ist gleich vorbei.«

Weg war er.

Jetzt war es Heike, die ihm noch hinterher rief: »Dringende Fälle behalten sie auch gerne gleich da.«

Ein Lächeln ging über ihre Gesichter. Es verschwand jedoch ebenso schnell, wie es gekommen war.

»Erzählt dem Kerl bloß nichts - in eurem eigenen Interesse.«

»Keine Angst. Du willst gehen?«

»Ja, Heike, ich muss.«

Keller fiel ein, dass er noch etwas vergessen hatte.

»Werner, hast du mal einen Moment?«

Überrascht sah dieser Keller an. Es dauerte einen Moment zu lange, bevor er Keller antwortete.

»Tut mir leid, ich muss zurück nach Berlin. Ich rufe dich aber nachher an.«

Schnell drehte er sich um und wandte sich den beiden Frauen und Bernd Winter zu, um sich von ihnen zu verabschieden.

Keller stieg in den Dienstwagen, einen dunkelblauen Audi A3, und fuhr wieder nach Bad Karlshafen zurück. Sein Ziel war jedoch noch nicht der Tatort, sondern der hoch über der Stadt gelegene Sängertempel. Er musste nachdenken. Keller holte seinen iPod aus der Jackentasche und setzte den Kopfhörer auf. Mit seiner Musik im Ohr kamen ihm immer die besten Gedanken. Er hörte gerade Mucke der ausgehenden 70er-Jahre, allesamt Titel, die er damals zunächst vom Radio aufgenommen hatte. ›Schlagerrallye‹, ›Mal Sondocks Hitparade‹ und ›Internationale Hitparade‹. An diese glückliche Zeit unbeschwerter Jugend erinnerte er sich immer gerne zurück. Bei ›So lonely‹ von The Police reifte ein unangenehmer Gedanke wie ein Giftpilz in ihm heran: All seine Freunde und Mitschüler kamen als Täter in Betracht. Kerstin als ihre Chauffeurin an diesem Morgen hatte das Opfer als letzte gesehen. Der Aussage von Heike musste er nachgehen. Wirklich ausschließen konnte man nur die, die nach ihnen noch auf dem Treffen geblieben waren – das waren rund zehn Personen. Er dachte auch an die komische Reaktion von Werner. War er so geschockt oder ging er Keller aus dem Weg? Jörg Schultz war kein einfacher Mensch, wer weiß, wer da noch alles eine Rechnung offen hatte. Für Keller gab es wenig Zweifel, dass der Täter wohl aus dem Kreis der ehemaligen Mitschüler kommen würde. Er wusste zum Glück, dass er selbst es nicht gewesen sein konnte. Aber wussten die anderen es auch?

Noch als er im Krankenhaus war, hatte er sich von Staatsanwalt Hoppe den Fall übertragen lassen, nun plante Keller seine weiteren Schritte: Zunächst musste er die Organisatorinnen des Treffens um die Liste mit allen Zusagen bitten. Er dachte nach: Sie hatten doch die alten Klassenfotos nachgestellt, das könnte ein erster Anhaltspunkt sein, wer alles dort war. Bestimmt kam er schnell an die Fotos. Doch wer hatte überhaupt fotografiert? Für die Auswertung, wer zu welchem Zeitpunkt anwesend war, müsste man dann wirklich alle Fotos dieses Abends sichten. Diese Aufgabe blieb ganz allein ihm überlassen. Schließlich kannte er seine Mitschüler am besten. Ihn schauderte bei dem Gedanken, hunderte schlechter Handyfotos anschauen zu müssen - unscharfe Schnappschüsse und entgleiste Gesichtszüge inklusive. Anschließend galt es, anhand der Liste und der Fotos einen ersten Kreis von Verdächtigen zu identifizieren. Und was noch? Tatortbesichtigung! Da führte kein Weg dran vorbei. Zudem musste man mal abwarten, was die Spusi herausfand. Keller rief Kneipp, den zuständigen Beamten vor Ort, an und verabredete sich mit ihm am Tatort. Der zweite Anruf war ebenso unangenehm. Er musste Herta Engel - Engelchen - anrufen, seine Assistentin. Das mach ich nachher im Auto, sagte er zu sich. Keller warf einen letzten Blick auf die vor ihm liegende Stadt. So ruhig und unschuldig, beinahe verschlafen lag sie vor ihm, eine weiße Stadt im Grünen. Momentan jedoch war sie befleckt vom Blut von Jörg Schultz. Im gleichen Moment wanderten seine Augen unwillkürlich zum Waldrand in Richtung der alten Grundschule, zum Tatort. Der Supertrampsong ›Breakfast in America‹ erinnerte ihn daran, dass er vorhin sein Frühstück abgebrochen hatte. Keller stand auf und kehrte über den steilen Fußweg zum Auto zurück.

2./3. Juni 2012 - Die Nacht des Jahrgangstreffens

Keller war am Abend des Jahrgangstreffens um halb acht mit Werner verabredet gewesen, weil Werners Vater sie dann zu dem Treffen in den drei Kilometer entfernten Nachbarort fahren sollte. Während der Fahrt sprachen sie beide kein Wort. Keller spürte die Nervosität am ganzen Körper. Er fing immer wieder an, sich an seinem frischen Mückenstich oberhalb des Knies zu kratzen. Nicht mehr lange und der Stich würde ganz blutig sein. Die Fahrt dauerte keine zehn Minuten, Keller ließ Werner den Vortritt. Bereits an der Tür wurden sie von Andrea, Tanja und Stephanie begrüßt. Die ›fleißigen Lieschen‹ hatten in den vergangenen zwölf Monaten alle zweckdienlichen Hinweise gesammelt, um auch den letzten Schüler zum heutigen Treffen einladen zu können. Bis auf fünf Personen hatten sie auch alle gefunden - gute Ermittlungsquote. Von diesen fünf lebte einer vermutlich in Serbien und zwei irgendwo in Brandenburg beziehungsweise Mecklenburg-Vorpommern. Nur von den letzten Beiden fehlte wirklich jede Spur.

Keller ging nach der Begrüßung durch die Gastgeberinnen zu Matthias. Auch ihn hatte er ewig nicht gesehen.

Immer wieder gab es in den folgenden Stunden die gleichen Dialoge: »Und wer bist du noch mal?«, gerne auch: «Sag nichts, ich komm gleich drauf.«

Mehr und mehr genoss Keller das Gespräch mit Werner Kerstens, Susi Gierke, Bernd Winter und Heike Müller. Immer wieder unterhielt man sich zusammen oder in ständig wechselnden Zweiergesprächen. Da Susi dabei war, kam auch ihr alter Freund und Nachbar Jörg Schultz immer mal wieder vorbei. Keller und Jörg kamen nur einmal kurz in die Verlegenheit, miteinander sprechen zu müssen. Bereits nach drei Sätzen hatten sie sich nichts mehr zu sagen.

Keller beobachtete seine ehemaligen Mitschüler mit großer Neugier. Berufskrankheit, schoss es ihm durch den Kopf, und er musste innerlich grinsen. Sie hatten den großen Saal des Lokals in Beschlag genommen. Neben den rund fünfzig ehemaligen Schülern und drei der damaligen Lehrer saßen lediglich einige ›Stammkunden‹ bei Wirt Berthold an der Theke. Die meisten davon kannte Keller. Sie waren früher im gleichen Verein gewesen oder hatten sonst irgendwie etwas miteinander zu tun gehabt. In einem so kleinen Ort konnte man sich ja nicht so einfach aus dem Weg gehen. Später am Abend sprach er noch kurz mit seinem alten Kumpel Berthold, mit dem er in Jugendzeiten viel auf Achse war. Für ein gemütliches Gespräch war es zugegeben der falsche Abend. Das wollten sie aber schon bald nachholen, versicherten sie sich gegenseitig. Alfred, der Schlossergeselle, grüßte freundlich und lud

24

Keller auf ein Bier ein. Der lehnte jedoch ebenso freundlich ab, er wollte nach den drei Gläsern Wein gestern heute nichts Alkoholisches trinken. Außerdem, so erklärte er Alfred, würde er heute Abend lieber mit den Leuten reden, die er zum Teil zwei Jahrzehnte nicht mehr gesehen hatte. Für ein Bierchen unter Freunden bliebe ja immer noch Zeit. Alfred grinste. Er verstand das und bestellte statt eines zweiten Bieres für Keller nun einen Korn für sich.

Sonntag, 3. Juni 2012 - später Vormittag

»Hallo, Herr Kommissar. Ich wähnte Sie bereits im Ferienflieger nach Malle?«

Polizeioberkommissar Marcus Kneipp hatte noch geschlafen, als Kellers Anruf ihn erreicht hatte. Nun wartete er bereits am Tatort, als Keller eintraf. Kneipp hatte kurzes, schwarzes Haar und trug einen Schnauzbart sowie fast immer eine Sonnenbrille.

»Moin, Kneipp. Ja, ursprünglich sollte es auch übermorgen losgehen. Die Badehose und den Schachcomputer hatte ich schon rausgelegt. Sogar das E-Book des neusten Périgord-Krimis habe ich schon im Internet gekauft, ich muss es nur noch auf meinen E-Reader laden. Gestern Abend hatten wir jedoch das Wiedersehen unseres Grundschuljahrgangs. Das Opfer hier ist einer meiner ehemaligen Mitschüler.«

»Oh, das tut mir leid. Waren Sie eng miteinander befreundet?«

»Nee, das würde es nicht ganz treffen.« Im selben Moment wunderte sich Keller über den Inhalt und vor allem die Intonation seiner Antwort.

Dementsprechend reagierte Kneipp.

»Erzählen Sie mir was über Ihr Motiv?«

Keller schluckte, bevor er antwortete.

»Gott bewahre. Ich will nur wissen, wer ihm das angetan hat. Daher habe ich in Kassel auch um die Übernahme des Falls gebeten.«

Er bückte sich und band sich zum Schein den Schuh zu. Kneipp sollte nicht merken, dass er weniger Mitleid mit Jörg Schultz hatte, als mancher vielleicht dachte.

Um seine Verlegenheit zu überspielen, stellte er seine Standardfrage: »Und Kneipp, was haben wir?«

»Die Nachbarin, Edelgard Langenhagen, hat ihn gefunden, als sie um ca. sieben Uhr mit ihrem Hund raus ist. Der Gartenzwerg, mit dem das Opfer angegriffen wurde, heißt übrigens Klausi und stammt aus ihrem Garten. Sie ist nicht besonders gut auf das Opfer zu sprechen. Er und seine Brüder haben ihr früher sehr viel Ärger gemacht. Sie kennen das ja. Die üblichen Streiche, die man als Halbwüchsiger so anstellt: Klingelmännchen am späten Abend, Alkohol in den Trinknapf des Hundes, dazu laute Musik und fortgesetztes Kirschen-Klauen im Sommer. Mit den Jahren ist aus den ›Lausbuben‹ ja ›was geworden‹. Da hat sich das Verhältnis einigermaßen normalisiert. Die Brüder wohnen auch schon lange nicht mehr hier, die Zeit heilt wirklich viele Wunden.«

»Was hat denn Frau Langenhagen gemacht, nachdem sie das Opfer entdeckt hat?«

26

»Sie ist sofort ins Haus gelaufen und hat den Notarzt gerufen. Bis der hier war, hat sie die blutende Kopfwunde behandelt, sie war früher beim Roten Kreuz. Ohne ihre Hilfe hätte Schultz den Angriff vermutlich nicht überlebt.«

»Gibt es noch weitere Verletzungen? Ich konnte bislang nur mit einer Krankenschwester sprechen.«

»Nein, offensichtlich nur der Schlag auf dem Kopf, ausgeführt mit einem stumpfen Gegenstand, vermutlich dem Gartenzwerg. Der ist zwar aus Plastik, doch mit ausreichend Wucht und an der richtigen Stelle kann er auch einen so großgewachsenen Mann wie Schultz niederstrecken. Ob ein Kampf stattgefunden hat, wird der Befund des Arztes zeigen.«

»Wann kommt die Spusi?«

»Die haben sich für heute Nachmittag angekündigt. Sie untersuchen gerade eine Gasexplosion in Grebenstein. Dr. Thiel bringt auch einen Hund mit.«

»Prima. Was ist mit den Eltern?«

»Die haben geschlafen und können nichts sagen. Frau Schultz war in der Nacht einmal zur Toilette, da war ihr Sohn aber noch unterwegs. Sie sind wohl immer noch bei ihm im Krankenhaus«

»Da fahr ich jetzt auch noch einmal hin. Wenn Sie etwas Neues erfahren, lassen Sie es mich bitte gleich wissen. Gute Arbeit, insbesondere für einen Sonntagmorgen.«

»Geht klar, Herr Kommissar. Ein Lob aus Ihrem Mund höre ich natürlich gerne.«

»Eines noch: Ich habe vorhin meine Assistentin angerufen und sie in den Dienst beordert. Engelchen soll die

Liste der Teilnehmer besorgen und die Kameras konfiszieren. Ich freue mich schon jetzt auf die wütenden Anrufe von Andrea und Stephanie.«

Abrupt stoppte er seine Rede, da in diesem Moment ein klappriger roter Corsa die Straße hinaufkam. Wie hat die Presse das so schnell herausbekommen, fragte sich Keller. Er hatte doch alles vermieden, was irgendwelche Hinweise auf den Tatort hätte geben können.

»Kommen Sie, lassen Sie uns schnell abhauen.«

Kneipp sah das Auto und seinen Halter. Sogleich schloss er sich Keller an.

Die gut zwanzig Kilometer Bundesstraße bis zur Kreisklinik Hofgeismar erschienen ihm wie eine Fahrt auf einem Highway in Alaska - sie dauerte eine gefühlte Ewigkeit. Vielleicht einfach deshalb, weil er diesen Weg nicht fahren wollte und weil das, was auf ihn wartete, nicht angenehm sein konnte. Als er wieder die Cafeteria betrat, saßen Susi und Heike immer noch da. Er ging kurz zu ihnen, vielleicht gab es ja etwas Neues über Jörg Schultz zu erfahren. Sie wussten aber nur zu berichten, dass Werner im Zug nach Berlin saß und Bernd Winter bei seiner Familie in Deisel war. Sie wollten noch ein bisschen im Krankenhaus bleiben, wahrscheinlich warteten sie auf ein Wunder.

Dr. Herbst hatte die Schicht beendet. Er hatte morgen einen Termin in Kassel und würde erst Dienstag wieder im Krankenhaus sein. Es blieb Keller also nichts anderes übrig, als mit Dr. Köhler zu sprechen, dem verantwortlichen Arzt an diesem Sonntagmittag. Köhler teilte ihm mit, dass die Verletzung sehr schwer sei, der Patient jedoch eine 50-50-Chance hätte, den Überfall zu überleben. Herbst, so Köhler weiter, hatte schon mit dem Rechtsmediziner Dr. Thiel gesprochen. Dieser wollte den Patienten morgen aus kriminaltechnischer Sicht untersuchen. Dann ließe sich auch mehr über einen etwaigen Kampf sagen. Vielleicht gab es ja DNA-Material, das man verwenden könnte.

2./3. Juni 2012 - Die Nacht des Jahrgangstreffens

Es muss so gegen neun Uhr gewesen sein, als Tanja, Andrea und Stephanie auf die Idee kamen, die Klassenfotos vom 17. Januar 1976 nachzustellen. Der Zeitpunkt war gut gewählt, denn es waren noch alle ehemaligen Schüler in Bertholds Gastwirtschaft. Der Grundschuljahrgang bestand aus drei Klassen mit jeweils rund 25 Schülern. Während die zugehörigen Veteranen die Klassen ›a‹ und ›b‹ von damals nachstellten, kam ein groß gewachsener Blondschopf ziemlich abgekämpft in die Gastwirtschaft. Er sah die Aktivitäten und stellte grinsend fest: »Zum Glück nicht meine Baustelle.«

»Stefan, wo bleibst du denn? Wir haben unser Klassenfoto längst gemacht - ohne dich.«

Er hing seine Jacke auf.

»Sorry, Andrea, ich musste erst noch duschen. Wir haben bis vor einer halben Stunde noch auf unserem Bau gearbeitet. Aber lasst euch nicht stören. Das Foto ist ohne mich sowieso viel schöner. Ich brauch jetzt erst einmal ein Bier.«

Die dritte Klasse, die ›c‹, war dran. Die Fotografin rückte die Gestalten noch etwas zurecht. Keller saß, wie damals, neben seinem alten Kumpel Werner. Alle witzelten ausgelassen über Äußerlichkeiten - vor allem über nicht mehr vorhandene, graue und gefärbte Haare.

Nach dem Fototermin traf Keller auf Stefan Fischer, den ›späten Gast‹.

»Und ihr baut jetzt?«

»Nur ein Anbau. Jetzt wo unsere Tochter Erika da ist, wollen wir nicht mehr meinen Schwiegereltern so nah auf der Pelle sitzen.«

»Gratulation zu Frau, Kind und Haus. Du bist mir in allen Punkten meilenweit voraus.«

»Aber schau dir mal meine Hände an. Ganz ruiniert vom ständigen Steine schleppen. Aber zu dir, mein Lieber: Bist du nicht auch schon ewig mit deiner Freundin zusammen, Angela, richtig? Außerdem wirst du doch bestimmt das Haus deiner Eltern übernehmen?«

»Angelika heißt sie, alles andere stimmt.«

Keller überlegte, ob er Stefan sein Leid über Angelika und ihr ständiges Verlangen nach Kultur und Empfängen klagen sollte. Die angeblich ›wichtigen Menschen‹ dort waren in Kellers Augen in der Hauptsache nur Wichtigtuer, mit ihnen hatte er nichts am Hut. Er wollte ansetzen, da störte Alfred Timmermann das Gespräch. Damit war das Thema wohl erledigt.

Er wollte gerade gehen, als Stefan Kerstin mit einer gespielten Empörung begrüßte. Sie baute sich regelrecht vor ihm auf, holte tief Luft und begann ihre Rede:

»Weil ihr vorhin nicht gehen wolltet, musste ich heute Abend Überstunden machen.«

»Tut mir leid, aber wenn Dieter erst einmal ins Erzählen kommt, kann man ihn nur schwer bremsen. Was müsst ihr denn auch beide so gerne Motorrad fahren? Aber der Frankfurter Kranz von Bettina war sehr lecker.«

Keller ging noch einmal nach draußen, er brauchte frische Luft. Seine Klamotten stanken schon jetzt total nach Rauch, in Hessen gab es zu seinem Ärger beim Rauchverbot in Kneipen immer noch Ausnahmen für ›Geschlossene Gesellschaften‹.

Sonntag, 3. Juni 2012, früher Nachmittag

Das Telefonat mit Angelika war ebenso kurz wie unerfreulich. Keller hatte den für den gleichen Abend geplanten Opernbesuch sowie ihren gemeinsamen Urlaub kurzerhand abgesagt. Er hatte eine Scheißlaune. Nach all den Scherereien mit dem neuen Fall war ihm überhaupt nicht mehr nach Oper. Und schon gar nicht nach dem ›Fliegenden Holländer‹. Angelika war verständlicherweise stocksauer und wollte nun ihren Nachbarn Claudius bitten, sie zu begleiten. Sie wusste ganz genau, dass Keller den ›gelackten Immobilienarsch‹ überhaupt nicht leiden konnte und dass ihn das richtig ärgern würde. Keller hatte jedoch im Augenblick andere Sorgen und für solche ›Kinkerlitzchen‹ überhaupt keinen Sinn. Schnell verdrängte er, angesichts dessen, was ihm nun bevorstand, die unangenehme Situation sowie das von Angelika anberaumte ›Beziehungsgespräch‹.

Sie wollte diese Gelegenheit sicher dazu nutzen, um Keller davon zu überzeugen, endlich mit ihr zusammenzuziehen. Vielleicht hatte sie auch einfach keine Lust mehr. Doch war das im Augenblick nicht wichtig: Er hatte sich für 16:00 Uhr mit Kerstin verabredet, die am Telefon kurz angebunden war und eigentlich gar keine Zeit zu haben schien. Keller hatte das Gefühl, das sie sich vor dem Gespräch drücken wollte. Keller nahm sie ungewöhnlich hart an die Kandare und ließ ihr nur die Alternative, am folgenden Tag einer Vorladung ins Polizeipräsidium Folge zu leisten. Unfreiwillig stimmte sie einem Treffen in der Karlsaue zu.

Keller hatte ihren Treffpunkt an der Orangerie noch nicht erreicht, da konnte er Kerstin ihre schlechte Laune bereits ansehen. Ihm ging durch den Kopf, dass sie mit ihrem wütenden Stechschritt sicher auch in Nordkorea ein gutes Bild abgeben würde. Er wurde wieder ernst. Das Treffen würde kein Vergnügen werden, schon gar nicht unter dem Vorzeichen, dass Keller sie quasi dazu gezwungen hatte.

»Hallo Kerstin! Schön, dass es geklappt hat.«

Sie grüßte nur kurz, sichtlich widerwillig ließ sie sich von Keller in den Arm nehmen.

Keller fand seine Meinung vom Vorabend bestätigt, dass ihr die langen Haare besser gestanden hatten. Nun trug sie ihr brünettes Haar ganz kurz. »Aber das gelbe Sommerkleid steht ihr gut«, dachte sich Keller.

»Mach bitte schnell, ich habe nicht viel Zeit. Ich habe gleich schon wieder meine nächste Verabredung.«

Keller überlegte. Irgendwie kannte er seine einstige Kurz-Beziehung aus früheren Schulzeiten gar nicht wieder. Sie gingen ein wenig durch den Park. Keller brach das Schweigen.

»Also gut, ich muss einem Hinweis nachgehen, den ich in unserer Sache erhalten habe.«

»Jetzt bin ich aber mal gespannt, welchen alten Kaffee du nun wieder aufwärmen willst.«

Keller zuckte zusammen. Woher wusste sie das? Stammelnd begann er.

»Ich weiß ja, dass du schon immer eine Schwäche für Jörg Schultz hattest. Auch auf unserem Treffen am Samstag sollst du ihm ein eindeutiges Angebot gemacht haben«

Keller machte eine rhetorische Pause.

»Stimmt das?«

Er merkte, wie Kerstin ihre Energie sammelte. Gleich würde die Verärgerung wie ein Vulkan mit aller Macht aus ihr herausbrechen.

»Sag mal, hast du sie noch alle?«

Wutschäumend ging sie auf Keller zu. Sie stellte sich so dicht vor ihm auf, dass er die irritierende Mischung ihres Kaugummiatems und ihres verführerischen Parfüms riechen konnte. Er spürte kurz die Rundungen ihres Busens, fürchtete jedoch im selben Moment, gleich ihr Knie in seinem Unterleib zu spüren zu bekommen. Doch stattdessen fühlte er nur den starken Stoß vor die Brust. Sie hatte ihn weggeschubst.

»Beruhige dich bitte, bevor ich dich wegen Widerstands gegen die Staatsgewalt vorläufig festnehmen muss. Also, was ist an der Sache dran?«

Immer noch gereizt, begann Kerstin zu erzählen.

»Es stimmt, ich war früher in Jörg verliebt.«

Kurz darauf setzte sie hinzu »Und kann ihn bis heute nicht wirklich vergessen.«

Keller spürte, dass sie nicht wusste, ob sie ihm vertrauen konnte. Er baute ihr eine Brücke.

»Es gab Zeiten, da warst du meine beste Freundin und wir konnten uns alles sagen.«

Da grinste Kerstin. Er hatte instinktiv ihren schwachen Punkt getroffen.

»Aber das war noch lange vor der Pubertät.«

Da lachten beide.

»Also gut, erinnerst du dich noch, wie wir nach der Abschlussfeier nach der zehnten Klasse noch alle zusammen ins Freibad gegangen sind?«

»Ja, da kann ich mich noch gut dran erinnern.«

Dass Keller nun die Silhouette der jugendlichen und vor allem nackten Kerstin im Mondlicht vor sich hatte, machte die Sache nicht einfacher.

»Während ihr euch alle wieder angezogen habt, sind Jörg und ich noch schnell in einer Umkleidekabine verschwunden. Und was da passiert ist, das kannst du dir ja wohl denken.«

»Keine Frage, der Glückspilz.«

Sie holte tief Luft.

»Nachher prahlte der Arsch dann vor all seinen Freunden damit, dass er mich ›rumgekriegt‹ hat. Da war ich natürlich sauer.«

»Aus diesem Grund hast du ihm dann gestern, als ihr allein wart, mit dem Gartenzwerg der Nachbarin einen übergezogen?«

»Klatsch«

Im selben Moment glaubte Keller, eine Peitsche habe ihn getroffen, so brannte Kerstins Hand in seinem Gesicht.

»Was bildest du dir eigentlich ein, Kellerassel?«

Wütend, seinen Schimpfnamen aus Jugendtagen wieder zu hören, ging er seinerseits unbeherrscht auf Kerstin zu. Sie wich zurück. Es hatte sich schon eine Anzahl von Spaziergängern versammelt, die gespannt das Ende des Dramas erwarteten. Keller besann sich. Schließlich war er immer noch im Dienst.

Auch Kerstin hatte sich wieder gefangen, sie ging zum Gegenangriff über.

»Warst du es nicht, der Jörg seinerzeit mindestens die Pest an den Hals gewünscht hat? Wenn ich mich recht erinnere, hattest du doch vor, die Bremsen an seiner 80er zu manipulieren. War es nicht so? So wie er dich damals gedemütigt hat, könntest auch du ihn niedergeschlagen haben.«

Keller wollte etwas sagen, doch kam er einfach nicht zu Wort. So sehr hatte Kerstin sich in Rage geredet.

»Es war so einfach, Ernst. Nachdem wir weg waren, bist du mir einfach mit deinem Wagen gefolgt und hast dem wehrlosen Scheißkerl schnell eins übergebraten. Wie viele Jahre sind seit damals vergangen? Das war doch die ideale Gelegenheit. Jetzt brauchst du ja nur noch jemanden, dem du die Sache in die Schuhe schieben kannst.«

Keller nutzte die vielleicht einzige Gelegenheit: »Drehst du jetzt komplett durch, ich bin schließlich Polizist.«

Eine Antwort bekam Keller erst, als Kerstin schon ein paar Meter weg war.

»Vielleicht war es ja auch dein alter Kumpel Werner. Schließlich haben sich die beiden gestern Abend heftig gestritten.«

Kerstin rannte wütend weg, er hatte nichts gewonnen und sich eine alte Freundin zur neuen Feindin gemacht.

Hatte er bei der ersten kommunikativen Herausforderung bereits kläglich versagt, lag das zweite Fettnäpfchen schon in Kellers Reichweite. Er hatte ja zu allem Überfluss noch das Gespräch mit Werner vor sich. Dieser wollte sich melden, hatte das bislang jedoch noch nicht getan. Nun würde er anrufen müssen. Eine Aufgabe, die sich Keller gerne erspart hätte.

2./3. Juni 2012 - Die Nacht des Jahrgangstreffens

Keller war gegen zehn Uhr abends gerade in einem angeregten Gespräch mit Kerstin, als es direkt neben ihnen zu einer lautstarken Diskussion kam: Werner Kerstens und Jörg Schultz waren aneinandergeraten. »Natürlich, ich weiß es noch wie heute, ›Video killed the Radio Star‹ von den Buggles war das erste Musikvideo auf MTV. Da ist doch schon der Name Programm. Warum sollten sie Pat Benatar spielen, wenn es einen so passenden Song von den Buggles gab?«

»Wenn ich es dir doch sage, es war ›You Better Run‹ von Pat Benatar.«

»Nein, nein und nochmals nein! Was ist das überhaupt für ein Lied, ich kenne von ihr nur ›Love is a Battlefield‹.«

»Gut, wetten wir und lassen Wikipedia entscheiden.«

In diesem Moment sah Keller die beiden zu den Smartphones greifen und heftig auf ihnen herumtippen. Inzwischen versammelten sich immer mehr Mitschülerinnen und Mitschüler um die beiden, keiner von ihnen wollte den Ausgang dieser Wette verpassen.

Von hinten tönte es: »Genau wie früher, immer noch die gleichen Streithähne.«

Susi hatte sich eingemischt.

»Um was wettet ihr beiden Streithammel überhaupt?«

Die Kontrahenten schauten sich einen Moment überrascht an, Werner war jedoch schneller.

»Wie wäre es mit einer guten Flasche Rotwein, schließlich sind wir hier ja in einer Gastwirtschaft?«

»Einverstanden«, erwiderte Jörg Schultz siegessicher. »Dann hab' ich nachher noch was für den Heimweg.«

Die Menge wartete gespannt. Auf Werners Stirn begannen sich Schweißperlen zu bilden.

»Mist, kein Empfang. Wo sind wir denn hier, in Dunkeldeutschland?«

Jörg lachte überheblich.

»Du brauchst nur das richtige Netz. Schau, ich hatte Recht. Es waren die Buggles.«

»Du hast mich bestimmt reingelegt, so wie damals.«

»Jetzt sei ein guter Verlierer und komm mit mir an die Theke.«

Die beiden gingen ab.

»Und ihr könnt wirklich jeden Mörder mit DNA-Spuren entlarven?«, nahm Kerstin das Gespräch wieder auf.

Kerstin interessierte sich zu Kellers Verwunderung sehr für polizeiliche Ermittlungsmethoden, insbesondere Spurensicherung und Gerichtsmedizin. Sicher schaute sie immer diese Serien im Privatfernsehen. Die gab es ja mittlerweile zuhauf. Keller war es egal. Endlich hatte er etwas, womit auch er angeben konnte. Seiner Ansicht nach hatte ein solches Treffen letztlich zwei Funktionen. Erstens sollte es die eigene Neugier befriedigen und die eigenen Vorurteile bestätigen: »Da schau, die Juliane takelt sich immer noch so auf wie früher.« Zweitens bot es allen Schauspielern eine tolle Bühne, frei nach dem Motto ›Schaut, das habe ich aus mir gemacht‹. Es war einfach der perfekte Jahrmarkt der Eitelkeiten. ›Mein Haus! Mein Auto! Mein Boot!‹, wie damals in der Werbung. Niemand würde offen zugeben, dass er keinen Job hatte und vom Ersparten der Ehefrau lebte. Er konzentrierte sich wieder auf Kerstin.

»Ja, das stimmt«, antwortete Keller. »Doch warum interessierst du dich plötzlich so für solche Sachen?«

»Jetzt komm, wer kennt denn schon einen echten Kriminalkommissar.«

Keller überlegte.

»Wenn es dich wirklich interessiert, kann ich dir einmal eine Privatführung geben. Der Rechtsmediziner ist ein guter Freund von mir.«

Kerstin grinste.

»Gut, abgemacht.«

Nach einem Ausflug auf die Toilette wollte Keller wenig später gerade wieder ins Getümmel zurückkehren, als er jäh stoppte. Werner war in ein impulsives Gespräch mit Jörg Schultz verwickelt. Er wollte noch einen Moment lauschen, doch da kam schon Erich auf ihn zu. Dieser wollte unbedingt noch ein Bier mit Keller trinken und vor ihm mit seinen beruflichen Erfolgen prahlen. So verlor er die beiden Streithähne aus den Augen. Die Sache ging ihm jedoch nicht aus dem Kopf. Während Erich ›stolz wie Bolle‹ von seiner Baufirma erzählte, kramte Keller im Geiste und bei einem Mineralwasser in der Vergangenheit. Hatten die Werner und Jörg in früheren Zeiten vielleicht Streit gehabt? Keller fiel im Moment keine einleuchtende Erklärung ein, hatten sie vorhin doch noch miteinander geflachst und zur Belustigung aller sogar eine Wette abgeschlossen. In diesem Moment stellte ihm Erich eine Frage, damit geriet der Streit endgültig in den Hintergrund.

Kapitel 3

Montag, 4. Juni 2012, morgens

»Das Opfer wurde mit einem stumpfen Gegenstand hart an der Schläfe getroffen«, erläuterte Dr. Thiel ihm am Montagmorgen am Tatort. Er wohnte wie Keller in Kassel, hatte seinen Hauptarbeitsplatz jedoch in der Abteilung für Rechtsmedizin im Uniklinikum Gießen. Er war über das Wochenende in Kassel, daher hatten sich die beiden gleich am Tatort verabredet.

»Die Tatwaffe ist allem Anschein nach der neben Schulz aufgefundene Gartenzwerg. Wir untersuchen das Blut und mögliche Fingerabdrücke, dann wissen wir mehr. Passiert ist es Ihrer Aussage nach vermutlich gegen Viertel vor fünf. Mal sehen, das Opfer hat also noch gute zwei Stunden im Gras gelegen und vor sich hin geblutet. Hätte man ihn sofort gefunden, so hätte er lediglich einige Tage mit starken Kopfschmerzen im Krankenhaus gelegen, wäre jedoch nie in Lebensgefahr geraten. Dazu kommt, dass er eine gebrochene Rippe hat«

Keller antwortete nicht sofort, da er an die gebrochene Rippe dachte.

»Danke, Dottore.«

Keller fuhr an die Weser und setzte sich auf der Weserpromenade auf eine Bank in die Sonne. Sein Blick fiel auf den Fluss. Die Weser floss vollkommen unbekümmert von den Ereignissen an ihrem Ufer mit gleichgültiger Ruhe der Nordsee entgegen. Schnell floss sie. Er überlegte, wo sie Jörg Schultz wohl gefunden hätten, hätte ihn der Täter einfach in den Fluss geworfen. Von der Weserbrücke beispielsweise. Das schlechte Gefühl kam zurück, er zitterte vor Unruhe. Keller hatte gestern Abend nicht einmal den ›Münsteraner Tatort‹ im Ersten angeschaut, so dermaßen hatte er nach dem Gespräch mit Werner die Nase voll.

»Du hast sie ja wohl nicht mehr alle!«

So waren seine Worte gewesen. Dann hatte Werner einfach aufgelegt. Keller hatte daraufhin eine enge Freundschaft mit einer Flasche Rioja geschlossen. Sie war auch der Grund für die hämmernden Kopfschmerzen. Er wollte nichts mehr hören und sehen von Verbrechen, Freunden, Mitschülern und Polizisten. Auch von Lebensabschnittpartnern hatte er die Schnauze voll. Keller stellte sich vor, wie Angelika gestern mit diesem Lackaffen in der Oper saß und er ihr in der Pause einen Prosecco spendiert hat. Nach der Vorstellung waren sie bestimmt noch etwas trinken. Um elf Uhr hatte Keller sie noch einmal angerufen, doch sie hatte nicht einmal abgenommen. Wahrscheinlich war sie da noch nicht einmal zu Hause, sondern noch mit dem Schleimbeutel um die Häuser gezogen.

Keller schaute immer wieder auf das braune Wasser. Dabei kruschtelte er in seinem Rucksack herum, bis er endlich sein Telefon gefunden hatte. Er musste dringend Engelchen zurückrufen. Sie hatte bereits zweimal versucht, ihn zu erreichen. Danach stand ihm noch ein weiteres und wesentlich unangenehmeres Telefonat ins Haus. Aber eins nach dem anderen.

»Na, Engelchen, schon was erreicht?«

Herta Engel war seit drei Jahren Kellers Assistentin. Die lockigen blonden Haare machten sie zu einer echten Zierde von Kellers Abteilung. Zumindest wenn man nach den Blicken und Kommentaren von Kellers männlichen Kollegen ging. In ihrer Gegenwart würde sich jedoch keiner den Mund verbrennen wollen, hatten sie doch großen Respekt vor ihr. Als Jiu-Jitsu-Lehrerin hatte sie im Kampfsporttraining bereits jeden von ihnen auf die Matte geworfen. Seine Assistentin hatte alle beruflichen Vorzüge, die man sich wünschte - bis auf den Sinn für Pünktlichkeit vielleicht.

»Mensch, Chef, da haben Sie mir ja was eingebrockt. Gestern war die Taufe meiner Nichte und ich war eine der Taufpatinnen. Meine Schwester war richtig sauer. Aber ich war bei Andrea Steckel, Ihren Worten zufolge ist sie eine der Organisatorinnen des Treffens. Die hat vielleicht geguckt, als ich in meiner Festtagsgarderobe bei ihr aufgeschlagen bin. Stephanie Gauß war auch noch zugegen, sie hat wohl bei ihr übernachtet. Das muss ja eine ganz schön heiße Party gewesen sein, so müde, wie die beiden aussahen?«

»Ja, ja, die Mädels sind immer noch gut in Form«, sagte Keller, der wieder einmal nicht genau zugehört hatte.

»Die Fotos habe ich gestern noch gesichert. Sie liegen bereits auf dem Server. Laut Frau Steckel und Frau Gauß haben noch zwei weitere Personen fotografiert. Beide werde ich gleich anrufen, sie halten sich wohl noch am Ort des Geschehens auf beziehungsweise wohnen dort. Sicher gibt es noch Fotos, die mit dem Handy geschossen wurden. An die kommen wir so einfach nicht dran. Aber ich habe eine Liste mit allen E-Mail-Adressen. Könnten Sie die Leute vielleicht einmal anmailen und sie um die Fotos bitten? Es sind ja schließlich Ihre Schulkameraden.«

»Ja, Chefin, wird erledigt. Auch wenn ich den potenziellen Täter dadurch warnen könnte. Aber da fällt mir schon was ein. Scannen Sie bitte die Adressen ein und senden Sie sie mir zu. Ich fahre gleich nach Hause. Da setze ich mich an den alten Computer meines Vaters und schreibe die Mail.«

»Eins noch, Chef.«

»Was'n?«

»Bekomme ich die Stunden, die ich gestern unterwegs war, frei? Ich müsste Freitag mal zum Arzt, da könnte ich die Zeit gut brauchen.«

Keller legte auf, ohne zu antworten.

Er starrte einen Moment auf sein Telefon, dann wählte er seufzend Werners Handynummer.

»Leg bitte nicht sofort wieder auf. Hier ist Ernst.«

»Was willst du, ich habe gleich ein wichtiges Meeting?«

»Ich wollte nur sicherstellen, dass du nicht denkst, dass ganz Europol hinter Werner Kerstens her ist.«

»Schon gut, was willst du noch? Hast du deinen alten Freund noch nicht genug beleidigt?«

Keller ignorierte den Vorwurf und kam direkt zur Sache.

»Um was ging es in eurem Streit am Samstag?«

Zunächst ein Seufzen, dann antworte Werner.

»Wie immer ging es um Geld. Ich hatte ihm vor fünf Jahren 2 000 Euro geliehen, die er mir bis heute nicht zurückgezahlt hat. Nicht mehr und nicht weniger. Damals in Berlin haben wir das Thema nicht angesprochen. Da Jörg nicht von sich aus gekommen ist, ist mir auf unserem Treffen halt der Kragen geplatzt. Mehr war da nicht.«

»Ich hoffe wirklich, dass nicht mehr dahinter steckt. Versteh bitte auch, dass ich hier nur meinen Job tue und dass insbesondere du mich gebeten hast, die Sache schnell aufzuklären.«

»Schon gut, alles bene. Wir reden ein andermal, ich muss los. Meld' dich bitte, wenn du den Täter hast. Und sag Sybille nichts von dem Geld. Sie kann Jörg nicht leiden.«

»Mach ich.«

Doch da hatte Werner bereits aufgelegt.

Wieder in seinem Elternhaus setzte sich Keller an den alten Windows-98-Rechner seines Vaters und formulierte eine E-Mail:

Liebe Klassenkameradinnen und Klassenkameraden,
es tut mir leid, dass ihr so schnell schon wieder etwas von mir hört. Doch ist etwas Schreckliches passiert. Unser allseits beliebter Klassenkamerad Jörg Schultz wurde am frühen Sonntagmorgen Opfer eines Überfalls. Er liegt in Hofgeismar im Krankenhaus, es geht ihm den Umständen entsprechend. Was ich nun brauche, ist eure Unterstützung. Es ist nicht auszuschließen, dass der Täter aus dem Kreis der Mitschüler kommt. Daher möchte ich euch bitten, mir all eure Fotos von Samstagabend zu übermitteln. Wichtig ist, dass ich genau weiß, wann die Fotos geschossen wurden. Gebt si-

cherheitshalber auch die genaue Uhrzeit mit an (falls die Metadaten nicht aussagekräftig sind). Solltet ihr weitere Hinweise haben, so lasst es mich bitte wissen. Ihr könnt sicher sein, dass mir diese schreckliche Tat genauso nahe geht wie euch. Ich war bis gestern Morgen sehr glücklich darüber, euch wiedergetroffen zu haben. Seid gewiss, ich tue alles, um den Täter zu ergreifen.
Herzliche Grüße, euer Ernst (Keller, KOK Kripo Nordhessen)

Er konnte davon ausgehen, dass der Täter nun gewarnt war und sich eine gute Geschichte ausdenken würde. Vielleicht würde er aber auch einen Fehler machen. Besser wäre es natürlich, er würde den Fehler machen.

2./3. Juni 2012 - Die Nacht des Jahrgangstreffens

Das Treffen war noch in vollem Gange, als Keller sich einen Moment zu den ›Outdoor-Rauchern‹ vor die Tür gesellt hatte. Er griff nicht in das Gespräch ein, sondern dachte immer noch an den Streit zwischen Jörg und seinem alten Kumpel Werner. Zum Thema Angeln konnte und wollte er eh nichts beitragen. Er erinnerte sich schmerzlich daran, dass Jörg auf den ersten Blick zwar ein netter Kerl und sicher eine Bereicherung jeder guten Party war. Er konnte aber auch ein ziemlich fieser Typ und eher ein unangenehmer Zeitgenosse sein. In seinem tiefsten Inneren begann er Werner ein Stück weit zu verstehen.

Seine Laune verschlechterte sich schlagartig bei dem Gedanken an seine eigenen Erfahrungen mit Jörg Schultz.

Keller erinnerte sich an die siebte Klasse, wo Schultz und er im Sportunterricht ein Schulhalbjahr zusammen Geräteturnen hatten. Beim gemeinsamen Aufwärmtraining für das Reckturnen hatte Jörg Schultz ihn schon die ganze Zeit zu provozieren versucht. Immer und immer wieder tat er so, als wollte er ihn mit dem Medizinball treffen. Je mehr sich Keller an diese alte Geschichte erinnerte, umso schneller stieg der Kaffee in ihm hoch. Irgendwann war es Keller damals zu viel gewesen. Er schnappte sich den Ball und schleuderte ihn sofort in Jörgs Richtung. Dieser wich aus und der schwere Medizinball traf Sportlehrer Janson mit voller Wucht im Gesicht. Janson fiel um wie ein nasser Sack und schlug mit dem Hinterkopf auf eine der am Hallenrand stehenden Sitzbänke. Der Lehrer lag anschließend eine Woche im Krankenhaus. Keller wurde hart bestraft. Jörg wies damals jede Mitschuld von sich und kam mit einer Ermahnung davon. In der Folge nutzte er immer wieder unbeobachtete Gelegenheiten, um Keller mit dieser Sache zu verhöhnen. Erst langsam ließ er wieder davon ab. Es hat nach ihrer gemeinsamen Schulzeit Jahre gedauert, bis sie überhaupt wieder ein Wort miteinander wechselten.

Besagter Jörg trat nun in diesem Moment zur Tür heraus und riss Keller aus seinen Gedanken. Keller ging ihm entgegen und an ihm vorbei.

»Ernst.«

Jetzt sprach Jörg ihn auch noch an.

Sich mit ihm zu unterhalten, dazu hatte er überhaupt keine Lust. Jetzt nicht. Keller überhörte Jörg einfach und ging weiter.

Eigentlich kindisch, doch was soll ich machen, schoss es ihm dabei durch den Kopf. Drinnen suchten seine Augen in der Menschenmenge nach einer hübschen Frau mit langen, blonden Haaren. Er wollte Susi noch fragen, wie es ihrem Vater ging. Er war damals der ›Pfaffe im Ort‹ und hatte Kellers Jugendstreiche in der Kirche immer mit einem gewissen Wohlwollen bestraft.

Kapitel 4

Dienstag, 5. Juni 2012, am Morgen

Keller war etwas zu spät dran. Sie waren für Dienstagmorgen, ›neun Uhr, aber pünktlich‹, im Kasseler Klinikum verabredet gewesen. Dort mietete sich die Gießener Rechtsmedizin im Bedarfsfall einen Raum im Institut für Pathologie an. Der Zufall wollte es, dass Dr. Thiel gerade an diesem Tag in Kassel zu tun hatte. Keller hatte bis um halb drei Uhr morgens die ganzen Schnappschüsse gesichtet, die seine Schulkameraden voneinander gemacht hatten. Neue Erkenntnisse konnte er daraus nicht ableiten. Er war wie gerädert.

»Jörg Schultz wurde nicht mit dem Gartenzwerg niedergeschlagen«, erläuterte Dr. Thiel.

Keller war froh, dass er die Dämlichkeit in seinem Blick in diesem Augenblick nicht sehen konnte. Doch als er Thiel in die Augen schaute, konnte er dessen und auch seine eigene Überraschung erkennen.

Nach einer kurzen Pause fuhr der Mediziner ungerührt fort »Als Tatwaffe muss etwas anderes gedient haben. Der Gartenzwerg lag zwar am Tatort und neben dem Opfer. Eine genauere Untersuchung zeigt jedoch, dass der Täter den Gartenzwerg erst nachträglich mit dem Blut des Opfers versehen hat. Darauf weisen die Wischspuren hin, die wir am Zwerg festgestellt haben.«

Keller überlegte laut: »Der Täter hat also Schultz niedergeschlagen und den Gartenzwerg als vermeintliche Tatwaffe drapiert.«

»Ja. Es gab auch keinen Kampf. Schultz muss bereits schlafend auf dem Rasen gelegen haben, er war stark alkoholisiert. Er hatte 1,9 Promille Alkohol im Blut. Daher können wir auch nicht im eigentlichen Sinne von einem Niederschlagen sprechen. Selbst als ihm der Rippenbruch zugefügt wurde, muss er bereits gelegen haben. «

»Und wir wissen auch nichts über die echte Tatwaffe?«

»Nein«, fuhr der Mediziner fort. »Sie befand sich nicht mehr in der Nähe des Tatorts. Der Täter wird sie mitgenommen haben. Es dürfte sich ebenfalls um einen stumpfen Gegenstand gehandelt haben. Aufgrund des Abdruckprofils am Kopf wurde ihm die Verletzung vermutlich mit einem Backstein oder etwas Ähnlichem zugefügt. Darauf weist der dreieckige Abdruck an der Wunde hin. Wir haben keine Fingerabdrücke gefunden. Der Täter war gut vorbereitet und trug Handschuhe oder hat zumindest ein Taschentuch benutzt. Die Tat ist aller Wahrscheinlichkeit nach nicht im Affekt geschehen. Außerdem hat er nur einmal zugeschlagen und einmal zugetreten. Einen zweiten Schlag oder weitere Tritte hätte das Opfer sicher nicht überlebt.«

Nach einer kurzen Pause kam Dr. Thiel eine Idee, die er Keller umgehend mitteilte.

»Lassen Sie uns doch einmal versuchen, den Tathergang nachzustellen. Wie hätten Sie es gemacht?«

»Gut.«

Keller motivierte sich in diesem Moment mit seinem eigenen Groll auf den ehemaligen Mitschüler. Er schloss die Augen und dachte an die Szene in der Turnstunde und die vielen Demütigungen in den Jahren danach.

»Ich lauere Jörg Schultz auf. Ich wusste ja, dass er noch auf der Party war und irgendwann nach Hause kommen musste. Endlich kommt ein Auto. Jörg kommt die Treppe herunter und setzt sich auf den Rasen. Ich mache mich bereit. Er ist müde, legt sich - vermutlich nur für einen Moment - hin, schläft jedoch gleich ein. Ich komme aus meinem Versteck und betrachte mein Opfer. Ich stelle mich über ihn, nehme den Stein und schlage ihn Jörg gegen den Kopf. Weil er jedoch liegt, treffe ich ihn beim ersten Mal vermutlich nicht richtig.«

Keller erschrak, als er erkannte, wie er sich mehr und mehr in die Situation hineinsteigerte. Dennoch fuhr er fort. Er wusste, dass er dem Täter so am besten auf die Spur kommen würde.

»Bevor ich ihm mit einem zweiten Schlag endgültig in die ewigen Jagdgründe befördere, hole ich den vom Nachbargrundstück entwendeten Gartenzwerg hervor. Ich beschmiere ihn mit Jörgs Blut und lege ihn neben mein bewusstloses Opfer. Noch einmal betrachte ich Jörg voller Hass, denke, jetzt mache ich dich endgültig fertig. Doch gerade, als ich ihm den tödlichen Schlag verpassen will, schrecke ich auf. Es kommt jemand.«

Keller brauchte eine Pause. Er hatte sich so in Rage geredet, dass der gute Dr. Thiel zunächst sprachlos war und ein Moment des Schweigens entstand.

»Sie waren aber nicht dabei, oder?«, fragte er.

»Keine Angst, ich war es nicht. Aber Sie haben mich gefragt.«

Bevor Thiel antworten konnte, fuhr Keller fort.

50

»Ich stehe über meinem blutenden Opfer. Ich weiß, dass ich mich schnell verstecken muss. Ich trete Schultz noch einmal mit aller Kraft in die Seite und breche ihm damit vermutlich die Rippe.«

»Ja, so könnte es in der Tat gewesen sein. Ich bin ja kein Psychologe, doch offensichtlich mochten Sie das Opfer nicht besonders? «

»Dazu möchte ich mich nicht äußern.«

Keller wusste, dass er den notwendigen Abstand zur Person von Jörg Schultz nun endgültig verloren hatte. Zu seiner Überraschung fühlte er sich in dieser Situation auch nicht wirklich unwohl. In ihm keimte der Gedanke, dass das vielleicht genau die Therapie war, die dazu führen würde, die alte Geschichte endlich zu vergessen. Glücklicherweise wurde diese Form der schweren Körperverletzung, verübt allein in Gedanken, nicht bestraft.

Er musste sich zwingen, sich wieder dem Fall und dem im Wesentlichen sprachlosen Dr. Thiel zuzuwenden.

»Aber warum der Gartenzwerg? Wollte er den Verdacht auf die nachtragende Frau von nebenan lenken? Frau Langenhagen ist mittlerweile einundachtzig Jahre alt. Die kann keinen großgewachsenen Mann in den besten Jahren mit einem Stein niederschlagen.«

»Ja, da gebe ich Ihnen Recht. Auch wenn das Opfer schlafend auf dem Rasen lag und derart stark alkoholisiert war.«

Dr. Thiel wusste an dieser Stelle auch nicht weiter.

Die beiden Kriminalisten waren sich im Klaren, dass dies keine Option zur Lösung des Falles war.

Als Keller bereits im Gehen war und die schwere Brandschutztür öffnete, rief Dr. Thiel ihm hinterher: »Sagten Sie nicht, dass Schultz eigentlich im Besitz einer Flasche Wein gewesen sein musste? Sie ist, wie auch die Tatwaffe, verschwunden. Der Täter wird sie ebenfalls mitgenommen haben.«

Keller sagte jedoch nichts mehr, hob kurz zum Dank den Arm und verschwand.

»Wir sehen uns nachher bei Ihnen im Büro.«

Doch da war Keller schon außer Hörweite.

Im Aufzug nahm er eine Schmerztablette. Hoffentlich würden die Kopfschmerzen nicht chronisch werden.

»Weniger Wein«, so schwor sich Keller.

Er hatte gerade den Eingangsbereich des Kasseler Klinikums verlassen - nicht ohne sich einen Berliner zu holen, als das Telefon klingelte. Er sah auf das Display und sah, dass Engelchens ihn anrief.

»Ein Ferngespräch«, dachte Keller und grinste.

»Engelchen, was gibt es?«

Sie räusperte sich. Das tat sie immer, wenn es unangenehme Nachrichten gab.

»Die Presse sitzt hier. Herr Meier persönlich möchte etwas zu unserem Fall wissen.«

»Mist«, erwiderte Keller spontan.

Zum Glück konnte Meier ihn nicht hören.

»Halten Sie ihn fest. Am besten sperren Sie ihn wegen fahrlässiger Blödheit in Untersuchungshaft. Ich bin gleich da.«

»Geht klar, Chef.«

Keller überlegte. Sicher würde er jetzt nicht in sein Büro zurückgehen und mit diesem Pressetyp sprechen.

»Ich glaube, ich gehe zurück und frühstücke erst einmal in Ruhe«, sagte er halblaut zu sich. Die ›SOKO Gartenzwerg‹ - wie Kellers Fall derzeit scherzhaft unter Kollegen genannt wurde - und der Presseschlumpf konnten warten.

2./3. Juni 2012 - Die Nacht des Jahrgangstreffens

Es war mittlerweile drei Uhr morgens und Keller stand wieder einmal mit Werner und Matthias draußen vor der Tür. Die beiden wollten sich bald auf den Heimweg machen. Werner musste ja morgen bereits früh wieder nach Berlin. Sie warteten nur noch auf Bernd Winter, der ebenfalls mit ihnen fahren wollte. Plötzlich schüttete Keller den Inhalt seines Glases über Werners Schuhe. Jemand hatte hinter ihm mit einem heftigen Ruck die Eingangstür der Gastwirtschaft geöffnet.

»Du bist ja immer noch so schreckhaft wie damals im Schullandheim«, entfuhr es Matthias.

Werner stimmte trotz der nassen Schuhe in das allgemeine Lachen ein. Keller konnte nur säuerlich grinsen. Schließlich kannte er seine alte Schwäche. Im gleichen Moment rannte Kerstin, wie von der Tarantel gestochen, an ihnen vorbei. Sie nahm niemanden wahr, da sie wie blöd irgendetwas in ihr Handy tippte. Da sie so mit ihrem Telefon beschäftigt war, sah sie nicht, dass der Boden an dieser Stelle gepflastert und daher nicht ganz eben war.

»Hoppla!«, entfuhr es Bernd Winter.

Sie wäre gestürzt, hätte nicht der ihr entgegenkommende Bernd zufällig in ihrer Flugbahn gestanden.

Sie schenkte ihrem Retter jedoch keine Beachtung.

Endlich hatte sie ihr Ziel erreicht. Die Nummer war gewählt und der gewünschte Gesprächspartner am Telefon.

»Dieter, du musst mir helfen.«

Mehr bekamen sie nicht mit. Kerstin verschwand hinter einer Hausecke. Erst nach zehn Minuten kam sie mit verweinten Augen zurück. Heike stand nun ebenfalls draußen. Sie nahm sie an die Seite und redete auf sie ein. Kerstin riss sich jedoch los und ging in die andere Richtung davon. Heike überlegte kurz, dann folgte sie ihrer Freundin.

Dienstag, 5. Juni 2012, Mittagszeit

Sie saßen nach dem gemeinsamen Mittagessen wenig redselig in Kellers Büro im Kasseler Polizeipräsidium zusammen. ›Schnitzelkoma‹ nannte Kneipp das so treffend. Es passte gut, schließlich war dienstags in der Polizeikantine ›Schnitzeltag‹. Sie - das waren seine Assistentin Herta ›Engelchen‹ Engel, der Rechtsmediziner Dr. Thiel, Kneipp als der zuständige Beamte vor Ort und natürlich Keller.

Es piepste.

Keller hatte eine neue Nachricht erhalten. Neugierig und unhöflich zugleich drückte er die Maus und öffnete die Nachricht.

54

»Kennt jemand von euch einen ›Consulting Detective‹? Ich habe gerade eine E-Mail von der Adresse ›consulting-detective@mail.de‹ bekommen.«

Da niemand eine Ahnung hatte, las Keller den Inhalt der Mail laut vor.

Sehr geehrter Herr Kommissar,
es interessiert Sie bestimmt, dass ich letzten Samstagabend Zeuge einer interessanten Unterhaltung wurde. Das besagte Gespräch fand zwischen Kerstin Kaiser und Jörg Schultz statt. Letzterer versuchte auf recht plumpe Art, seine ehemalige Gespielin zu einem schnellen sexuellen Abenteuer auf der Herrentoilette zu überreden. Sie hatte jedoch kein Interesse und brachte das auch deutlich zum Ausdruck. Ich sah noch, wie sie aus der Tür stürzte - mit Tränen in den Augen.
Freundliche Grüße, Ihr Consulting Detective

»Was zum Teufel ist ein ›Consulting Detective‹?«, fragte Keller.

»Haben Sie denn nie ›Sherlock‹ gesehen, die neue Krimireihe über Sherlock Holmes und John Watson?«, antwortete Engelchen auf Kellers Frage. »Da ist Holmes ›The worlds first Consulting Detective‹.«

Kurze Pause, dann fuhr sie fort: »Gab es ansonsten noch irgendwelche Rückmeldungen auf Ihre Mail?«

Keller überlegte kurz.

»Nein. Doch.«

»Was denn nu?«

»Heike Müller hat nur noch einmal geschrieben, was sie schon damals im Krankenhaus erzählt hat. Kerstin hatte Jörg Schultz angeboten, ihn in jedem Fall nach Hause mitzunehmen. Mehr wusste sie aber auch nicht, schrieb sie.«

Engelchen setzte hinzu: »So, wie die Dinge stehen, muss das vor dem verlockenden Angebot mit der Herrentoilette gewesen sein.«

Die Anwesenden nickten zustimmend.

Keller ging zum Whiteboard und schrieb seine bisherigen Ergebnisse für alle sichtbar an:

✗ Jörg Schultz wurde am frühen Sonntagmorgen niedergeschlagen.

✗ Von der wirklichen Tatwaffe sollte abgelenkt werden, deshalb der Gartenzwerg.

✗ Die Tatwaffe war ein viereckiger Gegenstand, vielleicht ein handelsüblicher Backstein.

✗ Die Tatwaffe wurde bislang noch nicht gefunden.

✗ Werner Kerstens hat am Abend des Treffens einen Streit mit Jörg Schultz.

✗ Kerstin Kaiser hätte ein Motiv, streitet aber alles ab.

Dass Kerstin ihn selbst wegen der alten Geschichte verdächtigt hatte, behielt er lieber für sich. Stattdessen ergänzte er:

✗ Jeder könnte es gewesen sein.

Alle starrten wie gebannt auf das Whiteboard. Scheinbar warteten sie darauf, dass aus dem Nichts der Name des Täters an der Tafel erschien.

Doch wie zu erwarten war, geschah das nicht.

Plötzlich zerschnitt die tiefe Stimme des Polizeiober-kommissars die Stille: »Hat nicht dieser Fischer gerade eine Baustelle?«, fragte Kneipp.

»Stimmt, jetzt wo Sie es sagen. Da werde ich den Stefan Fischer doch gleich mal anrufen.«

Keller ging hinaus, um ungestört telefonieren zu können.

»Sie entschuldigen mich einen Moment.«

Die anderen taten so, als würden sie inzwischen wei-tergrübeln.

Nach gut fünf Minuten kam er wieder herein, seine Miene zeigte allen, dass das Gespräch keinen weiteren Hinweis ergeben hatte.

»Er war es sicher nicht, er hat ein Alibi. Seine Frau kann bezeugen, dass er bereits um kurz nach Mitter-nacht wieder zurück war. Seine Frau saß noch vor dem Fernseher und hat den Krimi im Zweiten geguckt.«

»Hätte er denn ein Motiv gehabt?«

»Nein, Engelchen, das glaube ich nicht.«

Engelchen wollte ein bisschen Schwung in die Sache bringen. Sie ging zum Whiteboard, nahm einen Stift und schrieb mit ihrer wie üblich schlecht lesbaren Schrift etwas hinzu. Plötzlich stand dort:

✗ Jeder könnte es gewesen sein - außer Stefan Fischer.

Ein Lachen erfüllte den Raum. Nun waren sie alle wieder wach.

»Und wenn der Stein trotzdem von Fischers Baustelle ist?«, fragte Dr. Thiel, der bislang noch nichts zur Dis-kussion beigetragen hatte.

»Aber gibt es denn im Ort nicht genug Baustellen, musste es gerade die sein?«

»Außer …, Herr Kommissar, der Täter war in Eile. Der Tatort und Fischers Häuschen liegen nah beisammen.«

»Stimmt, wenn man aus der Stadt zu Schultz will, muss man quasi an Stefans Baustelle vorbei.«

Nun mengte sich Engelchen wieder in das Gespräch ein.

»Und so ein Stein ist ja nun schnell mal geklaut.«

Jetzt schauten alle auf die einzige Frau in der Runde. Herta Engel kam sich in diesem Moment vor wie die Täterin, so glotzen sie die Männer an.

Kellers Frage ging an alle: »Wenn wir davon ausgehen, dass der Stein von Stefans Baustelle stammt, ergeben sich leider weitere Fragen. Die beiden wichtigsten sind: ›Wer wusste von Stefans Baustelle?‹ und ›Wo ist der Stein jetzt?‹«

Die Besprechung war vorbei.

»Übrigens«, so Engelchen zu den Gehenden, »morgen erscheint in der HNA ein Artikel über unseren Fall.

Keller schaute sie fragend an.

Mit »Sie waren ja nicht da«, beantwortete sie seinen überraschten Blick.

2./3. Juni 2012 - Die Nacht des Jahrgangstreffens

Die Party dauerte bereits neun Stunden. Es war mittlerweile halb fünf Uhr am Sonntagmorgen, als vielleicht noch fünfzehn Gestalten auf dem Jahrgangstreffen anwesend waren. Auch die Trinker an der Theke hatten sich nach und nach verabschiedet. Langsam musste sich Keller Gedanken machen, wie er wieder nach Hause kam. Gut, es waren immer noch ein paar Leute da, die in seine Richtung fuhren und - das war ebenfalls nicht unwichtig - die sogar noch fahrtüchtig waren.

Gerade wollte er zu Hartmut gehen und ihn fragen, ob er ihn nicht mitnehmen würde, da sprach ihn Kerstin von der Seite an.

»Sorry, ich wollte dich nicht erschrecken. Heike hat mir erzählt, wie du zusammengeschreckt bist. Zum Glück ist kein Polizist aus dir geworden.«

Sie kniff ihn in die Seite.

»Macht euch nur alle über meine Schreckhaftigkeit lustig.«

»Willst du eigentlich mit mir rüberfahren? Wenn ein Polizist bei mir ist, kann mir wenigstens nichts passieren.«

»Klar, gerne. Ich wollte selber gerade schauen, wie ich heimkomme.«

»Ich suche mal Susi, dann können wir auch schon los.«

»Gut, ich verabschiede mich von Berthold. Wir treffen uns gleich wieder hier.«

»Ist in Ordnung.«

Es dauerte etwa drei Minuten, da war sie wieder zurück. Sie hatte einen lautstarken Disput mit Susi. Der ziemlich besoffene Jörg Schultz befand sich in ihrem Schlepptau.

»Den besoffenen Kerl nehm' ich nicht mit.«

»Kerstin, bitte. Er weiß ja kaum noch, wie er heißt.«

»Isch bin der Jörg. Und du, Mäuschen?«

Alle schauten auf Jörg.

Kerstin ließ nicht locker: »Nein, das kommt überhaupt nicht in Frage.«

Da mischte sich Berthold, der Wirt, in das Gespräch ein.

»Wenn du ihn jetzt nicht mitnimmst, liegt der morgen um elf immer noch hier. Sei bitte so lieb.«

Keller stimmte ihm zu: »Wenn er Unsinn macht, lässt Berthold ihn glatt in eine Ausnüchterungszelle stecken.«

»Also drei zu eins, wahrscheinlich will Jörg es auch«, sagte Susi.

»Gut, gut. Ich gebe mich geschlagen. Aber gerne mache ich es nicht.«

Jörg hatte einen wachen Moment und nahm wahr, dass es um ihn ging.

»Bis'n Schatz, Kerseen.«

Und zu den Umstehenden: »Scheen war's mid oich, Tschüssikowsky!«

Zusammen wuchteten sie ihn erst zum und dann ins Auto. Keller musste hinten bei Jörg Schultz sitzen, darauf hatte Kerstin bestanden. Jörg bekam nicht mehr viel mit, doch seine Flasche Dornfelder hielt er fest umschlungen.

Kapitel 5

Mittwoch, 6. Juni 2012, früher Morgen

»Ich glaube, der Hund hat was gefunden.«

Stefan Fischer, Kneipp und Keller mussten erst über eine große Pfütze springen, die sich durch das Gewitter im Laufe der Nacht zu Mittwoch gebildet hatte.

Andreas Gerke, Führer der Polizeihundestaffel in Kassel, hatte Asra suchen lassen und tatsächlich hatte die Jagdhündin etwas entdeckt. Natürlich musste der sorgsam wieder auf den Stapel zurückgelegte Stein nun im Polizeilabor auf Spuren hin untersucht werden. Glücklicherweise hatte Stefan am Abend zuvor alles mit einer Plane abgedeckt, so hatte der Stein wenigstens nicht offen im Regen gelegen. Da es zwischen Sonntagmorgen und Dienstagabend nicht geregnet hatte, konnte man davon ausgehen, dass noch nicht alle Spuren weggewaschen waren. Fast wäre das Beweismittel in Kürze verbaut und anschließend verputzt worden.

»Doch warum hat er den Stein nicht einfach in die Weser geworfen?«, unterbrach Stefan Fischer Kellers Gedankengänge. Der Kommissar wusste auf diese Frage jedoch keine Antwort.

Trotz der inzwischen guten Spurenlage dauerte Keller das alles viel zu lange, daher ersann er eine List.

2./3. Juni 2012 - Die Nacht des Jahrgangstreffens

Susi hatte schon bald ein schlechtes Gewissen bekommen, ob denn Jörg gut nach Hause gekommen war. Daher ging sie die fünfzig Meter die Straße hinauf, um noch einmal nach ihrem alten Freund zu schauen. Er hatte trotz seines Zustands darauf bestanden, die letzten Meter allein zu gehen. Und so wie er drauf gewesen war, war auch jeder froh über seinen Willen. Susi dachte in diesem Augenblick an die Feten von damals. Wie ein Krake hatte er sich dann immer an sie geklammert. Damit war dann auch jede ihrer Rundungen seinen hemmungslosen Angriffen ausgeliefert. In diesem Moment war ihr Beschützerinstinkt jedoch stärker.

Sicher ist sicher, dachte sie sich wohl.

Als sie die Straße entlang ging, sah sie schon im Flur das Licht brennen. So wusste sie, dass alles in Ordnung war.

Das musste der Zeitpunkt gewesen sein, als Frau Schultz mit dem Ellenbogen gegen den Türrahmen stieß. Sie schrie vor Schmerz unterdrückt auf, was ihr Mann ihrer Aussage zu Folge mit einem lauten Röcheln kommentierte. Später beklagte sie sich Keller und Engelchen gegenüber darüber, dass sie nicht noch so spät am Abend eine neue Flasche Wein hätte aufmachen sollen. Kein Wunder also, dass sie jetzt mitten in der Nacht noch einmal zur Toilette musste.

Mittwoch, 6. Juni 2012, früher Nachmittag

Diesmal saß Keller zu Hause, an seinem eigenen Laptop. Er war im Begriff, zwei E-Mails zu verfassen. Das E-Mail-Programm war geöffnet, Keller begann, die erste E-Mail zu schreiben.

Liebe Klassenkameradinnen und Klassenkameraden,
wie ihr sicher auch, stehe ich immer noch unter Schock. Jörg Schultz geht es langsam besser, zu seinem Glück hat er einen harten Schädel. Besucher kann er aber noch nicht empfangen. Dazu ist er derzeit noch zu schwach. Zudem steht er, bis der Fall gelöst ist, unter Polizeischutz.
Lasst es euch gutgehen, wo ihr auch gerade seid.
Herzliche Grüße, euer Ernst

Diese Nachricht war für alle diejenigen bestimmt, die wissen wollten, wie es ihrem ehemaligen Mitschüler ging.

Die zweite Mail war heikel. Ging sein Plan schief, so konnte er seinen Job verlieren. Wenn sein Plan jedoch aufging, würde er heute Abend noch Besuch bekommen. Er wusste nämlich, dass nicht jeder seiner Schulfreunde eine eigene E-Mail-Adresse hatte. Einige benutzten aus Faulheit auch gerne die Nachrichtenbox ihres Partners. Er begann zu schreiben:

Liebe Herta,

es tut mir leid, dass ich mich heute Mittag nicht mehr bei Ihnen gemeldet habe. Mein Telefon ist leider kaputt und ich bin noch den ganzen Tag unterwegs. Aber jetzt habe ich wenigstens Zeit, Ihnen die Adressliste noch einmal zu schicken, nachdem Sie die Mail gestern versehentlich gelöscht haben.

Herzliche Grüße, Keller

PS: Ich komme morgen etwas später ins Büro. Ich muss noch zu Jörg Schultz ins Krankenhaus. Wir haben die vermeintliche Tatwaffe gefunden. Ich nehme sie allen Regeln widersprechend heute Abend mit nach Hause, da ich heute nicht mehr ins Präsidium komme.

Er trug sowohl die dienstliche Mailadresse von Engelchen ein als auch eine als ›Engelchen privat‹ bezeichnete. Engelchen hatte schon oft dagegen protestiert, doch nahm ihr Chef auf ihre Privatsphäre nicht immer Rücksicht. Diese zweite Mail sollte seine Assistentin auch nicht erreichen. Hinter ›Engelchen privat‹ verbarg sich eine Adressgruppe, in der alle E-Mail-Adressen der Schüler seines Jahrgangs hinterlegt waren. Sollte also jemand Interesse daran haben, dass die Tatwaffe verschwand, so musste er heute Abend tätig werden. Er wusste, dass er mit dieser Aktion ein großes Risiko einging, doch konnte einem chronisch überarbeiteten Mitarbeiter nicht auch einmal ein solches Missgeschick passieren?

Keller klickte auf ›Senden‹.

Dann nahm er sich die Zeitung von heute. Im Regionalteil fand er Meiers Artikel.

»Gar nicht schlecht, das hätte ich ihm gar nicht zuge-
traut.«

Doch würde er ihm das nie im Leben sagen.

2./3. Juni 2012 - Die Nacht des Jahrgangstreffens

Frau Schultz sah auf dem Weg zur Toilette an der Gar-
derobe, dass Jörg immer noch nicht nach Hause gekommen war. Seine Jeansjacke hing nicht, wie gewohnt, auf
einem Kleiderbügel. Obwohl sie seine Ausdauer beim
Feiern kannte, machte sie sich doch langsam Sorgen.
Ihre Gedanken in diesem Moment äußerte sie später gegenüber Keller so: »Jörg ist scheinbar immer noch
nicht da, dabei ist es schon zehn vor fünf. Dem Jungen
wird doch wohl nichts passiert sein?«

Da sie nichts tun konnte, ging sie wieder zu Bett.
Diese ›Gefühlsduselei‹ einer Mutter konnte Keller später naturgemäß nicht nachvollziehen. Interessant war
für ihn jedoch etwas anderes: Frau Schultz hatte, nachdem sie ein paar Minuten wach in ihrem Bett gelegen
hatte, ein Motorrad die Straße hinunterfahren gehört.

Mittwoch, 6. Juni 2012, abends

»Schön, dass wir uns heute noch treffen konnten.«

Die Frau saß ihm gegenüber auf einem Barhocker,
beide tranken ein Bier. Der Wirt schaute herüber, wäh-

rend er die Weingläser abtrocknete. Keller merkte sofort, dass sie sich nicht besonders wohl fühlte in ihrer Haut.

Sie hingegen erkannte, dass sie das Gespräch nicht abbrechen lassen durfte. Also sagte sie irgendetwas.

»Und vor allem so schön fußläufig von dir zu erreichen, da brauchtest du nicht einmal ein Auto.«

»Du bist sicher mit der Straßenbahn gekommen? Ist da eigentlich immer noch diese fiese Baustelle in der Frankfurter Straße?«

Sie wurde langsam etwas selbstbewusster.

»Da sachste was. Die werden wohl nie fertig. Jetzt bauen sie schon seit letzten Herbst.«

Kerstin gestand Keller, dass sie sich zunächst gar nicht mit ihm treffen wollte. Nach seinem Anruf hatte ihr Mann ihr jedoch zugeraten, die Gelegenheit zur Versöhnung zu nutzen. Doch hatte sie das immer noch nicht restlos überzeugen können. Sie hat dann auch noch ihre beste Freundin angerufen und sie um Rat gefragt. Als diese sich zu Kerstins Überraschung Dieters Meinung anschloss, konnte sie kaum noch anders.

Keller wusste, was sie jetzt von ihm erwartete. Seine Rede hatte er gut vorbereitet, schließlich kam er nicht so oft in die Gelegenheit, sich bei einer Dame entschuldigen zu müssen.

»Es tut mir leid, was da am Sonntag passiert ist. Ich war halt ganz hingerissen zwischen dem Polizisten in mir und dem Typ, der dich früher mal ganz gern gemocht hat.«

Sie hatte ihre Selbstsicherheit wiedergewonnen, weshalb sie keck entgegnete: »Verknallt warst du, Keller!«

Dieser bemerkte die zunehmende Verfärbung seines Gesichts - rot-schwarz würde er aufgrund der enormen Hitzewallung vermuten.

»So wie Jörg Schultz?«, gab er zurück.

»Ach der. Der wollte doch nur eben mit mir in die Umkleidekabine. Danach hat er sich doch schnell schon die Nächste gesucht. Aber das habe ich ihm inzwischen längst verziehen.«

»Gilt das auch für das Angebot, ihm auf die Herrentoilette zu folgen?«

Dieser Satz rutschte Keller heraus. Sogleich bereute er seine falsche Schlagfertigkeit. Er sah, dass sich ihre Gesichtszüge nun ebenfalls verfärbten.

»Bitte nicht noch einmal so einen Wutausbruch, bitte!«, flehte er lautlos vor sich hin.

Wieder hatte er einen Fehler gemacht.

In diesem Moment gab Kellers Telefon ein Signal von sich, ein Horn, wie in einem der alten Robin-Hood-Filme. Keller schaute auf die eingegangene SMS und fing an zu grinsen. Auf diese Nachricht hatte er gewartet.

»Du kannst mir dankbar sein, Kerstin.«

»Hä, warum das denn?«

»Während wir hier so sitzen, macht sich jemand an meinen Sachen zu schaffen. Er ist in diesem Augenblick in meiner Wohnung. Während wir hier sitzen, haben sich meine Kollegen im Badezimmer versteckt. Sie werden ihn gleich festnehmen.«

»Und was hat das mit mir zu tun?«

Das wohlige Gefühl, Recht gehabt zu haben, machte sich angenehm in Kellers Körper Raum.

»Mit ein bisschen Glück wirst du nicht für Mitwisserschaft an einer Tat zur Verantwortung gezogen, die dein Mann gerade begeht.«

»Hääh?«

»Du hast vermutlich die Mail nicht gelesen, die ich ›versehentlich‹ an alle unseres Jahrgangs geschrieben habe?«

»Nein, wann denn?«

Keller fuhr fort: »Heute Nachmittag. Aber dein Mann hat sie gelesen. Du hast ja offensichtlich keinen eigenen E-Mail-Account, oder?«

»Nein, ich nutze dazu immer Dieters Adresse. Sagst du mir jetzt endlich mal, was passiert ist?«

»Gerne, ich will nur mal kurz aufs Klo.«

Ihr wütender Blick wollte Keller auf der Stelle töten.

Erleichtert kam Keller zurück. Kerstin hingegen saß wie auf glühenden Kohlen. Während Keller auf Toilette war, hatte sie versucht, Dieter anzurufen. Keller sah auf seinem Weg an ihren Tisch, wie es in Kerstin kochte.

»Na, ist er nicht dran gegangen?«

»Woher ...? Egal, was ist eigentlich gerade passiert?«

»Dein Dieter hat am frühen Sonntagmorgen Jörg Schultz niedergeschlagen.«

»Wie kommst du irrer Bulle darauf, dass Dieter der Täter sein könnte?«

Kerstin war trotz der Beleidigung ruhiger, als er es jemals vermutet hätte. Vor allem vor dem Hintergrund, dass Keller sie vor kurzem noch verdächtigt hatte.

»Du hast ihn mit deinem späten Anruf unglaublich wütend gemacht. Daraufhin ist er mitten in der Nacht fünfzig Kilometer mit dem Motorrad gefahren und hat

Jörg aufgelauert. Mit einem Stein, den er sich bei Stefan Fischer - sagen wir einmal - ausgeliehen hat, hat er ihn niedergeschlagen. Den Stein hat er wieder zurückgebracht und zwischen die anderen Steine gesteckt. Darum hat der Spürhund am Tatort auch nichts gewittert. Meine E-Mail von heute Nachmittag hat Dieter nervös gemacht. Aus diesem Grund ist er auch in meine Wohnung eingebrochen.«

Kerstin reagierte wieder ganz anders, als Keller erwartet hatte.

»Schöne Geschichte, Ernst. Doch gerade habe ich mit ihm telefoniert, er sitzt beim Zahnarzt. Er hat seit Tagen Zahnschmerzen und diesen Termin trotz aller bevorstehenden Schmerzen quasi herbeigesehnt. Und ja, er ist wirklich dort, ich habe den Zahnarzt im Hintergrund schimpfen gehört.«

»Er muss es gewesen sein. Wer hat Jörg Schultz dann niedergeschlagen? Und wer zum Teufel ist da gerade in meiner Wohnung?«

Kerstin zuckte nur mit den Schultern.

Keller versuchte in der Folge mehrmals, Engelchen oder Kneipp zu erreichen. Doch keiner von beiden ging an sein Mobiltelefon. Fünf Minuten vergingen. Plötzlich saß er wie auf glühenden Kohlen. Zehn Minuten. Da endlich klingelte das Telefon, es war Engelchen. Als Keller hörte, was seine Assistentin ihm berichtete, fiel er aus allen Wolken. Er haute vor Wut so stark auf den Tisch, dass Kerstin es mit der Angst bekam.

2./3. Juni 2012 - Die Nacht des Jahrgangstreffens

Frau Langenhagen, die Nachbarin von Familie Schultz, machte später folgende Aussage:

»Ich bin an diesem Sonntagmorgen irgendwie schwer aus dem Bett gekommen und bin noch sehr verschlafen vor meine Haustür getreten. Ich suchte meinen Hund, doch war der verflixte Racker schon wieder durch das Loch im Zaun rüber zu Schultzens entwischt. Ich war so durcheinander, dass ich vergaß, die Haustür richtig abzuschließen. Wie so oft musste ich wieder diesem verdammten kleinen Flitzer hinterherlaufen. Als ich an den Zaun kam, um meinen Hund zu rufen, sah ich, dass Cäsar neugierig an etwas schnüffelte. Mit meinen schlechten Augen konnte ich es zunächst nicht erkennen - ich musste erst meine Brille aufsetzen. Er hatte etwas gefunden. Der Anblick ließ mich erschaudern: Was da langgestreckt auf dem Rasen der Familie Schultz lag, war dieser schreckliche Jörg. Den Bruchteil einer Sekunde später erspähte ich neben Jörg den blutigen Gartenzwerg, der sonst immer auf seinem Platz unter der Gartenlaterne neben dem Weg stand.

»Klausi!«, rief ich aus.

So schnell es meine schwachen Beine noch erlaubten, bin ich zum Gartentor gelaufen.«

Mittwoch, 6. Juni 2012, abends

Nach seinem Wutausbruch legte Keller das Handy mit übertriebener Langsamkeit zurück auf den Tisch. Kerstin schaute Keller fragend an - vollkommen fassungslos teilte er ihr die Neuigkeiten mit.

»Meine Kollegen haben soeben Heike Müller in meiner Wohnung festgenommen. Sie war gerade im Begriff, mein Auto zu klauen. Genau in diesem Moment haben Engelchen und Kneipp sie geschnappt.«

Kerstins Züge entgleisten.

»Was?«

»Eine Person ist in meine Wohnung eingedrungen. Sie trug schwarze Kleidung und eine Strumpfmaske. Daher haben sie zunächst fälschlicherweise angenommen, dass es sich um Dieter handeln würde.«

Sie zahlten und machten sich auf den Weg zu Kellers Wohnung. Diese lag nur fünf Gehminuten entfernt. In der Wohnung saßen Heike, Polizeioberkommissar Kneipp und Kriminalassistentin Engel. »So, Frau Müller, dann wiederholen Sie nochmal, was Sie uns bereits erzählt haben.«

Unter Tränen begann Heike zu erzählen.

»Ich war so wütend auf Jörg, dass ich ihm an jenem Abend in einer nicht einsehbaren Ecke des Hauses aufgelauert habe. Als Susi und Kerstin weg waren, habe ich Jörg den Stein an den Kopf geschlagen.«

Vollkommen unerwartet für alle sprang Kerstin auf und begann laut zu schreien.

»Warum hast du das getan?«

Engelchens böser Blick traf sie mit einer solchen Wucht, dass sie sich sofort wieder auf den Küchenstuhl setzte, den ihr Keller zuvor herbeigeholt hatte.

»Um die Polizei auf eine falsche Spur zu locken, habe ich einen der hässlichen Gartenzwerge präpariert, den ich im Nachbargarten gefunden habe. In dem Moment, als ich Jörg gerade den zweiten Schlag verpassen wollte, kam jemand den Bürgersteig hinauf. Ich versteckte mich wieder in meiner Ecke. Es war Dieter. Er kam durch das Gartentor und ging zu Jörg. Als er sah, was geschehen war, trat er ihn einmal kräftig in die Seite, nahm sich die Flasche Wein und ging.«

»Und was haben Sie getan?«

»In diesem Moment ging im Haus das Licht an, da bin ich auch abgehauen.«

Betretenes Schweigen. Keller fand als Erster die Fassung wieder.

»Schön und gut, aber warum hast du Jörg fast erschlagen?«

»Weil ich ihn geliebt habe und wir seit einem Monat ein Paar waren. Das wusste bloß noch niemand. Jörg wollte auch nicht, dass das bekannt wurde, zumindest nicht vor dem Jahrgangstreffen. Ich habe ihn schon immer geliebt, auch damals in der Schule. Ich war auf jede seiner Freundinnen eifersüchtig. Als du mir dann von Jörgs Angebot mit der Herrentoilette erzählt hast, musste ich endlich was unternehmen.«

»Und damit niemand auf dich kommt, hast du den Verdacht auf Kerstin und damit auf Dieter gelenkt?«

In diesem Moment sprang Kerstin auf und stürmte auf Heike zu. Als sie jedoch an Engelchen vorbeikam, beförderte diese sie mit einem einzigen Jiu-Jitsu-Griff schnell zu Boden und hielt sie dort fest. Erst als Kerstin sich wieder beruhigt hatte, ließ sie sie vorsichtig los.

»Aber der Plan ist nicht aufgegangen, du hast die Nerven verloren. Übrigens: Den Stein - die Tatwaffe - habe ich bereits heute Nachmittag ins Labor gebracht.«

Als Kerstin erneut von ihrem Küchenstuhl aufstand, ging Engelchen sofort wieder in Kampfstellung. Diesmal vollkommen unnötig. Kerstin nahm sich ihre Jacke und ging grußlos aus der Wohnung. Engelchen machte Keller ein Zeichen, ihr zu folgen. Bereits an der Haustür hatte er sie wieder eingeholt. Sie blieb stehen.

»Wie konnte er nur?«

»Du hast nichts gemerkt, da du ja nicht zu Hause geschlafen hast, sondern bei deiner Mutter. Du sagtest doch auf dem Treffen beiläufig, wie gerne Stefan und Dieter Motorrad fahren. Da sind einhundert Kilometer mitten in der Nacht keine große Herausforderung.«

Keller schwieg einen Moment, er dachte angestrengt nach.

Er fuhr fort: »Wenn du ihn nicht zu dieser Tat angestiftet hast und die Mail von heute Nachmittag nicht gelesen hast, bist du aus der Sache raus.«

»Und wenn das nicht so ist?«

»Dann weißt du wenigstens, was du sagen musst.«

»Warum machst du das?«

»Das kann ich dir sagen. Die Beweise gegen Heike sind durch das Geständnis erdrückend, die gegen Dieter durch ihre Aussage schwerwiegend. Zudem werden meine Kollegen bei der nun bei euch fälligen Haussuchung eine Flasche Dornfelder mit Gastwirt Bertholds

Fingerabdrücken finden. Da geht es mindestens um unterlassene Hilfeleistung - also Freiheitsstrafe bis zu einem Jahr oder Geldstrafe. Er ist ja wohl nicht vorbestraft, oder? Außerdem hat Heike den Tatort nach ihm verlassen.«

»Nein. Und die gebrochene Rippe?«

»Das kommt auf Heike an. Es ist nicht unwahrscheinlich, dass er zuvor im Suff auf der Treppe gestürzt ist. Ich werde da mal mit Heike reden, vielleicht ist sie sich später auch nicht mehr ganz sicher.«

Kerstin schien nicht zu verstehen.

»Es reicht, wenn einer in den Knast geht, weil er es diesem Kerl heimzahlen wollte.«

»Du, ich glaub es nicht.«

»Kerstin, ob du es glaubst oder nicht, ich bin auch nur ein Mensch.«

»Ernst, das weiß ich sogar.«

Sie gab ihm einen dicken Schmatzer auf die Wange und ging.

- E N D E -

MORDWIND

Kommissar Kellers zweiter Fall

Zum Geleit

Wie alle meine Kriminalgeschichten sind auch hier geschilderten Begebenheiten frei erfunden.

Wichtig war es mir vor allem, dass man nicht genau lokalisieren kann, wo sich die Handlung genau zugetragen hat. Das Thema Windkraft ist derzeit in Nordhessen stark in der Diskussion, eigentlich könnte es landschaftlich jede der zehn Gemeinden des ehemaligen Landkreises Hofgeismar gewesen sein. Die in der Geschichte von mir verwandten Detailinformationen sind jedoch so unscharf und widersprüchlich, dass eine genaue Lokalisierung nicht möglich ist.

Und das ist auch gut so.

Dienstag

Am Tatort

»T. N. T.« - laut und blechern dröhnte der AC/DC-Song aus Kellers Jugend aus dem Autoradio. Kriminaloberkommissar Ernst Keller hatte wahrlich schon größere Vorfreude auf einen bevorstehenden Arbeitstag verspürt als heute. Gleich am frühen Morgen musste er in einen der abgelegensten Orte seines Zuständigkeitsbereichs fahren. ›Engelchen‹, so nannte er seine Assistentin Herta Engel, hatte ihn bereits morgens um halb sieben zu Hause angerufen, damit er gleich von Zuhause an den Tatort fahren konnte. Die Staatsanwaltschaft hatte seine neue Handynummer verlegt, einen Festnetzanschluss hatte er und seine Freundin Angelika schon längere Zeit nicht mehr.

Eine Joggerin hatte mitten im Reinhardswald einen Schwerverletzten gefunden, der vermutlich nicht ohne äußeren Einfluss einen alten Steinbruch heruntergestürzt war. Keller war schlechtgelaunt. Sein Boiler war kaputt und er konnte heute Morgen nur kalt duschen. Da es die ganze Nacht geregnet hatte, sah er sich schon über einen rutschigen Tatort stolpern. Dass es im Augenblick nur noch nieselte, machte die Sache auch nicht besser. Seinen Regenschirm hatte er gestern Engelchen ausgeliehen.

Keller hatte kaum das Ortsschild passiert, da fiel sein Blick auch schon auf die zahlreichen Plakate und Aufsteller.

Sie skandierten »Windkraft – ohne uns!« und luden zur Bürgerversammlung am heutigen Abend ein.

»Wollen die lieber ihr altes Atomkraftwerk wiederhaben? Das stand doch nur einige Kilometer Luftlinie von hier«, ging es ihm durch den Kopf. Sein veraltetes Navigationsgerät führte ihn immerhin bis zu dem am Waldrand gelegenen »Bürgermeister-Schroeder-Weg«. Von hier konnte er sich nur an Engelchens recht vage Beschreibung halten.

»Bis zum Ende der Teerstraße, anschließend ungefähr 500 Meter Schotterstrecke bis zu einer Schranke.« Dort würde hoffentlich ein Beamter der örtlichen Polizei stehen, der Keller die Weiterfahrt zum Ende der Schotterstrecke ermöglichte. Danach waren es noch zirka 100 Meter zu Fuß quer durch den Wald.

Keller kam zu der Schranke, passierte, hielt seinen erst am Wochenende gewaschenen Wagen an und parkte ihn am Wegesrand. Dummerweise hatte er bereits seine guten Lackschuhe angezogen. Heute war er mit Angelika zu einem Opernabend in Kassel verabredet - La Bohème von Giacomo Puccini. Zu ihrem letzten gemeinsamen Opernabend war er in Trekkingschuhen erschienen, daher wollte er heute auf Nummer sicher gehen. Die Stiefel waren natürlich nicht im Kofferraum, er hatte sie letzte Woche für die Arbeit im Garten herausgenommen. Er blickte aus dem Wald zurück und sah auch schon den Leichenwagen vorfahren.

»Wenigstens hat man mich nicht umsonst so früh aus dem Bett geholt«, dachte Keller, immer noch schlecht gelaunt. War Keller dermaßen schlecht drauf, so neigte er immer zu einem gewissen Zynismus.

Polizeioberkommissar Marcus Kneipp, der Vertreter der regionalen Polizei, streckte ihm seine Hand entgegen:

»Guten Morgen, Herr Kommissar. Heute ist kein schöner Tag zum Sterben.«

»Gibt es schöne Tage zum Sterben? Vermutlich nur mit einer rassigen Traumfrau nachts an einem herrlichen Sandstrand, das leere Cocktailglas noch in der Hand. Aber Spaß beiseite, können Sie schon etwas sagen?«

»Nein, die Zeugin hat ihn auch erst vor einer guten Stunde gefunden. Als ich hier ankam, war Herr Sternkens gerade verstorben.«

»Sternkens war also sein Name. Hier aus dem Ort?«

»Nein«, antwortete Kneipp, »Hartmut Sternkens, 51 Jahre, verheiratet, er kommt aus dem Nachbarort. Er war Chef und Inhaber eines Ingenieurbüros mit rund zehn Mitarbeitern. Die arbeiten in der Hauptsache an Energieprojekten. Windkraft, Sonne und so'n Zeug. Sternkens ist offensichtlich den alten Steinbruch heruntergestürzt. Eine Fallhöhe von gut acht Metern überleben die wenigsten.«

Ursula Schmidt saß am Rand des Steinbruchs. Sie war eine attraktive junge Frau Mitte dreißig. Aus gutem Grund tauchten das Gesicht von Scarlett Johansson und eine Szene aus ›Lost in Translation‹ vor seinem geistigen Auge auf. Schmidt saß, gegen den Nebel und die Kälte in eine bundeseigene Decke gehüllt, auf einer Bank. Sie hatte sich so eng in die graue Decke eingekuschelt, dass das verführerische Profil ihres Körpers immer noch gut zu erkennen war. Keller sprach sie an.

»Und Sie laufen so früh am Morgen ganz alleine durch den Wald?«

»Nein, üblicherweise laufe ich mit einer Freundin, doch die musste diese Woche auf eine Dienstreise. Und Sie sind?«

»Oh, entschuldigen Sie bitte, meine Umgangsformen drohen zu verrohen. Kommissar Keller, äh, Ernst Keller.« Ein Augenblick des Schweigens, dann hatte sich Keller wieder gefangen.

»Der Mann hat ja noch gelebt, als Sie ihn gefunden haben. Konnte er Ihnen noch irgendetwas sagen?«

»Ja, aber so richtig verstehen konnte ich ihn nicht. Es klang so nach ›Martina‹ oder so ähnlich.«

»Martina? Interessant.« Keller hätte der angenehmen Stimme der Zeugin noch länger zuhören können, doch musste er weiter.

Vom Anblick der jungen Frau noch immer innerlich erregt, rief Keller Kneipp zu sich. »Können Sie bitte die Aussage der Frau aufnehmen? Wann könnte ich den Bericht bekommen? Ginge es bis heute Mittag? Ich würde die Gelegenheit gerne nutzen und frühstücken. Können Sie da spontan was empfehlen?«

»›Der Alte Fritz‹ ist vielleicht etwas für Sie. Der sollte schon geöffnet haben, Friedrichstraße 13.«

»Wie passend, danke. Anschließend möchte ich mich ein wenig im Ort umhören. Ich komme dann gegen zwölf in Ihr Büro in Karlshafen. Wir können den Fall dann ja beim Mittagessen besprechen.«

Kneipp grüßte kurz, Keller warf noch einen Blick zurück. Die junge Frau hatte die Decke abgelegt und ging in ihrem enganliegenden Laufdress in Richtung von Kneipps Wagen. Es hatte aufgehört zu regnen. Der Weg zurück zum Auto trocknete langsam ab.

»Also«, sprach er im Wagen halblaut zu sich, »was haben wir? Den toten Inhaber eines Ingenieurbüros und eine aktive Bürgerbewegung gegen Windkraft. Immerhin etwas. Doch reicht das auch für ein Motiv? Wer bringt schon einen Menschen um, nur weil er keine Windmühlen mag. Vielleicht war es auch nur ein tragischer Unfall?« So in seine Gedanken vertieft, fuhr er zunächst am »Alten Fritz« vorbei. Er wendete, stellte sein Auto auf den Parkplatz vor dem Lokal und ging hinein.

Der »Alte Fritz« war für die frühe Stunde bereits gut besucht. Fünf Gäste waren beim Frühstück in ein lebhaftes Gespräch vertieft.

Keller hörte eine durchdringende Bassstimme.

»Und das heute, am Tag der Bürgerversammlung. Da werden sich Dranske und seine Ökos aber freuen«, sagte ein Mann in einem grauen, schlecht sitzenden Anzug.

Ein anderer, ebenfalls am Versuch gescheitert, sich stilvoll zu kleiden, entgegnete: »Ich glaube nicht, dass unsere grünen Gegner so weit gehen würden, Wolff.«

»Doch, Bürgermeister. Die sind zu allem fähig.«

Der mit ›Bürgermeister‹ Angesprochene wandte sich freundlich an Keller: »Wir wollen hier jedoch nicht den Eindruck vermitteln, dass sich unsere schöne Stadt in einem Bürgerkrieg befindet. Setzen Sie sich und genießen Sie in aller Ruhe das herzhafte ›Sababurger Frühstück‹.«

84

»Vielen Dank für den Tipp«, antwortete Keller, »Sie machen allerdings einen etwas aufgebrachten Eindruck.«

»Nichts, was einen Fremden beschäftigen sollte«, erwiderte der Bürgermeister bereits nicht mehr ganz so freundlich. Er besann sich jedoch schon bald eines Besseren und schlug den gewinnenden Ton eines Lokalpolitikers an:

»Wir wollen endlich an der wirtschaftlichen Entwicklung teilhaben und haben daher ein Windparkprojekt initiiert. Heute wird die entscheidende Versammlung endlich darüber beschließen, dass das Projekt verwirklicht wird. Doch nun wurde der entscheidende Unterstützer eiskalt umgebracht.«

Mit zunehmender Erregung fuhr er fort: »Und da haben sich die Bürger in diesen schlechten Zeiten mit Eurokrise sowie schwindendem Vertrauen in Politik und Wirtschaft couragiert und weitsichtig gezeigt. Unsere mutigen Mitbürger haben ihre wenigen Ersparnisse in eine eigens hierfür gegründete Beteiligungsgesellschaft eingebracht. Sie ist das Herzstück des Unternehmens. Es wurde bereits viel investiert. Gutachten, Grundstücke und Kontaktpflege. Ja, ja, die gibt es ja schließlich auch nicht umsonst. All das drohen wir nun zu verlieren.«

»So, so«, dachte Keller, »›dass das Projekt verwirklicht wird.‹ Diese Entscheidung ist ja wohl schon vorher in kleinerer Runde gefallen. Interessant, in diesem Fall steckt doch einiges Potenzial.«

Keller wandte sich wieder an den Bürgermeister: »Kannten Sie den Toten gut?«

»Ja, wir kennen uns schon seit der Grundschule und haben schon viel zusammen durchgestanden, also zusammen erlebt, meine ich. Aber was interessiert Sie das eigentlich?«

»Ich darf mich vorstellen, Keller, Kripo Nordhessen. Ich ermittle in diesem Fall.«

»Mein Name ist übrigens Wegmann.« Der Bürgermeister erschien nun sichtlich vorsichtiger. »Wir wissen doch gar nicht, ob es ein Fall ist. Vielleicht ist Hartmut ja auch nur Opfer eines schrecklichen Unfalls geworden«, wandte er ein.

»Das wird die Rechtsmedizin zu klären haben, die finden heute jeden Kopf zum einzelnen Haar. Erst neulich konnten wir einen Täter aufgrund von Katzenhaaren auf der Kleidung überführen.«

Keller pausierte kurz, sah dabei in die Runde. »Vorhin sprachen Sie noch von ›eiskalt umgebracht‹«, versuchte er den Bürgermeister und die Seinen zu verunsichern. »Wie habe ich das zu verstehen?«

Die Männer schwiegen und schauten verlegen auf den ausgeblichenen PVC-Fußboden.

»Gut, dann halt nicht. Jetzt geben Sie mir doch bitte einmal die Adresse von diesem Dranske.«

»Der wohnt auf einem Aussiedlerhof auf der anderen Seite des Flusses, immer dem Geruch nach.«

»Na, siehste«, dachte Keller, »wenigstens einer ist aus seiner Stockstarre erwacht.«

»Na, na, na, Wolff, wir wollen doch nicht einen engagierten Bürger unserer Stadt diffamieren. Der Dranske, Wolfgang Dranske, wohnt Am Reinhardswald, Hausnummer 5.«

86

Der Wirt brachte das ›Sababurger Frühstück‹, eine herzhafte Platte mit Forellenfilet, Blut- und Leberwurst, Ahler Wurscht, Schinken und kräftigem Landkäse. Keller roch das frische Weißbrot. Sogleich lief ihm das Wasser im Mund zusammen.

Zunächst rief er jedoch die Herren zurück, die auf die Tür zum Zwölf-Eichen-Saal zustrebten und sich wohl wieder ihren Geschäften zuwenden wollten.

»Einen Moment bitte, dürfte ich mir freundlicherweise noch Ihre Namen notieren?«

Wieder war es Wolff, der sich im Ton vergriff.

»Dann zeigen Sie uns doch bitte zuerst einmal Ihren Ausweis.«

Schnell setzte er entschuldigend hinzu: »Heutzutage weiß man ja nie, wen man vor sich hat.«

»Selbstverständlich, gerne, Herr ...?«

Keller reichte seinem neuen besten Freund seinen Dienstausweis.

»Wolff, Konstantin Wolff.«

Der Kommissar notierte sich diesen und die anderen Namen und bedankte sich sehr zuvorkommend. Er widmete sich nun mit großem Interesse der Frühstücksplatte und überließ das kleine Grüppchen scheinbar desinteressiert wieder sich selbst.

Da klingelte ein Telefon. Es war das Mobiltelefon des Bürgermeisters.

»Ja, Martina, was gibt es?« Schnell schloss er die Tür zum Zwölf-Eichen-Saal.

Nach dem ausgiebigen Frühstück hatte Keller eigentlich genau die richtige Bettschwere. Doch es half nichts, er musste zu Dranske«.

Er stand auf und zahlte. Auf seinem Weg zur Tür schaute er noch einmal in den Nebenraum, wo sich der Bürgermeister und seine Unterstützer angeregt unterhielten. Zum Abschied bedankte sich der Wirt für das Trinkgeld und wünschte Keller einen schönen Tag.

Er hatte die Tür bereits geöffnet, da ging er noch einmal zurück. Eine Frage musste Keller dem Wirt noch stellen.

»Entschuldigen Sie, haben Sie eigentlich auch in das Windkraftprojekt investiert?«

»Ja«, antwortete Friedrich Herz. »Es geht um viel Geld. Viele Leute würden eine Menge Geld verlieren, wenn das Projekt scheitern würde.«

Keller ließ den Wirt stehen und ging nachdenklich zum Wagen. Sicher würde der Besuch beim ›Ober-Öko‹ einige Dinge erhellen.

Er hoffte es zumindest.

Erste Ermittlungen

Das Navi streikte und wollte Keller entgegen der von ihm vermuteten Richtung aus dem Ort hinaus in den Wald schicken. Als er auf der Höhe der Tankstelle war, fragte er eine ältere Dame nach dem Weg.

»Den Dranske suchen Sie? Was wollen Sie denn von dem?«

»Ich bin Gerichtsvollzieher«, schwindelte Keller.

Er ließ hier einfach einmal seinen Vorurteilen freien Lauf - vielleicht hatte er ja Glück.

Das Gesicht der alten Dame erhellte sich. Er schien ins Schwarze getroffen zu haben.

»Das ist natürlich ganz was anderes«, entgegnete sie.

Keller konnte mutmaßen, was sie gerade dachte.

»Sie müssen die dritte Straße rechts und über die Brücke«, fuhr sie fort. »Dann folgen Sie einfach der Beschilderung ›Ökohof Dranske – zurück zur Natur‹. Die letzten Meter müssen Sie dann über einen schmalen Feldweg mit vielen Schlaglöchern fahren.«

»Herzlichen Dank!«

Keller trat auf das Gaspedal - leider etwas zu viel, die Reifen drehten durch. Hinter der Brücke fuhr er rechts ran und suchte nach seinem Telefon. Als er es nach längerem Suchen und einigen Flüchen endlich gefunden hatte, rief er Engelchen an, die ja inzwischen auch schon im Büro sein musste. Er machte sein Radio leiser. Passend zum Ausflug zum ›Ober-Öko‹ ertönte daraus »Fire on the Water« von Orlando Riva Sound.

»Hallo Engelchen, ausgeschlafen?«

Er wusste, dass das nicht unbedingt die richtige Herangehensweise war, wenn man etwas von jemandem wollte. Außerdem war es Engelchen, die heute Morgen ebenfalls so früh aus dem Bett geklingelt worden war. An einem Tag wie heute war ihm das jedoch ziemlich egal. Außerdem machte er sich gerne und anhaltend darüber lustig, dass Engelchen trotz fester Dienstzeiten immer etwas zu spät ins Präsidium kam. Aber nun war es Viertel nach neun, so dass sie schon bei ihrer zweiten Tasse Kaffee sitzen würde – mindestens.

»Moin Chef, du hast ja heute wieder ein wahrhaft sonniges Gemüt.«

Sie hingegen hatte sich angewöhnt, ihn einfach zu duzen, sollte er ihr blöd kommen – und sie duzte ihn oft.

»Engelchen, sagen Sie mal, haben Sie eigentlich noch irgendwo eine alte Latzhose und ein Batik-T-Shirt? Ich hätte da heute Abend einen Auftrag für Sie.«

Einen Moment schwieg sein Gegenüber am Telefon, dann antwortete sie: »Nein Chef, im Garten trage ich eine alte Jogginghose. Aber ich könnte mal meine Schwester Helga fragen. Außerdem sagten Sie heute Abend. Da habe ich leider keine Zeit, da bin ich bei der Frauengymnastik.«

»Ach kommen Sie, Engelchen, einen Abend ›Bauch, Beine, Po‹ können Sie doch auch gut mal ausfallen lassen. Sie haben das doch gar nicht nötig«, schmeichelte er ihr.

Noch bevor sie antworten konnte, fuhr er fort: »Kuhhandel. Sie gehen heute Abend auf die Bürgerversammlung hier im Ort und hören sich die Diskussion der Hiesigen über ihr Windkraftprojekt an. Als ökologisch interessierte Frau gehen Sie auf Tuchfühlung mit der örtlichen Widerstandsgruppe und versuchen etwas über die Leute in Erfahrung zu bringen. Dafür lade ich Sie kommenden Freitag bei ›Luigi‹ zu einem gemütlichen Candle-Light-Dinner ein.«

Er wusste, dass sie eine Schwäche für italienisches Essen hatte. Doch war sie seitdem sie mit diesem Buchhalter liiert war, sehr vorsichtig geworden war. Keller hatte den Eindruck, dass er wohl sehr eifersüchtig war.

»Und selbst wenn ich heute auf meinen Sport verzichten würde, wie sollte ich mich glaubhaft diesen Leuten nähern, ohne dass sie misstrauisch werden?«

Keller dachte nach. Sie hatte Recht, ganz einfach würde das nicht werden.

»Sagen Sie doch einfach, Sie seien eine Cousine von Soundso aus Dingenskirchen. Bei Ihnen zuhause im nördlichen Niedersachsen hätte man auch die wahnwitzige Idee, die schöne Landschaft durch die Horrortechnologie Windkraft zu schänden. Wenn Sie sich bis heute Abend noch ein bisschen einlesen und eine logische Legende finden, dürfte Ihnen eigentlich nichts passieren. Bei ausreichend Sympathie an der Sache werden die so schnell nichts merken.«

Keller hörte quasi, wie Engelchen am anderen Ende der Leitung nachdachte.

»Ich mache es, aber nur, wenn sich die Einladung auch auf Rüdiger bezieht. Ich wollte Sie ja sowieso einmal miteinander bekannt machen. Das ist doch eine gute Gelegenheit.«

»Außerdem würde dieser dann nicht den eifersüchtigen Liebhaber spielen können«, ging es Keller durch den Kopf. »Cleveres Mädchen.«

»Abgemacht! Ach so, Engelchen, finden Sie doch bitte heraus, wer Martina ist. Sie hat vorhin Bürgermeister Wegmann angerufen. Ihr Name war auch das Letzte, was Hartmut Sternkens, dem Opfer, über die Lippen gekommen ist. Und schauen Sie sich doch bitte auch einmal die Eckdaten des Windparkprojektes an. Die könnten Ihnen heute Abend vielleicht helfen.«

»Mach ich«, antwortete Herta Engel und legte auf.

Dranskes Hof lag abgelegen, aber idyllisch am Waldrand und mit Blick auf die Weser. Der Hofherr - ein kräftiger Mittvierziger in Arbeitshose und mit dem obligatorischen Pferdeschwanz - begrüßte den Fremden zunächst freundlich, wurde jedoch misstrauisch, als dieser sich vorstellte.

»Iss klar, wenn so ein arroganter Besserwisser umgebracht wird, muss es der Öko gewesen sein!«, schimpfte er bereits etwas aggressiver.

»Sie sind schon im Bilde?«

»In unserem Dorf spricht sich so etwas schnell rum, selbst bis hier draußen dauert es nicht lange.«

»Kannten Sie den Toten?«

»Natürlich«, antwortete Dranske, »hier kennt jeder jeden. Man hat Ihnen auch sicherlich schon gesagt, dass wir keine guten Freunde waren.«

»Ja, tatsächlich. Aber woher wissen Sie?«

»Langjährige Erfahrung als Mitglied einer sozialen Randgruppe eines ach so biederen Ortes. Sie wollen doch bestimmt wissen, warum ich den Bürgermeister und seinen Amigo Sternkens nicht mag?«

»Ja, im Prinzip schon. Aber lassen Sie sich nicht unterbrechen.«

»Jedes Mal, wenn es galt, in einer Bürgerversammlung ein Projekt zu verteidigen, glänzte der Bürgermeister nicht gerade durch Sachkenntnis. Das Windkraftprojekt konnte er nur mit Sternkens an seiner Seite vorantreiben. Dieser schien ja seiner Wahrnehmung nach der Einzige zu sein, der über fachliche Kenntnisse in der Sache verfügte. Auf jedem Fall gibt – Entschuldigung, gab – er mit seiner oberlehrerhaften Art jedem Fragesteller das Gefühl, dieser sei ein dummer Schuljunge, den man belehren müsse, damit er nicht dumm sterben würde.«

Nach einer kurzen Pause fuhr er fort. »Hier im Ort gibt es derzeit drei Gruppen: die große Gattung der Unterstützer, uns Gegner sowie natürlich diejenigen, denen alles egal ist.«

»Aber was ich nicht verstehe«, fragte Keller dazwischen, »warum sind Sie als alternativ eingestellter Mensch eigentlich gegen diese Form der Ökoenergie?«

»Das kann ich Ihnen sagen, da gibt es drei gute Gründe. Erstens ist der gewählte Standort erwiesenermaßen ungeeignet für die Windkraft. Zweitens geht es denen nur um Bereicherung und Prestige. Und drittens wäre diese Gegend für eine ordentliche Biogasanlage mit Co-Vergärung sowieso viel besser geeignet.«

»Co-Was?«

»Co-Vergärung ist die gemeinsame Nutzung von Gülle, Mist und häuslichen Bioabfällen in einer Anlage zur Erzeugung von Biogas. Dieses Gas könnte man dann in einem eigenen Blockheizkraftwerk nutzen und so Strom und Wärme erzeugen.«

»Interessant«, entgegnete Keller. »Aber ich möchte noch einmal von Berufswegen auf die Punkte ungeeigneter Standort und Bereicherung zurückkommen. Erzählen Sie mal!«

»Also, das Grundstück gehört dem Wolff - aber noch nicht allzu lange. Zudem munkelt man von einer Veruntreuung bei der Verwendung der Gelder der Pannen- und Bereicherungsgesellschaft. Sie wissen doch, wie so etwas auch laufen kann. Natürlich kann man nichts beweisen, aber ein Blick in die Abrechnungen würde sicherlich interessante Erkenntnisse zu Tage fördern.«

»Darf ich fragen, woher Sie das wissen?«

»Dürfen Sie, aber jeder hat so seine Geheimnisse.«

»Wo waren Sie denn heute in den frühen Morgenstunden? Wenigstens dieses Geheimnis sollten Sie mir verraten.«

»Gerne. Wie jeden Morgen, bei Miranda.«

»Ihre Freundin?«, fragte Keller.

»Nee«, antwortete Dranske mit einem Lächeln, das zeigte, dass Keller nicht der Erste war, der diesem Spaß zum Opfer fiel. »Miranda ist meine beste Kuh und sorgt hier für frische Milch. Möchten Sie vielleicht einen frischen Kuhsaft? Die Milch ist noch ganz warm.«

»Nein danke, ich trinke nur die abgepackte H-Milch aus dem Discounter.«

Dranske verzog bei Kellers Aussage das Gesicht. Ihm war so eine Ignoranz vollkommen unbegreiflich.

»Möchten Sie noch ein Gerücht hören?«, rief Dranske dem bereits zum Auto gewandten Keller zu.

»Gerne, schießen Sie los!«

»Man munkelt hinter vorgehaltener Hand, dass Sternkens dem Projekt die fachliche Gewogenheit entziehen wollte. Wäre doch ´nen gutes Motiv für einige meiner ehrenwerten Mitbürger.«

»Sie scheinen einige Leute hier in der Tat nicht leiden zu können«, entgegnete Keller.

Schweigen.

Keller verließ den Ökohof und fuhr zurück in den Ort. So wie die Sache lag, hatten viele der Menschen hier ein Motiv: Die, die ein Scheitern des Projekts verhindern wollten, ebenso wie die, die gegen die Windkraft waren. Keller kam zu einem wichtigen, aber sinnlosem Schluss: Weniger verdächtig waren bislang nur die, die keine eigene Meinung hatten.

Den weiteren Vormittag ging Keller durch die Straßen und sprach unter anderem mit dem Friseur, der Lebensmittelhändlerin, dem Pfarrer und dem Besitzer der Tankstelle. Letzterer überließ ihm einige nützliche Unterlagen. Er gab Keller den von der Bundesanstalt für Finanzdienstleistungsaufsicht, kurz BaFin, vorgeschriebenen Verkaufsprospekt ›Planungs- und Verwaltungsgesellschaft Weserwindpark mbH‹. Außerdem hatte ihm der Tankwart die aktuelle Ausgabe des ›Bürgerbriefs‹ mitgegeben. Der Bürgermeister und seine Compañeros hatten gute Arbeit geleistet, so viel stand fest. Der Ort hatte in diesem Projekt eine Eigenbeteiligung von 25 Prozent zu leisten, bei 3 Millionen Euro Projektsumme für eine 2,5-MW-Anlage waren das 750 000 Euro. Gesellschafter konnten sich jeweils mit einem Anteil von 1 500 Euro beteiligen. Das war für Einwohner dieser strukturschwachen Gegend eine Menge Geld. Geplant war, zunächst diese eine Anlage zu errichten. Zu einem späteren Zeitpunkt sollte dann über eine Erweiterung nachgedacht werden.

»Warum nicht in die eigene Zukunft investieren, die Banken verzocken mein Geld ja eh nur.« Mindestens fünf der Einwohner hatten ihre Beteiligung an dem Projekt so oder so ähnlich begründet.

Keller lächelte bewundernd.

»Der Bürgermeister hatte also auch noch geschickt die finanziellen Ängste seiner Bürgerinnen und Bürger für seine Idee genutzt. Respekt«, murmelte er vor sich hin. Er setzte sich in sein Auto und fuhr etwas zu sportlich an. Er war schon spät dran und er hatte ja noch einige Kilometer zu fahren.

Arbeitsessen

Es war bereits Viertel nach zwölf, als Keller beim Polizeiposten in Bad Karlshafen vorfuhr. Kneipp saß auf einer kleinen Mauer gegenüber dem Eingang und wartete bereits auf ihn, zwei Zigarettenkippen wiesen vorwurfsvoll auf eine längere Wartezeit hin. Keller deutete ihm an, doch einzusteigen. Kneipp zeigte jedoch auf einen linker Hand liegenden Gasthof. Keller stieg aus, schloss seinen Wagen ab und ging auf Kneipp zu.

»'Tschuldigung, habe mich noch mit dem Pfarrer verquatscht.«

Sie bestellten Wiener Schnitzel und Currywurst rotweiß, als Kneipp zu erzählen begann.

»Ich komme zwar aus dem Nachbarort, doch kenne ich die besonderen Verhältnisse am Ort des Verbrechens zumindest im Groben. Der Bürgermeister hat viele seiner Getreuen um sich gesammelt, die ihn bedingungslos unterstützen. Dranske und seine Freunde bilden dazu den Gegenpol. Es gibt jedoch zwischen diesen beiden Gegenpolen immer wieder Momente der Solidarität. Es ist zwar nicht wie bei ›Don Camillo und Peppone‹, doch haben alle Beteiligten bislang im Ernstfall immer am gleichen Strang gezogen. Bei der bevorstehenden Brückensanierung zum Beispiel.«

Er schob sich ein großes Stück Wurst in den Mund.

»Die haben sie alle miteinander nach Kräften unterstützt. Nun scheint es aber anders zu sein.«

»Warum?«, fragte Keller dazwischen.

»Ich denke, dass das persönliche Gründe hat. Der Eine ist plötzlich mit dem Anderen verschwägert. Dann schuldet der Nächste einem Anderen Geld. Und heimliche Liebschaften mit den bekannten Komplikationen, die gibt es natürlich auch hier.«

»Sie meinen also, es könnte neben ideologischen und wirtschaftlichen Gründen auch ein persönliches Motiv vorliegen?«

»Ei, sicher dat.«

»Und wie komme ich dahinter, wer hier was mit wem zu tun hat?«

»Da fragen Sie am besten einmal die Frau Ebner, Eleonore Ebner - die kennt alles und jeden - ›Lokales Facebook kombiniert mit Twitter‹ sozusagen.«

»Wo finde ich diese Frau Ebner?«

»Die wohnt bei Bürgermeister Wegmann um die Ecke, Schillerweg, Hausnummer 56.«

»Vielen Dank, haben Sie sonst noch etwas herausfinden können?«

»Nein, leider nicht. Die Zeugin konnte nicht viel sagen und die Ergebnisse der Obduktion liegen frühestens morgen Mittag vor. Dr. Thiel rief mich gerade an, weil er Sie nicht erreichen konnte. Wir haben Glück, dass der Dottore gerade eine sehr fähige Praktikantin hat, die ihm in unserem Fall zur Hand gehen kann. Ach so, eines vielleicht: Es hat vor drei Wochen bereits einen Anschlag auf Sternkens gegeben.«

»Aha, was war denn da los?«

Das waren ganz neue Erkenntnisse, die Keller stutzig machten.

Kneipp konnte keine Details nennen, er war zu dieser Zeit im Urlaub gewesen.

»Zwei Wochen Nordsee, mit Nadia und den Kindern, Sie verstehen?«

»Könnten Sie mir bitte mal die Protokolle von damals besorgen? Die könnten wir dann in einer Lagebesprechung durchgehen. Wie wäre es, wenn wir uns so gegen vier zu Kaffee und Kuchen im ›Café zur Krukenburg‹ im Nachbarort verabreden? Das sah ganz nett aus.«

»In Ordnung«, sagte Kneipp im Gehen.

Sie trennten sich. Keller stieg in sein Auto. Er fuhr jedoch noch nicht los. Erst rief er Engelchen an.

Dorfklatsch und mehr

Frau Ebner war ganz überrascht, als der ›Gerichtsvollzieher‹ so kurz nach Mittag bei ihr vor der Tür stand. Sie hatte gerade abgewaschen und sich zu ihrer täglichen Siesta auf ihr Plüschsofa zurückgezogen. Der Fernseher lief, irgendeine Serie im Ersten. Beim Fernsehen konnte sie immer am besten schlafen.

»Da haben Sie sich wohl in der Tür geirrt, junger Mann. Ich habe all meine Rechnungen pünktlich bezahlt.«

»Dessen bin ich mir sicher, Frau Ebner. Mein Name ist Keller, ich arbeite für die Kriminalpolizei Nordhessen. Ich komme auch aus einem anderen Grund. Polizeioberkommissar Kneipp sagte mir, dass Sie hier im Ort ziemlich gut Bescheid wissen, wer mit wem verbandelt ist.«

»Jetzt kommen gleich ›Die Rettungsflieger‹ im Zweiten.« Als Frau Ebner ihn nach geschlagenen zwei Stunden mit diesem Rauswurf wieder hinauskomplimentiert hatte, war er wahrhaftig auf dem aktuellen Stand des Dorfklatsches. Er sah nun Vieles in ganz anderem Licht, insbesondere die Verbandelungen der ihm bereits bekannten Personen untereinander sowie derer mit anderen. Der Kreis der Verdächtigten wurde um diverse Freunde, Geliebte und Verwandte erweitert. Das neu erworbene Wissen musste er erst einmal verarbeiten, am besten bei einer starken Tasse Kaffee. Bei Frau Ebner gab es nur Getreidekaffee mit viel zu viel Milch. Er brauchte nun nach so viel Bio etwas Handfestes: Kaffee – schwarz und stark. Er setzte sich in sein Auto und fuhr schon etwas früher zu seinem nächsten Treffpunkt.

Keller ließ sich von der Bedienung des Cafés zur Krukenburg Papier und Stift geben. Sogleich fing er an zu skizzieren. Er hatte noch eine halbe Stunde, dann war er mit Kneipp verabredet.

Er listete zunächst insgesamt acht Personen - einschließlich des Opfers - auf dem Blatt auf, war aber mit der einfachen Liste noch nicht zufrieden. Darum begann er, die Namen am rechten Seitenrand nochmals aufzuschreiben. Er verband anschließend die befreundeten Personen mit einer gestrichelten Linie, die verwandten und verschwägerten Personen gepunktet sowie die derzeit miteinander im Streit liegenden Personen mit einer durchgezogenen Linie. Finanzielle Beziehungen wurden mit einer Strich-Punkt-Linie verbunden, wie auch immer geartete Abhängigkeiten mit einer Doppellinie. Das Ganze ergab ein sehr kompliziertes Gesamtbild.

»Wie soll ich hieraus nur schlau werden?«, fragte sich Keller mit einem lauten Seufzer.

Um das Chaos zu komplettieren, verband er die »Liebeleien« mit einer dicken Bleistiftlinie. »Acht Personen und sieben Verdächtige, da kommt einiges an Denkarbeit auf mich zu!«

Es gab eine Vielzahl von Motiven in diesem Fall, unter anderem Eifersucht, Hass, Neid und Gier.

Das stärkste Motiv sind immer die persönlichen Beziehungen, also Liebesbeziehungen und Feindschaften - davon hatte er jeweils zwei. Was würden die Eheleute Sternkens und Wegmann wohl dazu sagen, wenn sie wüssten, dass sie ihre sexuellen Beziehungen zeitweise auch über Kreuz ausgelebt hatten? Aber vielleicht war die Beziehung derart offen, dass hier ein kleiner privater Swingerclub sein wenig moralisches Unwesen trieb. Dann waren beide Herren - möglicherweise gleichzeitig - mit Ursula Schmidt liiert gewesen. Dranske war sowohl mit dem Bürgermeister als auch mit Sternkens, dem Opfer, spinnefeind. Und wohl auch mit Konstantin Wolff. Aber warum? Die vielfältigen finanziellen Verknüpfungen waren auch nicht zu vernachlässigen. Laut der ihm vorliegenden Unterlagen des Tankwarts war Wolff der Verantwortliche der Beteiligungsgesellschaft und stand damit im Fokus. Neben dem Wirt des »Alten Fritz« hatte auch der Tankwart eigenen Aussagen zufolge einen für seine Verhältnisse größeren Betrag investiert. Sie waren sehr an einem positiven Ausgang ihres finanziellen Abenteuers interessiert und standen vielleicht auch entsprechend unter Druck. Aber woher kannte Dranske so viele intime Details? Reduzierte man das Beziehungskonstrukt um die weniger wahrscheinlichen Varianten, so waren es immer noch ein halbes Dutzend Personen, die für den Mord in Frage kamen. Vielleicht waren es ja auch mehrere Täter. Ausschließen konnte man das nicht. Keller hatte ein Bauchgefühl, doch konnte er ohne weitere Informationen, wie beispielsweise die Ergebnisse des Obduktionsberichts, nichts machen. Es konnte ein kaltblütiger Mord gewesen sein, ebenso wie Körperverletzung mit Todesfolge. Oder vielleicht noch ganz was anderes?

Kneipp kam ebenfalls etwas vor der vereinbarten Zeit ins Café zur Krukenburg. Er brachte die Unterlagen des Angriffs auf Sternkens vor drei Wochen mit. Dieser war eines Morgens vor seinem Haus überfallen und niedergeschlagen worden. Sternkens wurde anschließend von dem oder den Tätern mit einer übelriechenden Flüssigkeit übergossen. Sternkens konnte sich damals nur an einen Täter erinnern, dieser trug eine Maske und war ansonsten nicht besonders auffällig. Die Ermittlungen liefen noch, sie waren bislang aber noch nicht erfolgreich. Wenigstens würde bis spätestens übermorgen Dr. Thiels Obduktionsbericht vorliegen, dann wüsste man auf jeden Fall mehr über die Todesursache.

»Haben Sie schon eine Idee zu ›Martina‹, dem letzten Wort von Sternkens?«, fragte Keller.

»Nein, leider nicht. Es könnte sich hier um ein Codewort handeln, das nur die Betroffenen verstehen.«

»Kneipp, Sie haben vermutlich zu viele Krimis gesehen. Aber leider fällt mir derzeit auch nichts Besseres ein. Vielleicht findet meine Assistentin Engelchen etwas heraus.«

Im Hintergrund hörte Keller eine ihm bekannte Melodie: ›I´m alive‹. Gut gelaunt gab Keller der Bedienung des Cafés ein großzügiges Trinkgeld. Schließlich spielten sie hier gerade eines seiner Lieblingslieder. Verklärt dachte er kurz zurück an das Jahr 1980, als er das bombastische Zwischenspiel dieses Songs vom Electric Light Orchestra zum ersten Mal in Mal Sondocks Hitparade gehört hatte.

Stille Post

Als er mit diesen Gedanken im Kopf zu seinem Auto ging, fand er einen Zettel unter dem Scheibenwischer. Da es bereits seit einer guten halben Stunde heftig regnete, war die Schrift schon verschmiert und kaum zu entziffern.

»Schauen Sie doch einmal hinten unter Ihren Wagen. S. D.«

Keller ging zum Heck seines Autos und bückte sich vorsichtig – wegen der großen Pfütze hinter seinem Audi. Und tatsächlich, jemand hatte mit Paketklebeband einen großen Umschlag am Wagenboden befestigt. Keller zog ihn vorsichtig ab und schob ihn unter seine Jacke. Nachdem er in seinem Wagen saß, legte er ihn auf den Beifahrersitz und dachte nach. Während der Fahrt an den Ort des Geschehens zermaterte er sich den Kopf darüber, wer ihm den Umschlag unter das Auto geklebt haben könnte.

Er hatte sich ein Zimmer in einer Pension genommen, da er heute Abend nach der Bürgerversammlung nicht auch noch nach Hause fahren wollte. Plötzlich fiel ihm mit Schrecken ein, dass er auch noch seine Opernverabredung für heute Abend absagen musste. Angelika würde dann wohl wieder wochenlang nicht mit ihm sprechen - Mord in der Kreisklasse statt Leben in der Pariser Bohème.

»Autsch!« Als er sein kleines Zimmer in der Nähe des Rathauses in Beschlag genommen hatte, öffnete er derart ungeduldig den Umschlag, dass er sich mit dem Papier in den Finger schnitt. Im Umschlag entdeckte Keller den ihm bekannten Prospekt der Beteiligungsgesellschaft und mehrere kopierte Zeitungsartikel. Zudem fand er dort mehrere Exemplare der in den letzten Monaten verteilten Bürgerbriefe. Neugierig nahm Keller den dicken blauen Plastikschnellhefter, dessen Deckblatt mit ›Planungs- und Verwaltungsgesellschaft Weserwindpark mbH – vertraulich‹ überschrieben war. Hier fand Keller die wirtschaftliche Kalkulation, Kopien der Förderanträge, den Schriftverkehr mit der BaFin und vor allem die Liste sämtlicher Investoren. Geplant war zunächst eine Windkraftanlage der 2,5-MW-Klasse. Die wesentlichen wirtschaftlichen Grunddaten waren ihm ja bereits bekannt: Das Gesamtvolumen betrug 3 Millionen Euro. Das war zwar längst nicht so viel wie damals beim geplanten Schloss-Beberbeck-Resort. Dort sollten mit einer Investitionssumme von 420 Millionen Euro mehrere Golfplätze, ein Binnensee, luxuriöse Hotels und weitere 600 Wohneinheiten in Feriendörfern entstehen.

»Aber alle Achtung«, dachte sich Keller, »die trauen sich was.«

Aus dem Briefverkehr mit der zuständigen Förderstelle sowie der BaFin ging ein interessantes Detail hervor. Einzelinvestitionen in Anteile der ›Planungs- und Verwaltungsgesellschaft Weserwindpark mbH‹ waren betont streng auf einen Betrag von 1 500 Euro pro Anleger gedeckelt. Da 25 Prozent der Investitionen als Eigenkapital bereitzustellen waren, ging es dabei um 750 000 Euro. Mit 1 500 Euro pro Anteil kam man auf 500 Anteile. Keller fand in der langen Liste der Investoren eine Vielzahl Anleger gleichen Namens. Sie gedachten wohl, dort familienweise zu investieren. Zudem fanden sich Belege der Ausgaben, beispielsweise für Arbeitsessen, Dienstreisen, Geschenke und so weiter.

Keller murmelte vor sich hin: »Da sollte einmal jemand drüber gucken, der sich mit so etwas auskennt.«

Er griff zum Handy und wählte Engelchens Nummer im Büro.

»Was gibt es Neues?«, fragte Keller.

»Nicht viel, Chef, nachdem wir erst vor zwei Stunden miteinander telefoniert haben.« Engelchen klang genervt. Keller meinte, ihre Gedanken lesen zu können: »Warum rief der Kerl auch andauernd an?«, schien sie sich zu fragen.

Ungerührt fuhr er fort.

»Dafür hat mir die stille Post etwas gebracht, Unterlagen der Beteiligungsgesellschaft. Sagen Sie doch mal, Engelchen, Ihr neuer Freund ist doch Buchhalter, oder?«

»Er arbeitet bei der Meinhold-AG in Kassel im Controlling, wenn Sie das meinen.«

»Meine ich doch. Ihr Roland hat doch mittwochs immer seinen freien Tag, vielleicht könnte er sich die Papiere morgen früh einmal ansehen? Bevor ich da jetzt ein Fass aufmache und den Döring einschalte, wollte ich erst einmal vorsichtig an die Sache herangehen. Dann ist beim Abendessen beim Italiener auch noch die ein oder andere gute Flasche Wein für Sie beide drin. Ich muss nur zusehen, wie ich Ihnen die Sachen heute Abend zuspiele.«

Keller wusste, dass Engelchen hier nicht widerstehen konnte.

»Rüdiger. Er heißt Rüdiger. Dass Sie sich das nie merken können. Aber ich werde mal mit ihm reden. Mal sehen, was sich da machen lässt.«

»Noch was. Schauen Sie sich doch bitte einmal die Namen der Investoren etwas genauer an, die kommen mir auch irgendwie verdächtig vor.«

»Ach Chef, eines noch. Sie fragten doch nach einer gewissen Martina. Aller guten Martinas sind in diesem Fall drei. Die Erste ist die Frau von Sternkens, die Zweite Wegmanns Schwester und die Dritte eine alte Freundin des Bürgermeisters aus seiner Schulzeit. Die Schwester lebt in Kanada, die Schulfreundin schon seit Jahren in Hamburg, wo sie auf dem Großmarkt arbeitet.

Ich habe unter einem Vorwand mit ihr telefoniert, die beiden haben sich offensichtlich seit Jahrzehnten nicht gesehen.«

»Da hat die gute Frau Ebner wohl ein paar Kleinigkeiten vergessen. Gute Arbeit, Engelchen, weiter so! Ich sehe Sie nachher auf der Versammlung. Ich rufe Sie wegen der Übergabe nachher noch einmal kurz auf Ihrem Handy an.«

Bis zur Bürgerversammlung waren es noch zwei Stunden, Keller legte sich auf sein Bett und schlief sofort ein. Im Hintergrund lief der Fernseher weiter, als musikalische Untermalung einer Reportage spielte ein alter ABBA-Song, »The Winner takes it all«.

Bürgerversammlung

Keller erwachte von der Titelmusik des ›Großstadtreviers‹. Mit Erschrecken stellte er fest, dass er noch weniger als eine halbe Stunde Zeit hatte, bevor er auf der Bürgerversammlung sein musste. Er aß eine Banane, mehr Zeit und Hunger hatte er nicht. Als er sein Handy wieder eingeschaltet hatte, sah er vier – vermutlich verzweifelte – Anrufe von Angelika auf der Anruferliste. Natürlich hatte er vergessen, sie wie verabredet um 18.00 Uhr anzurufen. Mit flauem Gefühl im Magen rief er zurück.

»Wo bleibst du denn? Wie denkst du dir das? Wie soll das deiner Meinung nach weitergehen?«

Keller zuckte mit den Schultern.

Zu viele Fragen – Keller hatte keine brauchbaren Antworten. Die beiden hatten oft Streit, genauso oft versöhnten sie sich auch wieder. Eigentlich konnten sie nicht miteinander – leider aber auch nicht ohne den anderen. Wenigstens war sein ›Ersatzmann‹ Claudius, der schmierige Nachbar, den Angelika in solchen Fällen ansonsten immer zu seinem großen Missfallen ›einwechselte‹, im Urlaub.

Es war erst Viertel nach sieben, doch waren die Plätze im Brüder-Grimm-Saal des Rathauses bereits nahezu vollständig besetzt. Die Streitparteien waren streng voneinander getrennt, die Befürworter und Unterstützer saßen auf der rechten Seite, die Gegner und ihre Sympathisanten hatten sich links gruppiert. Keller sah Engelchen zu seiner Verwunderung inmitten der Drankse-Gruppe, lautstark mit den anderen in eine Diskussion vertieft.

Seine Assistentin hatte sich selbst übertroffen: Sie trug eine merklich alte, aber knallenge Jeans, ein viel zu weites Pluderhemd sowie Sandalen einschließlich violetter Wollsocken. Doch das i-Tüpfelchen des Aufzugs war die abgetragene braune Lederjacke, die über ihrem Stuhl hing. Einen kurzen Moment trafen sich ihre Blicke, doch ließ sich keiner von beiden etwas anmerken.

Vorne auf dem Podium saßen Bürgermeister Wegmann, Wulff sowie ein Vertreter des Ingenieurbüros und ein Mitarbeiter der Stadtverwaltung.

In der ersten Reihe hockte – mit der unvermeidlichen Jeansjacke – Holger E. Meier, Lokalredakteur der Hessisch/Niedersächsischen Allgemeinen Zeitung. Es war

Keller klar gewesen, dass der früher oder später hier auftauchen würde. Insgeheim hatte er schon viel früher mit Meier gerechnet.

Viele der Gesichter kannte er schon von seinem Streifzug durch den Ort. Der Tankwart war da, Frau Ebner natürlich, Friedrich Herz, der Wirt vom »Alten Fritz«, der Pfarrer und viele andere.

Bevor er seine Bestandsaufnahme fortsetzen konnte, trat Kneipp auf ihn zu.

»Das wird heute Abend eine heiße Kiste, das sach ich Ihnen.«

Doch bevor Keller antworten konnte, bat der Bürgermeister bereits um Ruhe und darum, die Plätze einzunehmen.

Zunächst rief der Bürgermeister nach einer raschen Begrüßung zu einem kurzen Gedenken für den verstorbenen Projektleiter auf. Dies wurde von Teilen des Teilnehmerkreises mit einem nur als Protest zu deutenden Grummeln beantwortet. Schließlich blieben aber alle die ewig erscheinenden dreißig Sekunden stehen. Die Gesprächspartner wurden vorgestellt, ebenso der geplante Ablauf der Bürgerversammlung. Im Gegensatz zu Kneipp rechnete Keller nicht damit, dass sich die Leute heute besonders aus der Reserve locken ließen - nicht unter diesen Umständen. Bei der Abstimmung, deren rechtliche Verbindlichkeit Dranske natürlich sofort in Frage stellte, stimmte gut die Hälfte dem Projekt zu, ein Drittel war dagegen. Der Rest hob gar nicht erst die Hand, unter ihnen der nicht aus dem Ort stammende Kneipp sowie die in der dritten Reihe sitzende Frau Ebner. Dass diese nicht wegen der Sache gekommen war, hatte sich Keller gleich gedacht. Für sie war es eher eine gute Gelegenheit, Neuigkeiten zu erfahren und von etwaigen Scharmützeln gleich aus erster Hand berichten zu können.

Dranske und die Seinen wollten noch weiterdiskutieren und stellten unentwegt Fragen an den Bürgermeister und die anderen Podiumsteilnehmer.

Irgendwann wurde es dem Bürgermeister zu bunt und er beendete die Versammlung.

»Meine Mitarbeiter haben heute schon lange genug gearbeitet, die müssen auch mal Feierabend machen.«

Keller schüttelte den Kopf, so etwas hatte er bislang noch nicht erlebt.

Als sich die meisten Leute schon durch den Ausgang drängten, ging der Bürgermeister jovial auf Dranske zu und klopfte ihm auf die Schulter.

»Das nächste Mal kannst du es ja wieder probieren. Aber wenigstens hast du heute Abend eine neue Anhängerin gewinnen können.«

Sein Blick fiel auf Engelchen.

Zunächst war nicht klar, wer auf diese Provokation antworten sollte. Dann nahm Dranske Engelchen demonstrativ in den Arm und erklärte süffisant: »Sollten wir jemals heiraten, dann sicher nicht in diesem Saal. Glücklicherweise kann heute der Lehnsherr nicht mehr das Recht auf die erste Nacht einfordern ...«

Er hielt kurz inne, um seinem nächsten Satz eine besondere Bedeutung zu geben.

»... auch wenn sich einige wenige weiterhin so aufführen, als wären die ›guten alten Zeiten‹ noch immer nicht vorbei.«

Da der Bürgermeister nicht reagierte, setzte das kesse Engelchen noch einen drauf.

»Aber hübsche Zähne hat er«, bemerkte sie spitz und spielte dabei auf den immer noch geöffneten Mund Wegmanns an.

Dranske und Engelchen drehten sich lachend ab. Dranske hielt inne und kehrte noch einmal zu Bürgermeister Wegmann zurück »Dir ist schon klar, dass ich die Entscheidung heute rechtlich anfechten werde? Ich weiß nämlich nicht, ob eine Bürgerversammlung solch weitreichenden Entscheidungen treffen darf.«

Der so zurückgelassene Bürgermeister grinste säuerlich-verlegen und zog ebenfalls ab.

Keller war mit dem Einsatz seiner Assistentin sehr zufrieden. »Gut gemacht, Engelchen«, ging es ihm durch den Kopf.

Er wartete noch, bis sie in Dranskes Begleitung das Rathaus verlassen hatte. Sicherlich gingen sie noch zusammen in die Kneipe. Da hatte sie noch Gelegenheit, die Freundschaft zu vertiefen – und vor allem weitere Interna zu erfahren. Sorgen um seine Mitarbeiterin machte er sich keine, schließlich arbeitete sie seit Jahren ehrenamtlich im Kasseler Polizeisportverein als Jiu-Jitsu-Trainerin. Sie würde sich schon zu wehren wissen.

Als Keller den Saal verließ, warteten bereits Kneipp und Meier auf ihn. Den Kollegen konnte er – müde, wie er war – vielleicht noch ertragen, den Zeitungsfritzen sicher nicht. Dieser sprach ihn auch sogleich an:

»Wie sieht es aus, Herr Kommissar, wollen wir nicht noch irgendwo unsere Erfahrungen austauschen?«

»Ach Meier«, entgegnete Keller, den Blick zu Kneipp gewandt, »was haben Sie, was ich nicht schon wüsste.«

»Na gut, dann halt nicht. Ich kann warten. Was ist eigentlich aus deiner Beförderung geworden? Sollte die nicht schon längst durch sein? Ach ja, da war doch letztes Jahr diese hässliche Sache in Trendelburg. Ich vergaß. Vielleicht denkst du nochmal darüber nach, ich hätte wirklich etwas, was dich interessieren könnte, ich sage nur ›Martina‹.«

Er ließ Keller und Kneipp stehen und folgte der Gruppe um den Bürgermeister. Glücklicherweise schien er Kellers Assistentin in ihrer Verkleidung nicht erkannt zu haben. Durch sein fehlendes Gespür für die Situation wäre es ihm ein Leichtes gewesen, ihre Tarnung auffliegen zu lassen.

Keller dachte an ihre gemeinsame Schulzeit und wie sehr ihm dieser Kerl schon immer auf die Nerven gegangen war. Obwohl sie eigentlich Schulkameraden waren, ließ Keller nicht davon ab, Meier zu siezen.

Erst Kneipp riss ihn wieder aus seinen Gedanken. »Ein guter Journalist, doch ansonsten ein selten unangenehmer Kerl, dieser Meier. Machen Sie sich nichts daraus.«

»Wir sehen uns morgen, ich muss ins Bett. Machen Sie es gut« sagte Keller.

»Gute Nacht, Herr Kommissar.«

Gut würde die Nacht bestimmt nicht werden, dachte Keller. Er spürte bereits die ersten Anzeichen eines ›tödlichen Männerschnupfens‹.

Bevor er schwermütig in seine Pension zurückgekehrt war, hatte er noch hinter einer Eiche gewartet, bis alle weg waren. Erst dann hatte er Engelchen den Umschlag hinter das linke Hinterrad geklemmt. So hatten sie es noch schnell vor Beginn der Versammlung telefonisch vereinbart. Sie würde die Unterlagen hoffentlich unbemerkt an sich nehmen können.

Als Keller bereits im Bett lag, resümierte er noch einmal halblaut mit sich selbst sprechend seinen Fall.

»Da sind der Bürgermeister und Wolff, beides wohl vor allem aus Eigennutz glühende Befürworter der Windkraftidee. Ebenso Friedrich Herz, der Wirt des ›Alten Fritz‹. Ihnen geht es wohl hauptsächlich darum, Gewinn aus dem Unternehmen zu schlagen. Dranske ist ein verbitterter Gegner und bekämpfte alles und jeden: Sternkens, Wegmann, Wolff und letztlich auch die Windkraft. Die attraktive Ursula Schmidt hat wohl ein Problem mit Männern - vermutlich mit mehreren gleichzeitig. Ich denke, dass ich den Tankwart von meiner Liste streichen kann. Vielleicht ist aber auch ›S. D.‹ der Schlüssel zur Lösung des Falls? Und was ist eigentlich mit Martina?«

Diesen letzten Gedanken sprach er richtig laut aus, unbeabsichtigt. Er dachte an Meier und seine Andeutungen. Vielleicht hätte er ihn doch anhören sollen? Mit so vielen Fragen im Kopf dämmerte Keller langsam weg.

Mittwoch

Bettlägerig

Als er morgens gegen neun Uhr aufwachte, tat ihm der Kopf weh, zudem war der Hals derart zugeschwollen, dass er seine Stimme erst gar nicht wiedererkannte. Er würde heute sicherlich nur das Nötigste ermitteln können. Zum Glück waren es ja erst einmal die Anderen, die ihm zuarbeiten mussten. Kneipp sollte den Anschlag auf Sternkens weiterverfolgen, Engelchens Freund würde sich die Papiere der Beteiligungsgesellschaft anschauen und Dr. Thiel nebst Praktikantin würden weiter den Toten untersuchen. Daher entschied er sich, den Vormittag im Bett seines Zimmers in der Pension zu verbringen und sich zu schonen.

Frau Spatz, die Besitzerin der Pension, brachte ihm ausnahmsweise das Frühstück ans Bett. Sie war merklich daran interessiert, irgendwelche Neuigkeiten zu erfahren. Doch Keller dankte ihr nur kurz. Seine Stimme würde er noch für die anstehenden Telefonate brauchen.

Nach dem Frühstück rief er zunächst Kneipp an und fragte ihn nach etwaigen Nachrichten. Als Kneipp jedoch nichts Neues zu berichten wusste, beauftragte Keller ihn, doch noch einmal mit der Witwe des Opfers, Martina Sternkens, zu sprechen. Er sollte den Grund herausfinden, warum Sternkens letzte Worte wohl ihr gegolten hatten. Frau Ebner hatte ihm ja angedeutet, dass es mit der Liebe der beiden nicht mehr so weit her war. Außerdem sollte er nachforschen, wie eng der Kontakt zwischen ihr und Bürgermeister Wegmann nach Beendigung der Beziehung noch war.

Das Telefonat mit Engelchen war nicht so erfreulich. Sie erzählte ihm, dass Rüdiger ihr eine ordentliche Standpauke gehalten hatte. Da sie erst nach Mitternacht heimgekehrt war und so fürchterlich nach Kneipe stank, war Rüdiger freiwillig auf die Couch gezogen. Erst nach einer nochmaligen Diskussion des Themas am Frühstückstisch hatte er endlich verstanden, dass sie beruflich und sozusagen in geheimer Mission unterwegs war. Es brauchte jedoch die Kombination von Bestechung und feierlicher Erklärung, dass er sich um die Papiere der Beteiligungsgesellschaft kümmerte. Bestochen wurde er mit dem in Aussicht gestellten Essen beim Edel-Italiener; und Engelchen musste ihm noch einmal versichern, dass es auch nicht den geringsten Grund zur Eifersucht gab. Sogleich nahm er seine Situation sportlich und kreierte für seine Aufgabe zwei schöne Begriffe: ›Bulle ehrenhalber‹ und ›Miet-Polyp‹. Nach diesem Bericht von der ›Heimatfront‹ wurde Keller wieder dienstlich:

»Ach Engelchen, bestellen Sie doch bitte für morgen Mittag, 12.00 Uhr, folgende Personen an den Tatort: Konstantin Wolff, Ursula Schmidt, Wolfgang Dranske, Friedrich Herz und Erwin Wegmann. Es gibt da einiges zu besprechen.«

»Kein Ding, Chef, die Dörfler werden bestimmt begeistert sein. Ach Chef, wussten Sie übrigens, dass der Dranske eine Schwester hat? Susanne Wolff.«

»S. D.!«, entfuhr es ihm. »Das ändert natürlich einiges. Laden Sie sie bitte auch ein, sie ist das fehlende Puzzlestück in diesem Fall.«

S. D., das stand für Susanne Dranske. Sie hatte ihren Mädchennamen verwandt, als sie Keller die Nachricht hat zukommen lassen.

»So langsam fügt sich Stück für Stück in diesem anfangs sehr wirrem Fall zusammen«, sagte Keller zu sich.

Als er sich endlich wieder seinem Leiden widmen wollte, rief ihn Meier an. Keller fragte sich, woher der eigentlich seine neue Handynummer hatte? Auf die penetrante Art des Reporters konnte es nur eine richtige Handlungsweise geben, die sogenannte Nebelrecherche. Keller ging also scheinbar auf Meier ein und erzählte ihm etwas von einer wilden Müllhalde auf dem Projektgelände und einem damit zusammenhängenden Bestechungsskandal. Zudem gab er Meier gegenüber Frau Ebner als Kronzeugin in dieser Sache an. Mit Befriedigung stellte Keller nach dem Telefonat fest, dass er den doch manchmal etwas naiven Meier erfolgreich auf eine falsche Fährte gelockt hatte. Er würde jedoch in nächster Zeit wohl noch einmal seine Handynummer ändern lassen müssen.

Sein gesundheitlicher Zustand hatte sich aus seiner Sicht nicht verbessert. Darum beschloss er, das Handy abzuschalten und den Nachmittag schlafend in seinem kleinen Zimmer zu verbringen. Zuvor hatte er nochmals Engelchen angerufen und sich für den Rest des Tages krankgemeldet.

Die Fäden werden verknüpft

Gegen 17.00 Uhr war er wieder wach genug, um doch noch einmal das Handy anzuschalten. Er hatte drei Anrufe in Abwesenheit: Engelchen, Dr. Thiels Praktikantin Tanja sowie seinen Albtraum Meier. Engelchen bat ihn, morgen doch mal Rüdiger auf der Arbeit anzurufen. Er war fündig geworden. Die Praktikantin teilte ihm mit, dass ihn Dr. Thiel morgen um 10.30 Uhr zu einem Gespräch in Hofgeismar erwartete. Meier klang sehr fröhlich, scheinbar hatte er tatsächlich erfolgreich recherchiert. Aus dem Tipp mit Frau Ebner konnten wohl beide Parteien ihren Nutzen ziehen. So erhielt Meier seine erhofften Informationen und die Neugier von Frau Ebner in anderen Dingen wurde ebenfalls befriedigt. Polizeioberkommissar Kneipp rief Keller von sich aus an. Er hatte dabei schon ein etwas schlechtes Gewissen, schließlich war es mittlerweile halb sechs und Kneipp hatte sicher schon Feierabend.

»Nein, nein, Sie stören nicht.« Etwas dumpf sagte er wohl zu seinen Kindern: »Nadeschda, geh doch bitte mit Niklas in den Garten, ich komme gleich nach.«

Anschließend erzählte er Keller von seinem Gespräch mit Martina Sternkens. Es bestätigte Keller in seiner Ansicht, dass Frau Sternkens nichts mit dem Fall zu tun hatte. Ein Streit mit ihrem Bruder, dem Wirt vom ›Alten Fritz‹, hatte vordergründig nichts mit der Sache zu tun. Sternkens und seine Frau lebten bereits getrennt und sahen sich aus diesem Grund nicht mehr so oft. Auf einem seiner Wege hatte Kneipp noch Frau Ebner getroffen. Sie hatte ihn schon gesucht. Vor ihr erfuhr Kneipp, dass sie Dranske am frühen Dienstagmorgen auf seinem Fahrrad in die Stadt hatte fahren sehen. Sie ärgerte sich offensichtlich selbst darüber, dass ihr das nicht schon früher eingefallen war.

Zum Abschluss rief Keller noch einen Kollegen an, der sich mit Betrug und Steuerhinterziehung befasste. Er wusste ganz genau, dass Heini lieber bei seiner Arbeit am Schreibtisch saß, als bei seiner Frau zu Hause. Heinz Döring war nicht begeistert, konnte aber Keller die Bitte nicht abschlagen, morgen ebenfalls am Tatort zu erscheinen. Die Geschichte klang einfach zu spannend.

Keller ging an diesem Abend früh ins Bett. Er wollte morgen für den großen Showdown fit sein. Zuvor hatte er sich noch kurz vor Ladenschluss aus der Apotheke alle für diesen Fall mehr oder weniger nützlichen Dopingmittel besorgt. Als er dann seinen Nachttisch sah, dachte er einen Moment an die Tour de France. Nur waren hier alle Mittel legal und vermutlich in den meisten Fällen auch nicht sehr wirkungsvoll.

Donnerstag

Der Countdown läuft

Nachdem Keller aufgestanden war und gefrühstückt hatte, rief er zunächst Engelchen an. Es war 8.30 Uhr und sie war noch immer nicht an ihrem Schreibtisch.

»Mist!«

Er wählte noch eine Nummer.

»Hallo, Döring.«

Heinz war immerhin schon im Kommissariat, doch klang er noch etwas verschlafen.

»Ja, Ernst, ich bin pünktlich da. Ich komme übrigens mit Engelchen.«

»Na, dann.«

Er hatte gerade aufgelegt, da rief auch schon Engelchen zurück. Man konnte jedoch nicht sagen, dass sie ein schlechtes Gewissen hatte. Keller wollte sich kurz von ihr ›einnorden‹ lassen, wie er am besten mit Rüdiger sprechen sollte. Als er ihn anschließend anrufen wollte, war dieser jedoch in einer Besprechung, er musste ihn also später von unterwegs anrufen. Da kam ihm die noch bessere Idee, dass Döring vielleicht vorher selber kurz mit Rüdiger sprechen könnte. Der Gedanke war, dass ein Austausch von Insider zu Insider sowieso viel besser wäre. Engelchen hatte ihm ja mitgeteilt, dass Rüdiger fündig geworden war. Er konnte Kellers Verdachtsmomente im Wesentlichen bestätigen. Es musste in diesem Fall noch um viel mehr gehen, als ›nur‹ um Sternkens Tod. Döring war nicht begeistert, war aber mit dem Vorschlag, Rüdiger direkt anzurufen, einverstanden.

»Ich komme übrigens mit Engelchen.«

Er wiederholte sich.

Zu dem Gespräch mit Dr. Thiel und seiner Praktikantin kam Keller natürlich eine Viertelstunde zu spät. Er hatte wieder einmal den kurvenreichen Weg nach Hofgeismar unterschätzt. Sie wollten sich dort in der Kreisklinik treffen, wo die beiden heute Morgen praktischerweise einen Termin hatten. Da sie nicht in ihrem Institut waren, hatte Dr. Thiel zur Veranschaulichung der Ergebnisse die Bilder auf seinen neuen Tabletcomputer geladen. »Was es alles gibt«, dachte sich Keller. Im Großen und Ganzen war er von den Untersuchungsergebnissen nicht überrascht, er hatte sich schon fast so etwas gedacht.

Er dankte den beiden, woraufhin Thiel ihn noch um einen Gefallen bat.

»Können Sie nicht Tanja mit zum Tatort nehmen, dann kann sie auch einmal die Auflösung eines Falles miterleben.«

»Gerne, ich fahre anschließend sowieso wieder nach Kassel, da kann ich sie gleich wieder mit zurücknehmen.«

Keller drängte zum Aufbruch, schließlich war es schon kurz vor halb zwölf. Gerade zu diesem Termin sollte und wollte er mal pünktlich sein.

Wem wohl die Stunde schlägt?

Keller traf mit Tanja, wie verabredet, Schlag 12.00 Uhr am Tatort ein. Ursula Schmidt, Wolfgang Dranske, Friedrich Herz, Erwin Wegmann, Susanne Wolff sowie Kellers Kollege Döring waren bereits dort versammelt. Lediglich Konstantin Wolff fehlte noch. Dieser folgte ihnen jedoch in geringem Abstand in seinem BMW und würde ebenfalls bald eintreffen. Keller war nicht nur in Begleitung von Tanja gekommen, er hatte auch noch Polizeioberkommissar Kneipp im Wagen. Zu Dörings Bedauern hatte Engelchen kurzfristig ihre Teilnahme abgesagt, vermutlich wegen Dranske. Keller konnte das gut verstehen.

Als Wolff schließlich eintraf, begann Keller seine Ansprache.

»Ich freue mich, Sie heute alle hier begrüßen zu dürfen und danke Ihnen, dass Sie den Weg hier in den Wald auf sich genommen haben. Kommen Sie aber bitte etwas näher, meine Stimme hat durch die Vorgänge hier im Ort etwas gelitten. Wie Sie sich vielleicht denken können, möchte ich den Fall heute gerne abschließen.«

Ein Raunen ging durch die Runde, schließlich waren erst wenig mehr als 50 Stunden seit Sternkens Tod vergangen.

»Zunächst ein paar Worte zum Charakter des Opfers, Diplomingenieur und Geschäftsführer Hartmut Sternkens. Nach allem, was ich da so gehört habe, war er ein ziemlicher Kotzbrocken. Stolz, übermütig, eitel. Ein

Mensch, der nur deshalb Freunde hatte, weil sie sich von seiner Freundschaft einen Vorteil versprachen. Klar, dass es Personen gab, die ihn fallengelassen haben, weil er sie enttäuscht hat oder sie nichts mehr von ihm zu erwarten hatten. Ein durch und durch hochmütiger Mensch. Er war ja als guter Sportler bekannt, der dreimal die Woche seine zwölf Kilometer lief – immer die gleiche Runde durch den idyllischen Reinhardswald.«

Keller sah in die Runde, vor allem Tanja hing an seinen Lippen.

»Kommen wir zu den Anwesenden. Als Ersten haben wir da Konstantin Wolff. Sie haben als der Verantwortliche der Beteiligungsgesellschaft versucht, maximalen Gewinn aus Ihrer Vertrauensposition zu ziehen. Auf der einen Seite täuschten Sie den Projektträger zu Ihrem sowie wohl auch zum Vorteil der Anleger. Auf der anderen Seite waren Sie jedoch sehr großzügig mit Geschenken – natürlich immer zum Wohle der Sache.«

Zu den anderen gewandt, sagte er: »Wäre Sternkens aus dem Projekt ausgestiegen, wäre auch er Gefahr gelaufen, dass seine Machenschaften auffliegen. Zumindest wäre dann sein Aktionsradius extrem eingeschränkt worden. Ein toter Projektingenieur könnte jedoch nichts mehr verraten. Er hätte ein gutes Motiv: Habgier.«

Wolff konnte Kellers scharfem Blick nicht standhalten und wandte sich ab.

Der Kommissar fuhr fort.

»Es mag wie ein Klischee klingen, doch können Frauen schlecht verzeihen und bisweilen sehr grausam sein.« Sein Blick wandte sich zu Ursula Schmidt. »Sie haben von Hartmut Sternkens den Laufpass bekommen. Daher werden Sie all die schönen Annehmlichkeiten des Lebens verlieren, die mit der Beziehung zu Sternkens verbunden waren. Begleitung seiner Dienstreisen in die Metropolen Deutschlands und zunehmend auch Europas, teure Geschenke und das von Sternkens finanzierte kleine Liebesnest im Ort. Das dazu notwendige Geld hatte er im Lauf der Jahre durch krumme Geschäfte angehäuft und zwischenzeitlich gut in der Schweiz angelegt. Ich habe mich erkundigt, Sie laufen üblicherweise eine andere Strecke. Um noch einmal mit ihm zu reden, wollten Sie ihn vorgestern hier im Wald abpassen. Was, wenn das Gespräch nicht nach Ihren Vorstellungen abgelaufen ist und Sie ihn nicht zurückgewinnen konnten? Sie haben sich an den Luxus gewöhnt und ihn sich mit sexuellen Gefälligkeiten erkauft.«

Dranske saß, sich möglichst cool und lässig gebend, am Rand der Gruppe auf einem Baumstumpf. Als Keller ihn ansprach, erhob er sich rasch.

»Der Eigentümer des ›Ökohofs Dranske‹, Wolfgang Dranske, lag im Streit sowohl mit Bürgermeister Wegmann als auch im Zwist mit den Herren Wolff und Sternkens. Der Streit mit Wegmann hat eine lange Vorgeschichte, der Zwist mit dem Opfer neben ideologischen auch familiäre Gründe. Dranske ist der Bruder von Susanne Wolff, einer geborenen Dranske. Durch seine Schwester wusste er, dass deren Mann nur ein verschlagener Handlanger war. Der wirkliche Drahtzieher im Hintergrund war zu jeder Zeit Sternkens selbst.

Daher auch das Attentat mit der sauren Milch. Warum also nicht ein zweiter Versuch? Sie waren am besagten Tag am oder in der Nähe des Tatorts. Vermutlich wollten Sie ihn abgefangen und haben ihn bedroht. Man hat Sie gesehen. Ein Alibi für die Tatzeit haben Sie nicht mehr. Zorn ist auch immer ein gern genommenes Motiv.«

Frustriert ließ sich Dranske wieder auf seinem Baumstumpf nieder.

»Weiter geht es mit Friedrich Herz, dem Wirt des ›Alten Fritz‹. Seine Schwester wiederum war mit Sternkens verheiratet. Sollte Sternkens aus dem Windparkprojekt aussteigen, würden Sie über Ihre verdeckten Anteile viel Geld verlieren und endgültig bankrott sein. Natürlich wollten Sie Sternkens nicht umbringen. Doch konnte während einer Unterredung auf neutralem Boden nicht ein Wort das andere gegeben haben und es letztlich nicht auch zu Handgreiflichkeiten gekommen sein? Für die Beteiligung haben Sie schließlich Ihre letzten Heller zusammengekratzt. Sie haben hohe Spielschulden und mussten irgendwie zu Geld kommen - egal wie.«

»Genau im richtigen Moment«, dachte Keller, als er eine vermeintliche Spaziergängerin ankommen sah. Die Frau stellte sich zu den Polizisten und verhielt sich ruhig.

Keller sprach nun etwas lauter.

»Kommen wir zu Bürgermeister Erwin Wegmann: Als langjähriger Freund von Sternkens waren Sie nicht nur im tiefsten Inneren eifersüchtig auf die Beziehung Sternkens mit Ihrer Frau. Vor allem missfiel Ihnen, dass Ihr Freund Hartmut seit zwei Jahren auch der Liebhaber von Ursula Schmidt war. Dass Sie selber eine Affäre mit Martina Sternkens hatten, blenden Sie dabei gerne aus. Ist hier Eifersucht das Motiv?«

Susanne Wolff stand zwischen ihrem Mann und ihrem Bruder.

»›S. D.‹ – Susanne Dranske, verheiratete Wolff, besagte Schwester von Wolfgang Dranske, dem Eigentümer des ›Ökohofs Dranske‹. Lange hatten Sie die Geschäfte ihres Mannes, Konstantin Wolff, unkritisch und kommentarlos verfolgt. Schließlich waren Sie indirekt ja auch Nutznießerin der Situation. Doch nach einer zu langen Periode von Trägheit und Feigheit bekamen Sie plötzlich Gewissensbisse.« Sein Blick fiel auf Dranske. »Daher trafen Sie sich mit ihrem Bruder und spielten diesem das belastende Material zu. Natürlich mit einer Sicherheitskopie. Für alle Fälle. Sternkens bekam das spitz und drohte Ihnen damit, ihren Mann über diesen Verrat zu informieren. Es kam mehrfach zum Streit. Ihr Motiv war zunächst die Scham über Phlegma und Feigheit, doch vielleicht ist daraus ja ein konkreter Konflikt entstanden? Möglicherweise hatte dieser Konflikt tödliche Folgen?

Keller blickte in die Runde und suchte nacheinander Blickkontakt mit jedem Einzelnen und erhob erneut seine Stimme: »Ist Ihnen etwas aufgefallen? Wir haben sechs Verdächtige und das Opfer, also insgesamt sieben Personen, die in diesen Fall involviert sind. Es gibt ebenso viele Todsünden, auch hier in der Provinz.«

Keller trank einen Schluck aus seiner Wasserflasche, dann sprach er weiter.

124

»Ich muss Sie jedoch zunächst enttäuschen, ein Mörder ist nicht unter Ihnen.«

Mit Blick auf Tanja sagte er: »Im Rahmen der routinemäßigen Obduktion wurde eine verschleppte Halsentzündung als Ursache des Sturzes festgestellt. Sternkens hat seine Angina nicht behandeln lassen. Diese hat auf das Herz übergegriffen. Er ist einfach, wenn Sie es so wollen, zum falschen Zeitpunkt gestürzt. Sein letztes Wort war wohl auch nicht ›Martina‹, sondern mit ziemlicher Sicherheit ›Angina‹. Sternkens wusste also Bescheid, wollte aus falschem Ehrgeiz seinen Trainingsplan jedoch nicht unterbrechen. Die entsprechenden Arzneimittel hatte er griffbereit zu Hause liegen. Da kein Fremdverschulden vorliegt, gibt es auch keinen Mörder.«

Keller legte eine rhetorische Pause ein.

»Bevor Sie nun denken, dann ist ja alles gut, möchte ich jedoch noch ein paar Worte über die Erkenntnisse in diesem Fall – oder besser Nichtfall – loswerden. Doch keine Angst, ich habe mich gut vorbereitet und fasse mich kurz.«

Keller holte tief Luft, dann begann er.

»Herr Wolff, Sie haben sehr großzügig die Einlagen Ihrer Investoren für Ihre eigenen Zwecke genutzt. Sie wollten auf diese Weise Ihre Chancen erhöhen, um im nächsten Herbst als Kandidat bei der Bürgermeisterwahl antreten zu können. Mein Kollege Döring hier arbeitet im Dezernat ›Wirtschaftskriminalität‹. Er wird sich gerne einmal mit Ihnen und Ihren Abrechnungen befassen. Die Menschen hier sollen erfahren, dass Sie in größerem Umfang ihre Ersparnisse veruntreut haben.

Sicherlich können Sie Herrn Döring dann auch erklären, warum so viele Anleger noch aus ihrem Grab heraus in das Projekt investieren wollten.

Frau Schmidt, Sie hatten bis vorgestern keinen Zugriff auf Sternkens Konten in der Schweiz. Doch nachdem dieser verstorben war, wurden mehrere Zugriffe auf das Privatkonto des Opfers festgestellt und auch höhere Geldbeträge abgehoben. Hier könnte man einmal die gegebenen Unterschriften kritisch prüfen und das Internetbanking des Kontos in Augenschein nehmen. Es würde mich auch nicht wundern, wenn es nicht irgendwo auch noch ein gefälschtes Testament gäbe.«

Er wandte sich nach rechts. »Herr Döring, bitte.«

»Herr Dranske hingegen hat mit Strafanzeigen wegen Körperverletzung und Nötigung zu rechnen. Ich denke, einige der unaufgeklärten Fälle von Sachbeschädigung im Ort könnten ebenfalls auf sein Konto gehen. Mit großer Wahrscheinlichkeit haben Sie sich bereits der ›Gewalt gegen Sachen‹ schuldig gemacht, bevor ihr tätlicher Angriff auf Sternkens erfolgte.«

Dies hatte Engelchen in Erfahrung gebracht.

»Zudem haben Sie mich angelogen, Sie waren am besagten Morgen auch am Tatort, nur war Ihnen Frau Schmidt bereits zuvorgekommen. Was hat eigentlich ihre Kuh Miranda dazu gesagt? Die Milch in ihrem Euter dürfte dem armen Tier einigen Kummer bereitet haben. Herr Kneipp wird sich jetzt gerne einmal über all dies mit Ihnen unterhalten.«

Dranske stand auf und ging mit gebeugtem Kopf zu Polizeioberkommissar Kneipp hinüber.

»Friedrich Herz, Wirt des ›Alten Fritz‹, kratzt seine letzten Euros zusammen und kauft aufgrund seiner Spielschulden verdeckte Anteile auch im Namen seiner bereits verstorbenen Verwandten. Der gute Onkel Bertram beispielsweise weilt bereits seit 1992 nicht mehr unter uns. Ob er diesen Betrug wirklich mit Wissen von Wolff begangen hat, wird noch zu klären sein. Herr Döring, Ihr Mann.«

Nervös wartete der Bürgermeister darauf, dass er an die Reihe kam.

»Bürgermeister Erwin Wegmann wird, nachdem seine zahlreichen Frauengeschichten die Runde gemacht haben, wohl aus persönlichen Gründen nicht noch einmal als Bürgermeisterkandidat antreten.«

Mit einem Grinsen sah er zu Frau Ebner hinüber, die gerade im richtigen Moment eingetroffen war.

»In Ihrem Fall wird auch zu prüfen sein«, fuhr Keller fort, »ob nicht der Tatbestand des Amtsmissbrauchs vorliegt. Ihr Freund Wolff ist ja sehr günstig an sein Grundstück gekommen. Ursprünglich lag das Stück Land gar nicht auf dem Gebiet Ihrer Gemeinde. Es würde mich nicht wundern, wenn Fehler in den Flurplänen sowie im Grundbuch der Gemarkung erst kürzlich entdeckt wurden. Ihr guter Kontakt zum entsprechenden Beamten im Landratsamt war da sicher auch nicht von Nachteil. Der Landrat ist bereits informiert, der zuständige Beamte wurde bereits suspendiert.«

Auch das hatte Engelchen herausgefunden, als sie sich so intensiv auf die Bürgerversammlung vorbereitet hatte.

»Gedankt hat Wolff Ihnen diese Art von Entwicklungshilfe wohl eher nicht, sonst würde er sicher nicht im Herbst gegen Sie antreten wollen.«

Wegmann warf Wolff einen hasserfüllten Blick zu. Dieser versuchte, dem Blick standzuhalten, doch gelang ihm das nicht.

Keller wendete sich Frau Wolff zu, geborene Dranske.

»Last, but not least haben wir da noch jemanden, deren Tat nicht strafbar ist, deren mutiges Vorgehen jedoch auch nicht sehr geschätzt werden wird. Das Whistleblowing ist derzeit vor allem als Ausdruck für vermeintliche Verräter in Unternehmen, Militär und Politik in aller Munde. Sie jedoch hatten eigentlich nur Gutes im Sinne. Die Verbesserung der Situation aller Beteiligten und ein bisschen Gerechtigkeit. Wir hätten die kriminellen Machenschaften nicht aufdecken können, wenn wir nicht von Ihnen die Unterlagen bekommen hätten. Ich danke Ihnen.«

Ein Windstoß erfasste die Gruppe.

»Na ja, lieber Westwind als Mordwind«, dachte sich Keller.

Schweigend und mit zu Boden gerichteten Blicken blieben die traurigen Gestalten und ihre jeweiligen Betreuer zurück, als Keller den Steinbruch verließ.

Er winkte seine Beifahrerin heran.

»Kommen Sie, Tanja, fahren wir los. Ich muss auf dem Weg nach Kassel noch irgendwo Blumen für Angelika besorgen.«

Er schob eine Kassette in sein Autoradio und sie fuhren mit den Klängen des AC/DC-Songs ›Highway to Hell‹ in Richtung Hofgeismar.

- E N D E -

Mit der Ferkeltaxe durch das Diemeltal

Kommissar Kellers dritter Fall

03. Oktober 2014 - Tag der Deutschen Einheit

»Abbruch! Sofort!«

Kriminaloberkommissar Ernst Keller schrie in sein Funkgerät. Er hoffte, dass Scholz, der Leiter des Sondereinsatzkommandos, ihn überhaupt noch hörte. Die vereinbarte Funkstille hatte bereits vor einer Minute begonnen. Keller wusste, dass sich die Männer in diesem Augenblick um das alte Bahnwärterhäuschen verteilten und einige schon auf das kleine Vordach geklettert waren. Im nächsten Moment würden sie das Fenster vollständig einschlagen - es war ja bereits kaputt - und einen Flashbang, eine Blendgranate, hineinwerfen. Keller hatte die Zeichen lange nicht erkannt. Nach diesem Anruf wusste er jedoch, dass ›Knille Werner‹ im nächsten Moment - wie eine Biene im Todeskampf ihren Stachel einsetzt - einen Sprengsatz zünden würde. Dieser würde nicht nur den Beamten am Fenster, sondern auch noch weitere Kollegen in den Tod reißen.

Der Sprengstoffexperte Hermann Türmer hatte Keller nur wenige Sekunden zuvor darüber informiert, dass ›Knille Werner‹ nicht nur jahrelang als Sprengmeister bei einem norddeutschen Abbruchunternehmen gearbeitet hat. Wesentlicher war jedoch, dass er dort eine nicht unerhebliche Mengen eines Spezialsprengstoffs gestohlen hat. Eine auf Anraten der Polizei durchgeführte Überprüfung der Geschäftsunterlagen hatte ergeben, dass die entsprechenden Sprengberichte einschließlich der verbrauchten Sprengstoffmengen frisiert wurden.

›Knille Werner‹ hatte dann später, in den 90er Jahren, fünf Jahre wegen eines Sprengstoffanschlags auf die Garage seines Nachbarn im Gefängnis gesessen. Dieser Nachbar hatte immer vor dessen Haustür geparkt, ebenso seine zahlreichen Gäste. Irgendwann hatte ›Knille‹ die Nase voll und hatte das Problem ein für alle Mal und auf seine Weise gelöst. Noch in der Gerichtsverhandlung war er der Ansicht gewesen, dass der Nachbar durch sein Eingreifen eine exzellente Gelegenheit bekommen hatte, sich eine größere Garage zu bauen. Dass das kleine Mädchen, das just in diesem Moment mit ihrer Mama im Auto vorbeifuhr, verletzt wurde, war für ihn nicht mehr als ein Kollateralschaden. Auch dass das Kind durch umherfliegende Splitter sein rechtes Auge verloren hatte, schien ihn nicht weiter zu interessieren. Keller konnte nicht nachvollziehen, warum dieser Mann nicht zeitlebens in die Sicherungsverwahrung gesteckt wurde. Trotz intensiver Bemühungen wurde damals jedoch kein weiterer Sprengstoff gefunden.

Keller hatte eine lange Schrecksekunde, als er die Einzelheiten erfahren hatte. Doch noch war es nicht zu spät, noch konnte er seine Kollegen retten. Das hoffte er zumindest. Die Totenstille wurde nur von dem lauten Gurren mehrerer Tauben gestört. Doch dann gab es einen infernalischen Knall, eine der Tauben flog erschrocken auf und trudelte nach dem Zusammenstoß mit einem dicken Ast direkt neben Keller zu Boden.

21. September - zwölf Tage zuvor

Sonntagsausflug

»Nadeschda, fahr nicht allein in den Tunnel, du hast kein Licht an deinem Fahrrad.«

Polizeioberkommissar Kneipp hatte sich schon lange auf diesen Ausflug gefreut. Seine Frau Nadia fuhr an seiner Seite, den kleinen Niklas hinten auf dem Kindersitz. Kneipp war etwas ängstlich wegen der achtjährigen Nadeschda. Seine Älteste war schon, seit sie in Wülmersen auf ihr kleines rosa Kinderfahrrad gestiegen war, mit der ihr innewohnenden urwüchsigen Kraft losgerauscht. Alle drehten sich nach der kleinen Flitzerin um - kein Wunder, sie klingelte in einem durch. Zum Glück waren es bis zum alten Eisenbahntunnel nur wenige Minuten zu fahren. Kneipp wusste schon, dass die ›große Nadeschda‹ heute Abend wieder ihren kleinen Bruder ärgern würde, der dann den ganzen Tag gemütlich von Mama herumkutschiert worden war. Dabei war Niklas mit seinen fünf Jahren selbst noch zu klein, um selber zu fahren. Aber es würde noch einige Zeit vergehen, bevor Kneipps Große das verstand.

Sie kamen gerade an dem alten Bahnwärterhäuschen vorbei, als links vor ihnen eine Informationstafel auftauchte. Kneipp rief Nadeschda, die schon den Radweg nach rechts weitergefahren war, zurück.

Nadia wusste natürlich, was jetzt kam. Und wie auf ein Zeichen fing Kneipp an, zu erzählen - es war wie so oft in solchen Situationen.

»Die Carlsbahn wurde vor mehr als 150 Jahren ge-
baut und sie hat fast 120 Jahre die Bahnhöfe von Hümme und Carlshaven miteinander verbunden. Seit 1966
fährt sie nun leider nicht mehr, zeitweise konnte man
mit ihr von Carlshaven bis nach Cassel in einem durch-
fahren.«

»Papa, bist du auch mit der Bahn gefahren?«, fragte
Nadeschda.

»Nein, Schatz, da war ich doch noch gar nicht auf der
Welt. Aber die Oma hat mir früher oft von den Dampf-
lokomotiven und dem Deisler Tunnel erzählt.«

Sie fuhren weiter bis zum Tunnel. Nadeschda hatte
im Gegensatz zu Niklas im Dunkeln große Angst. Das
konnte man aber auch verstehen, schließlich konnte
man von dem einen Eingang nicht einmal den Ausgang
in 200 Metern Entfernung sehen. Der Tunnel machte
eine Kurve, so dass nur die wenigen schwachen Lam-
pen an den unteren Tunnelseiten für etwas Orientierung
sorgten. Ihre Fahrräder hatten sie abgestellt und abgeschlossen, sie waren zu Fuß in den Tunnel gegangen.
Nadeschda auf Kneipps Schultern, Niklas an der Hand
seiner Mutter.

Als sie so durch den dunklen Tunnel spazierten, fiel
Kneipp die alte Geschichte wieder ein. Eine Geschichte, die er lange verdrängt hatte. Eine Geschichte, die er
Nadeschda jetzt auch lieber nicht erzählte. Es war die
traurige Geschichte von dem Jungen, der beim Aussteigen in Wülmersen nicht warten konnte, bis der Zug
zum Stehen gekommen war. Beim Abspringen - so wie
er es bereits vorher einige dutzend Male getan hatte -
war er hängen geblieben. Sein linkes Bein wurde von

einem Rad erfasst und kurz oberhalb des Knies abgetrennt. Kneipp hatte einige Zeit, nachdem seine Großmutter ihm die Geschichte erzählt hatte, böse Albträume gehabt. Jetzt, in der fast vollkommenen Dunkelheit, kamen die Bilder der Kindheit zurück. Er brauchte nur die Augen zu schließen, schon konnte er den Jungen schreien hören. Ein kalter Schauer durchfuhr ihn, er bekam eine Gänsehaut.

»Papa, warum gehen wir nicht weiter? Bist du müde?«

»Nein, Schatz, ich habe nur an etwas gedacht, was schon vor langer Zeit geschehen ist.«

Kneipp war froh, dass Niklas in diesem Augenblick unbedingt auf seinen Arm wollte. Sie tauschten die Kinder. Er war erleichtert, dass Nadeschda so schnell von ihrer Neugier abgelenkt wurde und ihre Fragen vergaß. Inzwischen waren sie in der Mitte des Tunnels angekommen. Man konnte kaum die Hand vor Augen sehen, die Seitenbeleuchtung trug wenig zur Erhellung de Tunnels bei. Kneipp setzte seinen Sohn ab und drehte sich ab. Plötzlich erschall ein Käuzchenruf im dunklen Tunnel, der nicht nur die beiden Kinder überraschte. Auch eine ältere Dame fragte ihren Mann neugierig nach dem ›Vogel‹.

Den Kindern wurde es in der finsteren Tunnelröhre unheimlich, sie wollten auf einmal nur noch schnell wieder aus dem Tunnel hinaus. Kneipp und seine Frau Nadia konnten sie um keinen Preis dazu überreden, wieder durch den Tunnel zurückzulaufen.

Als sie gerade den schmalen und steilen Weg zum Diemelradweg hinabgingen, sah Nadia einen Mann durch das Gehölz oberhalb des Tunnels streifen. Als er sah, dass ihn jemand beobachtete, setzte er sich hin und nahm eine Flasche aus seinem Rucksack. Kneipp folgte Nadias Blick und dachte: »Na, bei all den Bäumen wird der Blick von dort oben ja nicht so dolle sein.«

Überraschender Einsatz

Etwa zur gleichen Zeit, als Kneipp mit seiner Familie den alten Eisenbahntunnel in Deisel erforschte, klingelte es in Kassel an einer Wohnungstür Sturm.

Als Kriminaloberkommissar Ernst Keller aufstand, hörte er das leise Röcheln der neben ihm unruhig schlafenden Angelika. Gestern hatten sie es endlich wieder einmal geschafft, zusammen in die Oper zu gehen. Es gab den Liebestrank von Donizetti, eine Oper, die ihm ausnahmsweise einmal gut gefallen hatte. Sie war nicht so traurig wie die anderen Bühnenspiele, die er sich Angelika zu liebe anschaute. Das Thema der Oper, die heitere Stimmung, der Schlummertrunk in Angelikas Wohnung sowie alles danach hatten sie lange nicht zum Schlafen kommen lassen. Noch einmal war es so wie früher, doch spürte Keller, dass die Beziehung zu Angelika an einem kritischen Punkt angelangt war. Der gestrige Abend war eine seltene Ausnahme, meist lagen sie wegen Kleinigkeiten im Streit. Total verschlafen zog Keller sich schnell seine Boxershorts und einen Bademantel an und stolperte zur Tür, als es gerade noch einmal klingelte.

»Mensch, ich komm ja schon«, fluchte Keller halblaut vor sich hin. Er öffnete die Tür.

»Rosa steht Ihnen gut, Chef. Wirklich.«

Engelchen, Kellers Assistentin Herta Engel, stand breit grinsend vor seiner Tür. In diesem Moment realisierte er, dass er sich in der Eile Angelikas Bademantel gegriffen hatte. Da sie sehr großgewachsen war, konnte er alle ihre nicht taillenbetonten Kleidungsstücke gut tragen. Ihre Wespentaille hatte er leider nicht.

»Engelchen, was wollen Sie heute und so früh hier?«

»Es ist immerhin schon halb zwölf. Und da ich Sie telefonisch nicht erreichen konnte, bin ich gleich vorbeigekommen. Ziehen Sie sich an, wir müssen nach Trendelburg.«

»Nun mal langsam mit den jungen Pferden. Es ist Sonntagmorgen und ich beginne gerade, mein Wochenende zu genießen. Ich bin nicht allein und wir wollen heute Nachmittag noch nach Wilhelmshöhe fahren. Heute Abend haben wir einen Tisch bei Luigi.«

»Pech, Chef, wir haben einen Fall, Befehl von der obersten Heeresleitung. Ich erkläre Ihnen die Einzelheiten im Auto.«

Keller brauchte einige Sekunden, bevor er seine Sprache wiederfand.

»Können Sie bitte im Wagen warten, ich komme in zehn Minuten.«

»Gut, aber nicht länger.«

Nach siebzehn Minuten, die er für eine schnelle Rasur, eine Dusche sowie ein hartes Gefecht mit der morgenmuffligen Angelika benötigte, kam er endlich unten an.

»Wir nehmen lieber meinen Wagen, mir steht gerade nicht der Sinn nach Gokart-Fahren.«

»Gut«, sagte Engelchen beleidigt.

Keller hatte, nachdem sie sich fünf Minuten angeschwiegen hatten, eine seiner alten Kassetten in sein Autoradio geschoben. ›Don't bring me down‹ vom Electric Light Orchestra brachte die Situation ganz gut auf den Punkt. Keller wusste sofort wieder, warum dieser Titel lange Jahre die ewige Bestenliste der Schlagerrallye von WDR 2 angeführt hatte.

Keller war nicht im Mindesten überrascht, dass Engelchen eine dieser seltenen Gelegenheiten nutzen würde, um auch mal bei einem Einsatz mitzuwirken. Schließlich hatte die ehrgeizige Kriminalassistentin bei der Aufklärung des Windkraftfalls mit ihrem Undercovereinsatz bei den Windkraftgegnern erheblich dazu beigetragen, den Fall schnell aufzulösen. Keller musste damals bei seinem Chef antreten und erhielt ein dickes Lob für seine gute Arbeit. Er war glücklicherweise nicht die Sorte Chef, die die Lorbeeren für seinen Erfolg nicht teilen wollte. Auch Engelchen wurde hinzugerufen, die auf diese Weise ebenfalls eine Belobigung erhielt. Ihr gesteigertes Selbstvertrauen brachte sie an jenem Sonntag dazu, an Kellers Haustür zu klingeln und sich für die bevorstehende Befragung ins Spiel zu bringen.

Keller drehte ›Bobby Brown‹ leiser. Frank Zappa und er wollten endlich erfahren, um was es eigentlich ging. Trotz der Straße drehte er sich zu ihr herüber.

»Dann schießen Sie mal los, was wollen wir in drei Teufels Namen in Trendelburg?«

Engelchen holte einen Tabletcomputer hervor.

»Haben Sie jetzt auch so ein Ding? Die sind mir zutiefst suspekt.«

»Ich gehe halt mit der Zeit, Chef. Warten wir noch mal ein halbes Jahr ab, dann haben Sie auch ›so ein Ding‹. Wir sollen übrigens alle ein Tablet bekommen.«

Kellers Laune verschlechterte sich merklich.

»Was ist denn nun los?«, fragte er schon etwas ärgerlich.

»Moment noch, gleich ist er hochgefahren. Karl Steinbach, ein alter Freund unseres Chefs hat einen Erpresserbrief erhalten. Es geht um die Ankündigung eines Sprengstoffanschlags auf den alten Eisenbahntunnel in Deisel.«

»Den, den sie gerade wieder neu eröffnet haben? Davon habe ich neulich in der HNA gelesen.«

»Genau. Steinbach ist Vorsitzender des Vereins ›Initiative Museumsbahn Carlsbahn‹.«

»Wollen diese Leute tatsächlich, dass wieder Züge zwischen Karlshafen und Hümme fahren?«

»Nicht regelmäßig natürlich, da hätten schon die dann vom ÖPNV abgeschnittenen Einwohner aus Langental etwas dagegen. Aber sie setzen sich für die Einrichtung einer Museumsbahn ein. Aus diesem Grund hat sein Verein vor einigen Wochen beim Land Hessen den Antrag gestellt, eine Wiederherstellung der alten Carlsbahnstrecke zwischen Hümme und Bad Karlshafen zu prüfen. Jetzt wollten er und seine rund zwanzig Mitstreiter natürlich ordentlich Presse machen, damit ihr Projekt von Erfolg gekrönt wird. Doch kaum wurde die Sache bekannt, wird Steinbach bereits erpresst.«

»Gibt es denn bekennende Gegner einer solchen Museumsbahn?«

»Bislang sind sie uns nicht bekannt, wir sollten Herrn Steinbach aber einmal danach fragen.«

Als sie sich Trendelburg näherten und durch Hümme kamen, fragte Keller Engelchen, wo genau sie eigentlich hin mussten.

»Die Straße heißt ›Schöne Aussicht‹. Ich kenn das noch von früher. Mein Onkel wohnt dort.«

»Vielleicht können wir nach dem Gespräch irgendwo noch etwas essen gehen, ich habe dank Ihres Überfalls heute Morgen ja noch nichts gefrühstückt.«

»Wir können den Landgasthof besuchen - oder auf der Burg ...«

Weiter kam sie nicht, da sie Keller darauf aufmerksam machen musste, nicht so schnell zu fahren. Schließlich waren sie gleich da und mussten noch vor der Diemelbrücke abbiegen. Nach weiteren drei Minuten Fahrt hatten sie die ›Casa Steinbach‹ gefunden. Herr Steinbach öffnete ihnen die Tür.

Nun geschah etwas, mit dem Keller auf gar keinen Fall gerechnet hatte: Der Hausherr gab Keller die Hand, seine Assistentin begrüßte er jedoch mehr als freundlich:

»Herta, schön, dass du dich auch mal wieder sehen lässt. Du warst ja so lange nicht mehr hier. Früher bist du immer so gerne zu deinem Onkel und deiner Tante gekommen.«

Nun führte er sie in das terracottafarbene Wohnzimmer. Das Haus war teuer und geschmackvoll im Stil eines italienischen Landhauses eingerichtet.

»Tut mir leid, Onkel Karl. Ich verspreche, mich zu bessern.«

Keller wusste in diesem Moment nicht, was er denken, schon gar nicht, was er sagen sollte. »Hatte Engelchen ihn etwa unter einem falschen Vorwand hierher gelockt?«

So entschloss er sich, die Sache vorab zu klären.

»Kann ich Sie einmal einen Augenblick unter vier Augen sprechen?«

Er nahm seine Assistentin am Arm und ging mit ihr hinaus in den Flur.

In diesem Moment war ihm auch egal, dass er zunächst Engelchens leichten Widerstand gegen die Entführung spürte und Onkel Karl etwas überrascht aus der Wäsche schaute.

Nachdem er die Tür geschlossen hatte, platzte es sogleich aus ihm heraus.

»Sagen Sie mal, spinnen Sie? Sie holen mich an meinem freien Tag in aller Herrgottsfrühe aus dem Bett und locken mich in die nordhessische Provinz, nur weil irgend so ein Spinner ihren Onkel erpresst?«

»Ich kann Sie ja verstehen, doch ist Oberstaatsanwalt Herbst tatsächlich ein guter Freund meines Onkels und hat uns hierher geschickt.« Noch bevor er darauf reagieren konnte, ergänzte sie schnell:

»Herbst wollte auch, dass sich die Besten darum kümmern.«

»Jetzt lenken Sie mal nicht mit billigen Komplimenten ab.«

Keller holte tief Luft: »Eigentlich sind Sie befangen und ich müsste Sie sofort von diesem Fall abziehen.«

»Aber ich sitze doch die ganze Zeit nur im Büro. Sollte das hier schief gehen und Sie brauchen in diesem Fall jemanden für den Außeneinsatz, dann frag ich halt die Anna vom Dezernat 2. Was meinen Sie?«

Keller ergab sich, »Na gut, wir probieren es.«

»Danke schön.«

»Jetzt lassen Sie uns aber mal wieder reingehen und die Befragung beginnen.«

Als sie wieder zurück waren, begann Steinbach von selbst, zu erzählen.

»Diesen Brief haben wir gestern Abend aus dem Briefkasten genommen.«

Keller schaute sich den Brief an, die Buchstaben waren aus der Werbebeilage des hiesigen Supermarktes ausgeschnitten.

»Stoppen Sie Die Carlsbahn, Sonst Macht Es Bumm Und Sie Werden Nicht Lange Freude An Ihrem Schönen Neuen Tunnel Haben!«

»Diesen Brief werden wir zunächst einmal der Spurensicherung übergeben«, sagte Keller, nachdem er sich das Schreiben lange und nachdenklich angeschaut hatte. Nun erzählen Sie mal.«

Und Herr Steinbach erzählte – von seiner Leidenschaft für die Eisenbahn, seiner Liebe zur Region und über die ›gute, alte Carlsbahn‹. Doch nach dem Gespräch waren Keller und Engelchen auch nicht viel schlauer. Sie wollten sich gerade von den Steinbachs verabschieden, da griff Ute Steinbach erstmals in das Gespräch ein. Während sich ihr Gatte wie ein italienischer Conte aufführte, hatte sie wie eine brave Nonna auf ihrem Sessel im Atrium gesessen. Sie verfolgte jedoch jedes Detail des Gesprächs, sonst hätte sie jetzt nicht das Wort ergriffen.

»Karli, du hast es mir versprochen.«

Steinbach strich sich die verbliebenen Haare zur Seite. Er wirkte nun zum ersten Mal nicht mehr so souverän und schaute auf den Boden. Er wusste, dass seine Nichte und Keller ihre Augen auf ihn gerichtet hatten.

»Was ist los, Onkel Karl?«

»Wenn Sie es möchten, können Sie zunächst auch mit Ihrer Nichte unter vier oder sechs Augen sprechen, ich ziehe mich gerne so lange in den Garten zurück.«

»Nein, nein, meine Frau hat Recht. Ich habe Ihnen nicht alles erzählt. Lassen Sie mich nochmal eben zur Toilette gehen, dann können wir noch einmal von vorne anfangen.«

Die Spannung im Raum war nun schneidfähig. Vor allem Engelchen machte sich große Sorgen um ihren Lieblingsonkel.

Alle warteten gespannt auf seine Rückkehr. In diesem Bewusstsein kam Karl Steinbach auch mit gebeugtem Haupt wieder in ihre Mitte. An seinem Fernsehsessel angekommen, ließ er sich buchstäblich fallen. Dann begann er zu erzählen.

»Ich habe vor acht Jahren unseren Verein gegründet. Als ehemaliger Eisenbahner kenne ich die Strecke noch aus meiner Dienstzeit als Inspektor bei der Bahndirektion Kassel. Wir mussten nach der Auflösung der Kasseler Direktion Ende 1974 nach Frankfurt ziehen. Dort haben wir auch bis zu meiner Pensionierung im Jahr 2000 gelebt. Dann haben wir uns hier das nette Häuschen gekauft. Und damit fingen meine Probleme an.«

»Wie meinen Sie das? Werden Sie bereits seit mehr als zehn Jahren bedroht?«

»Nein, das nicht. Obwohl mir mein Nachbar nicht verziehen hat, dass die Stadt mir dieses Haus verkauft hat und nicht ihm. Ihm gehören alle Grundstücke drum herum, nur unseres fehlt ihm noch.«

Seine Frau griff ein.

»Ich kann dein Rumgestotter nicht ertragen. Der Mensch denkt bestimmt, dass Karli nach zwei Herzinfarkten einen solchen Schock nicht überleben würde.«

»Jetzt übertreibst du aber.«

»Und mit mir hätte er dann leichtes Spiel, ich bin ja nur eine wehrlose Frau.«

»Jetzt hör aber auf, mir geht es doch noch gut. Du tust so, als müsste ich heute noch meinen Sarg bestellen.«

Bevor der Ehekrach vollends auszubrechen drohte, ging Keller dazwischen.

»Wir werden uns gerne einmal mit dem Herrn unterhalten, vielleicht hat er ja gesehen, wie Ihnen der Brief in den Briefkasten gesteckt wurde. Wie ist nochmal sein Name?«

»Desenberg, Karlheinz Desenberg. Er ist Unternehmer und hat es im Laufe der Jahre mit einer Fabrik für Kunststoffrohre zu Reichtum und Wohlstand gebracht.«

»Gut, das machen wir gleich im Anschluss. Haben Sie uns sonst noch etwas zu erzählen?« Keller fühlte sich wie bei einem seiner Verhöre, da musste er seinem jeweiligen Gegenüber auch immer jedes Wort aus der Nase ziehen.

Unsicher schaute Steinbach auf seine Frau. Diese stand auf, ging zu seinem Sessel und setzte sich auf die Lehne. Als sie ihm den Arm auf die Schulter legte, fand er endlich den Mut, sein letztes Geheimnis zu lüften.

»Ich habe seit Beginn meiner Tätigkeit im Museumsbahnverein Probleme mit Christian Bachmann. Bachmann war selber bei der Bahn und ist auch schon seit Jahren sehr engagiert bei der Sache. Mittlerweile ist er von unseren Mitgliedern zum stellvertretenden Vorsitzenden gewählt worden.«

In diesem Augenblick stockte seine Rede plötzlich. Erst nach einer Pause, die nicht zu enden schien, fuhr er fort.

»Schon seit Jahren schielt er auf meinen Posten. Er ist trotz seiner Eisenbahnbegeisterung gegen die Museumsbahn Carlsbahn, er möchte lieber in Hümme ein regionales Eisenbahnmuseum eröffnen.

Bisher konnte ich mich noch immer mit guten Argumenten durchsetzen, für beide Projekte fehlt uns schlichtweg das Geld. Käme die Erpressung nun ans Licht, könnte ich sicher meinen Lebenstraum einer Wiedereröffnung der Carlsbahn begraben. Die Saache wäre im wahrsten Sinn des Wortes gestorben.«

Eine Träne rann über sein Gesicht.

Steinbach blickte zu seiner Frau, Keller meinte die Verzweiflung aus seinen verweinten Augen herauszulesen. Frau Steinbach verstand ihren Mann und stand von ihrem unbequemen Platz auf, um sich vor Keller zu stellen.

»Jetzt lassen Sie mal gut sein«, beendete Frau Steinbach seinen Monolog. »Karli hat sich nun genug angestrengt. Es ist besser, wenn Sie jetzt gehen.«

»Eine Frage noch, dann lassen wir Sie in Ruhe. Wissen Sie, ob Ihr Nachbar zu Hause ist?«, fragte Keller. »Jetzt, wo wir gerade einmal hier sind«, setzte er hinzu.

»Nein«, antwortete Herr Steinbach, »die sitzen jetzt in ihrem Haus in der Provence und denken sich neue Gemeinheiten aus.«

»Gut oder auch nicht gut. Wir werden sowieso noch einmal wiederkommen müssen.«

Nach dem Gespräch mit den Steinbachs hatten sie zunächst im Landgasthof Textor ausgiebig Mittag gegessen, bevor sie sich auf die Rückfahrt machten. Es erklang ›Funky Town‹ aus Kellers Autoradio, als sie gerade das Ortsschild von Grebenstein passierten. Engelchen bewegte ihr linkes Knie zur Musik von Lipps Inc. Trotz ihrer Bewegungen zu Kellers Musik war sie für ihre Verhältnisse sehr still. Sie hatte wieder begonnen, an ihren Fingernägeln zu knabbern. Das hatte sie schon lange Zeit nicht mehr getan. Sicher würde sie zu Hause gleich zum Telefon greifen und wie von Onkel und Tante gewünscht, ihrer Schwester Helga schöne Grüße ausrichten. Vielleicht war es ein Fehler, sie in diesen Fall mitermitteln zu lassen. Keller tauchte immer tiefer in seine trüben Gedanken ein, so dass er in Espenau beinahe in Richtung Warburg abgebogen wäre.

Keller ließ seine Assistentin auf ihren Wunsch hin in Kassel an der Weserspitze hinaus, sie wollte lieber gleich mit der Straßenbahn und dem Bus zu ihrer Schwester nach Simmershausen fahren. Ihr Auto wollte sie dann im Laufe des späten Nachmittags abholen.

»Schönes Wochenende und bis Montag!«

Keller, nun endlich wieder im Wochenendmodus, freute sich auf den Ausflug nach Wilhelmshöhe und das Essen, nun vermutlich am Abend. Als er jedoch in seine Wohnung kam, musste er feststellen, dass Angelika nicht da war. Sie hatte auch keine Nachricht hinterlassen.

26. September - sieben Tage zuvor

Griene Sose

Keller hasste es, die in seinen Augen kalten und dunklen Verhörräume im Untergeschoss des Kasseler Polizeipräsidiums zu betreten. Gut, die Räume waren ausreichend beleuchtet, das Klischee einer grellen Schreibtischlampe und einiger grobschlächtiger Gesellen im Hintergrund gab es nur in Unrechtsstaaten und schlechten Filmen. Dennoch fühlte sich Keller beengt, er neigte zu klaustrophobischen Attacken, insbesondere wenn dicke Steinmauern ihn umgaben. Auch heute schlug sein Herz schneller, er merkte, wie seine Hände zu schwitzen begannen. Natürlich war es nicht wie damals in der Mykerinos-Pyramide in Kairo, wo er nach einer Panikattacke nur mit großer Mühe wieder beruhigt und anschließend nach draußen gebracht werden konnte. Seine Klaustrophobie war auch der Grund gewesen, warum sie nicht im Flugzeug nach Ägypten geflogen waren, sondern mit dem Kreuzfahrtschiff ab Venedig. Keller war noch nie in seinem Leben geflogen. Daher war er auch heilfroh gewesen, dass er den Urlaub auf Mallorca vor einiger Zeit wegen der Vorfälle auf dem Jahrgangstreffen aus dienstlichen Gründen hatte absagen können.

Dass die Befragung des stellvertretenden Vorsitzenden des Vereins ›Museumsbahn Carlsbahn‹ dann auch kein Erfolgserlebnis war, war für Keller daher doppelt schlimm. Er saß nach dem Gespräch schlecht gelaunt an seinem Schreibtisch, die Füße auf dem Tisch. Engelchen hatte, wie so oft, leger auf der Tischplatte des großen Besprechungstisches Platz genommen. Sie wartete auf Anweisungen.

Keller dachte nach. Zwei Stunden lang hatten sie im Verhörraum des Kasseler Polizeipräsidiums gesessen und Christian Bachmann ausgefragt. Dieser hatte sich als überaus intelligenter Gesprächspartner präsentiert, doch war er mindestens ebenso machthungrig wie klug. Der Diplom-Chemiker hatte wie Steinbach ebenfalls lange Jahre bei der Deutschen Bahn gearbeitet, er galt bis zu seiner Pensionierung vor drei Jahren als einer der ›Umweltpioniere‹ des Staatsunternehmens. Er hatte großen Anteil daran, dass die Altlasten der Deutschen Reichsbahn systematisch erfasst und saniert wurden. Als eines der Gründungsmitglieder des Vereins hatte er im Verlauf der Jahre kontinuierlich seine Position verbessern können, unmittelbar nach Eintritt in den Ruhestand wurde er dann zu Steinbachs Stellvertreter gewählt.

Plötzlich sprach Keller Engelchen an.

»Was wissen wir noch über Bachmann?«

Erschrocken erwachte Engelchen aus ihrem Tagtraum. Gerade war sie in Gedanken mit Rüdiger in München an der Isar entlangspaziert. Eng umschlungen über den Weg torkelnd, hatte er ihr unanständige Sachen ins Ohr geflüstert. Aufgeschreckt durch die plötzliche Ansprache stieß sie gegen ihre Kaffeetasse, deren Inhalt sich über den glücklicherweise quasi leeren Besprechungstisch ergoss.

»Mist!«

Das Tablet zog sie Gott sei Dank schnell genug weg, bevor der hellbraune Strom aus Kaffee, Milch und Zucker das Gerät erreichte.

»Ich konnte zwei Studienkollegen ausfindig machen. Sie sagen übereinstimmend, dass der heute biedere und solide Bachmann früher ein richtiger Lebemann war. ›Keine Fete ohne Bachmann‹, fasste es einer der beiden treffend zusammen. Der andere verglich ihn mit Bismarck, dem er wenigstens in dieser Hinsicht nachzueifern schien.«

»Bitte keine Geschichtsstunde«, ging Keller dazwischen.

»Gut.«

Über solche Dinge regte Engelchen sich schon lange nicht mehr auf.

»Also Bachmann war ein begnadeter Trinker. Da er ursprünglich aus der Gegend von Lörrach stammt, galt er seinen Kasseler Studienkollegen als ›Der Schweizer‹. Da ›Knille‹ die schweizerische Bezeichnung für Kneipe ist, war sein Spitzname auch ›Knille‹. Das war ´s.«

Plötzlich sprang Keller auf.

»Ich muss mal hier raus.«

Bevor er durch die Tür schoss, drehte er jedoch wieder um.

»Engelchen, rufen Sie doch bitte einmal Ihren Onkel in Trendelburg an. Wir hatten ja noch ein paar Fragen offen. Außerdem müssen wir auch noch den Nachbarn befragen.«

Ohne seinen ursprünglichen Plan aufzugreifen, kehrte Keller an seinen Schreibtisch zurück.

Als Engelchen, die zum Telefonieren hinausgegangen war, wieder zurückkam, grinste sie.

»Was halten Sie davon, einmal die berühmte Griene Sose meiner Tante zu probieren? Wir sind um ein Uhr zum Essen eingeladen. Dabei können wir dann auch noch einmal mit meinem Onkel sprechen. Es ist gerade elf Uhr, da haben wir trotz der Fahrzeit auch noch genug Zeit, vorher mit dem Nachbarn zu sprechen. Tante Ute hat mir verraten, dass er und seine Frau mittags immer zum Essen nach Hause kommen. Da werden wir sie heute halt einmal stören.«

»Woher kennen Sie mein Leibgericht, Engelchen? Sie machen mir allmählich Angst. Also los.«

Keller hatte gerade den Zündschlüssel umgedreht, da schreckte Engelchen auch schon zusammen. Aus dem Autoradio erklangen lautstark die letzten Takte von ›Clean, clean‹ von den Buggles.

»Jetzt machen Sie doch erst mal diesen Lärm leise«, schrie Engelchen. »Sonst müssen wir mit meinem Wagen fahren, da läuft gerade die André-Rieu-CD meiner Schwester.«

Keller tat wie ihm geheißen. Zum Musikgeschmack seiner Assistentin äußerte er sich lieber nicht.

Schließlich stand eine Portion Griene Sose auf dem Spiel.

»Wie wäre es mit Diana Ross, ›Upside down‹? Ist das genehm?«

»Die Mucke ist ja okay, sie sollte nur nicht so laut sein.«

Bis Hofgeismar saßen sie schweigend nebeneinander im Auto. Die Bee Gees begannen gerade ›Tragedy‹ zu schmettern, da fuhr es aus Engelchen heraus – sie hielt es einfach nicht mehr aus.

»Wir müssen ein bisschen vorsichtiger mit Onkel Karl sein, ihm hat die Geschichte ganz schön zugesetzt.«

»Habe verstanden. Ich kann mir ja bei seinem Nachbarn mein Mittagessen verdienen, sie sprechen dann mit Ihrem Onkel. Was wissen wir eigentlich über den fiesen Nachbarn?«

Engelchen holte ihr Tablet hervor. Keller rollte mit den Augen. Nach einigem Suchen hatte sie die Information gefunden.

»Der Nachbar heißt Desenberg, Karlheinz Desenberg. Er ist Unternehmer und hat es mit einer Fabrik für Kunststoffrohre zu einem gewissen Wohlstand gebracht. Außerdem war er während seiner Zeit bei der Bundeswehr Sprengstoffexperte bei den Pionieren.«

»Was ihn für uns zu einem richtig interessanten Menschen macht«, unterbrach Keller ihre Ausführungen. »Was wissen wir noch?«, hakte der Kommissar nach.

»59 Jahre, verheiratet, drei Töchter.«

»Da müssen sich ja die Schwiegersöhne bereits einen heißen Kampf um das Plaste-Imperium liefern?«

»Nicht ganz. Sonja, die Älteste ist selbst Chemikerin und bereits heute die rechte Hand des Chefs.«

»Und die beiden anderen?«

»Nicole und Evelyn? Sie sind glücklich verheiratet und stets bemüht, über die Zahl der lieben Enkelkinder ihren Einfluss auf den Firmengründer zu mehren.«

Bewundernd schnalzt Keller mit den Lippen.

»Woher wissen Sie das nur?«

»Ralf, ein alter Schulfreund von mir, arbeitet als Buchhalter für ›Desenberg Kunststoffe‹. Ihn habe ich einfach mal angerufen.«

»Wissen Sie, ob der Alte irgendwelche interessanten Hobbys hat? Feuerwerk herstellen zum Beispiel?«

Engelchen schien nachzudenken.

»Er spielt Golf und macht gern auf ›dicke Hose‹. Ansonsten ist er ein bekannter Bonsai-Gärtner«, antwortete sie zögerlich.

Keller überlegte, was er noch über Bonsai aus ›Karate Kid 3‹ wusste. »Diese kleinen japanischen Zwergbäume, die man ja nicht an der falschen Stelle schneiden darf?«

»Genau«, antwortete Engelchen. »Aber die restlichen Geheimtipps können Sie sich gleich persönlich holen. Wir sind fast da.«

Keller lauschte der Musik, da fing Engelchen noch einmal an.

»Ralf hat mir übrigens auch erzählt, dass die Mitarbeiter ihren Chef heimlich ›Werner‹ nennen - ›Karlheinz Werner‹, um genau zu sein.«

»Warum?«

»Seine Frau Irmgard ist eine geborene Werner. Von ihr beziehungsweise ihrem Vater stammt das Startkapital für die Plastefabrik. Typischer Neideffekt.«

Gerade passierten sie das Trendelburger Ortsschild.

»Eines noch Engelchen. Kennt Sie dieser Desenberg? Das könnte vielleicht Einfluss auf seine Gesprächsbereitschaft haben.«

»Keine Angst, Chef. Wie Sie wissen, bin eher selten hier. Und früher hat hier noch der alte Lüttich gewohnt.

Von dem haben sie letztlich auch das Haus gekauft. Seine Frau war verstorben und er musste ins Altersheim.« Sie überlegte kurz. »Nein, keine Gefahr. Außerdem habe ich ja einen ganz anderen Familiennamen.«

In diesem Moment fuhr Keller vor. Mangels Parkplätzen stellte er sich trotz des Verbotsschildes neben den Mercedes vor die Doppelgarage.

Er hatte kaum den Zündschlüssel umgedreht, da kam der kleine Mann auch schon wutschnaubend auf ihn zu.

»Das ist kein öffentlicher Parkplatz, verlassen Sie bitte sofort meinen Grund und Boden!«, schimpfte er ohne Begrüßung sofort los.

Desenberg hatte schon Zettel und Stift gezückt und wollte sich die Autonummer notieren, als Keller ihm im Aussteigen einen Vorschlag unterbreitete.

»Sie können die Anzeige gerne bei Kriminalassistentin Engel hier abgeben, sie leitet sie dann an die entsprechende Dienststelle weiter.«

Desenbergs Gesichtszüge froren ein.

Keller stellte sich vor. »Mein Name ist Keller, Kriminalpolizei Nordhessen, Frau Engel habe ich Ihnen ja bereits vorgestellt. Wir haben da ein paar Fragen an Sie.«

Wortlos ließ Desenberg sie ins Haus. Vorbei an zwei herrlichen Bonsai - eine Kiefer, ein Ahorn - gingen sie durch den geräumigen Flur. Erst im Wohnzimmer fand der Hausherr seine Sprache wieder zurück.

»Was kann ich für Sie tun? Hat etwa einer meiner Schwiegersöhne etwas angestellt?«

»Nein, wie kommen Sie darauf?«

»Das wäre ja nicht das erste Mal.«

Als Keller ihm die Situation erläutert hatte und ihm die Frage gestellt hatte, ob er am 21. September irgendetwas Verdächtiges in Bezug auf seinen Nachbarn gesehen hatte, sprudelte es aus ihm heraus.

»An diesem Tag waren wir noch in der Provence. Wir haben dort eine kleine Villa, wo wir regelmäßig die Sommerferien und Weihnachten verbringen. Diesmal waren wir im Frühsommer verhindert, darum der späte Termin. Zurückgekommen sind wir am 23., spätabends. Bestimmt hat dieser alte Zausel behauptet, dass wir ihm etwas anhaben wollen, damit wir endlich sein Haus kaufen können.«

Keller schaute auf Engelchen, die seiner Einschätzung nach innerlich kochen musste, wenn jemand derart schlecht über ihren geliebten Onkel sprach. Doch sie blieb ruhig.

Desenberg schimpfte weiter.

»Wissen Sie, wie oft die Polizei schon hier war? Ich sag es Ihnen, bestimmt fünf Mal. Mal waren es die verschwundenen Gartenzwerge, die die Jungs aus dem Dorf geklaut haben, mal die tote Katze auf seiner Terrasse, die wir angeblich vergiftet haben. Hören Sie bloß auf mit dem. Ich gönne ihm ja seinen Ruhestand, doch braucht er seine Paranoia nicht an uns auszulassen.«

Da sprang Engelchen plötzlich auf. Keller erschrak.

»Wo ist denn hier die Toilette?«

Seine Frau erhob sich und führte sie hin. Zum Glück hatte Desenberg keinen Verdacht geschöpft.

»Schöne Zwergbäume. Eingelaufen?«, entfuhr es Keller.

»Das sind Bonsai«, antwortete Desenberg entrüstet.

Schweigen.

Als seine Assistentin zurückkam, erhob sich Keller ebenfalls.

»Wir haben dann keine Fragen mehr, vielen Dank.«

Desenberg setzte schon an, vermutlich wollte er eine Bemerkung wegen des nun kalten Mittagessens machen. Der eisige Blick von Kellers Assistentin ließ ihn jedoch schweigen.

Doch Keller wusste, dass er die Spannung lösen musste. Sonst würde Engelchen nachher noch alle vier Reifen des Mercedes platt stechen.

»Wir bestellen Herrn und Frau Steinbach gerne einen schönen Gruß, sie erwarten ihre Nichte hier und mich gleich zum Mittagessen. Schönen Tag.«

Keller schob Engelchen durch die Tür und ließ das Unternehmerpaar mit offenen Mündern zurück.

Das dritte Fragezeichen

Die Griene Sose von Frau Steinbach war zwar ausgezeichnet, jedoch hinterließ das Tischgespräch einen leicht faden Nachgeschmack. Sie waren natürlich noch einmal auf Bachmann zu sprechen gekommen und darauf, dass die Vernehmung keine weiteren Hinweise ergeben hatte. Ganz im Gegenteil, Keller war mittlerweile zwar der Ansicht, dass Steinbachs Stellvertreter ein sehr unangenehmer Mensch war. Seiner Einschätzung nach würde er jedoch nicht zu solchen Mitteln greifen, nur um einen Posten zu bekommen. Aus seiner Sicht war auch das Verdachtsmoment gegen den Nachbarn ausgeräumt. Engelchen zuliebe wollte Keller im Gespräch nicht auf die Vorwürfe des Nachbarn eingehen, in einen Nachbarschaftsstreit sollte man sich nicht einmischen.

Die Auseinandersetzung im Hause Steinbach begann jedoch mit einer Bemerkung Kellers.

»Wir stehen also wieder am Anfang. Es erscheint mir unangebracht, die nette Einladung und das vorzügliche Essen mit profanen Dingen wie einer Erpressung verknüpfen zu müssen. Doch muss ich Sie nochmal eindringlich bitten, mir einige wichtige Fragen zu beantworten: Gibt es irgendjemanden, der Ihnen etwas Böses will? Haben Sie Feinde?«

Herr Steinbach schwieg.

Engelchen nahm die Hand ihres Onkels, doch hatte sie keinen Erfolg. Der Onkel schwieg weiterhin beharrlich.

Wie ein arktischer Wind wehte die schlechte Stimmung durch den Raum - jeder spürte, dass es noch ein unausgesprochenes Geheimnis gab.

Keller hatte seine Mahlzeit als Erster beendet. Er nutzte das Schweigen seiner Tischgenossen und versuchte, sich in Gedanken für einen Moment in den Haushund Hasso zu versetzen. Ob dieser sich wohl wunderte, einige Minuten nur das klappernde Besteck auf den Tellern seiner ansonsten schweigenden Mitbewohner zu hören?

Wieder einmal war es Ute Steinbach, die die Situation nicht mehr ertragen konnte. Und wieder ergriff sie die Initiative.

»Da du dich wieder einmal nicht traust, muss ich wohl noch einmal den Anfang machen.« Sie atmete tief durch. »Die letzten drei Tage, immer pünktlich um 17.00 Uhr, haben wir jeweils einen anonymen Anruf bekommen. Der Anrufer beschimpft Karli. Zudem verlangt er, dass Karl den Plan mit der Museumsbahn nicht weiter verfolgen soll.«

»Hat er Ihnen auch gedroht?«, fragte Keller nach.

»Nein, nicht direkt.« Er schluckte. »Meist hat er auch nach kurzer Zeit wieder aufgelegt. Es hatte fast den Anschein, als musste er sich einfach einmal abreagieren.«

»Denken Sie doch noch einmal genau nach. Bestimmt hat er irgendetwas in dieser Richtung gesagt.«

Engelchen nickte. Sie ahnte, worauf ihr Chef hinaus wollte. Würde ihr Onkel eine Bedrohung eingestehen, so hätten sie die Möglichkeit, innerhalb weniger Stunden die Nummer des Anrufers zu ermitteln. Die Rufnummernermittlung erfolgte heute ausschließlich über das vermittlungstechnische Leistungsmerkmal ›Malicious Call Identification‹ (MCID), das von den Vermittlungsstellen auch bei aktiver Rufnummernunterdrückung gespeichert wird. Die üblichen Fangschaltungen gab es seit Einführung der digitalen Telefonie nicht mehr.

Engelchen stand vom Essen auf und nahm sich das Telefon des Onkels. Sie schaute auf die Anruferliste und scrollte sie durch. Sie glaubte zwar nicht, dass der Anrufer so dumm war, seine Nummer nicht zu unterdrücken. Doch man konnte ja nie wissen. Und tatsächlich, die Nummer war unterdrückt worden. Sie nahm das Telefon und wählte eine lange Nummer.

»Hi Lars, Herta hier. Du musst mir mal einen Gefallen tun. Ich brauche eine Telefonnummer.«

Ihr Gegenüber redete offensichtlich lange auf sie ein.

»Nein, habe ich nicht. Aber es ist Gefahr im Verzug. Ein älteres Ehepaar wird von einem aggressiven Anrufer bedroht, der Typ ruft jeden Tag um die gleiche Zeit an. Ich würde dich nicht darum bitten, wenn es nicht wichtig wäre. Dem Staatsanwalt liegt übrigens auch einiges an der Sache.«

»Okay, prima. Ja, unter dieser Nummer. In einer Stunde, klasse.«

Keller wandte sich an Herrn Steinbach.

»Ihre Nichte ist mir schon eine große Hilfe.«

Engelchens Gesicht nahm Kellers Wahrnehmung nach eine leicht rötliche Färbung an. Sie lächelte, so oft lobte ihr Chef sie ja nun auch wieder nicht.

Die Stunde verging. Während Keller einen kleinen Spaziergang unternahm, klönten die Steinbachs angeregt mit ihrer Nichte. Keller kam gerade hinzu, als sie über irgendeinen Schwager lästerten.

Keller kam genau zur rechten Zeit, denn in diesem Moment klingelte das Telefon. Steinbach nahm ab und übergab das Mobilteil sogleich an Engelchen.

»Danke, Lars, bist ein Schatz. Du hast was gut bei mir.«

Alle schauten die junge Frau fragend an.

»Wir müssen nach Langental, da wohnt der Anrufer. Es ist jetzt kurz nach halb fünf. Wenn wir uns beeilen, können wir ihm noch bei seinem Telefonat assistieren.«

Sie verabschiedeten sich rasch und stiegen ins Auto. Wie automatisch ging Kellers Hand zum Kassettenrecorder des Autoradios. Manfred Manns Earth Band spielte ›Blinded by the Light‹.

»Nicht so laut bitte, ich muss arbeiten.«

Schon beim Einsteigen hatte sie gleich wieder dieses in Kellers Augen unnütze Ding eingeschaltet.

Keller war jedoch überrascht, als sie ihm bereits in Deisel Informationen über den Verdächtigen geben konnte.

»Der Mann heißt Werner Menke, geboren am 19. Juli 1975 in Helmarshausen. Er wohnt schon sein ganzes Leben in Langental. Keine Frau, keine Kinder. Mehrfach auffällig wegen verschiedener Verkehrsdelikte, vor allem wegen zu schnellem Fahren. Da ist sogar ein Spitzname aktenkundig, ›Kamikaze-Werner‹«.

»Und das hat Ihnen alles dieses Schneidbrett gesagt?«

»Ja, das kann aber noch viel mehr. Jetzt habe ich mich gerade kurz in den Polizeicomputer eingeloggt.«

»Gute Arbeit.«

»Mensch Chef, das ist ja heute schon das zweite Lob. Ich stehe kurz vor der Heiligsprechung.«

Keller grinste.

»Wenn ich mich noch so recht an meine Ministrantenzeit erinnere, müsste ich Sie zunächst seligsprechen. Doch dazu habe ich im Augenblick noch keine Lust.«

»Auf Ihre Zeit als Messdiener komme ich gerne noch zurück, doch erst müssen wir Menke einen Besuch abstatten. Im Ort die erste Straße rechts.«

»Woher kennen Sie sich hier so gut aus?«

»Ich hatte hier mal einen Freund, Peter oder so. Da vorn, das große Haus, das muss es sein.«

Beide waren überrascht, als sie das Haus sahen.

Vor der Tür standen zwei ziemlich aufgemotzte Autos. Er klingelte an der Tür, der Big Ben ertönte.

Menke hatte das Telefon bereits in der Hand, sie waren pünktlich auf die Minute.

»Na, Herr Menke, einen dringenden Anruf zu erledigen?«

»Wer sind Sie und was wollen Sie?«

»Kriminaloberkommissar Keller, das ist meine Kollegin Engel. Wir haben da ein paar Fragen an Sie.«

Sein Ausdruck verfinsterte sich.

»So gucken sonst nur Männer, die ihre Geliebte im Kleiderschrank versteckt haben«, flüsterte Engelchen Keller zu.

»Können Sie nicht in einer Viertelstunde wiederkommen, ich muss dringend telefonieren.«

»Bevor ich es vergesse. Schöne Grüße von Familie Steinbach. Sie würden von einer Anzeige wegen Belästigung am Telefon absehen, wenn Sie im Gegenzug auf die nachmittäglichen Anrufe verzichten würden.«

Menke gab sich geschlagen und den Weg ins Haus frei.

Die beiden Polizisten waren überrascht, für einen Junggesellen war die Wohnung überraschend geschmackvoll eingerichtet. Wieder raunte Engelchen Keller etwas zu.

»Das ist ja eine richtige Tussifalle.«

Keller schwieg und nahm ohne Aufforderung auf dem Designersofa Platz.

»Und jetzt?«

Der Hausherr setzte sich in den Fernsehsessel und ließ sich mit Wucht nach hinten fallen.

»Jetzt verraten Sie uns doch mal, warum Sie Karl Steinbach das Leben schwer machen?«

Menke seufzte: »Dieser Verrückte will unbedingt die Eisenbahn bauen, die uns Langenthäler wieder vom Rest des Landes abschneiden würde.«

Engelchen lehnte im Türrahmen, wütend trat sie vor und stellte sich vor Menke.

»Ich kann ja verstehen, dass ein Autonarr wie Sie die Eisenbahn nicht mag. Ich bezweifle jedoch, dass Sie in den letzten fünf Jahren auch nur einmal Bus gefahren sind. Haben Sie außerdem schon mal daran gedacht, dass es erstens noch Jahre dauern wird, bis das Projekt - und das auch nur vielleicht - realisiert wird? Zweitens sprechen wir hier von einer Museumsbahn. Aber vermutlich wissen Sie noch nicht einmal, was ein Museum ist.«

Keller musste sie bremsen, sonst hatte sie gleich eine Dienstaufsichtsbeschwerde am Hals. Er versuchte es mit Zuckerbrot und Peitsche.

»Herr Menke kennt bestimmt jedes wichtige Automobilmuseum in Deutschland, dessen bin ich mir sicher. Doch müsste er bestimmt eines seiner beiden Prachtstücke vor der Tür verkaufen müssen, bekäme er nun eine Anzeige.«

»Es ist doch wegen meiner Mutter. Sie fährt noch jeden Tag mit dem Bus nach Helmarshausen, dort wohnt ihre Schwester.«

Keller schaute auf Engelchen. Ihr Blick sagte ganz deutlich einen Satz - zumindest bildete er sich das ein: »Dann fahr du sie doch selber hin, Kamikaze-Werner.«

164

Keller beeilte sich, selbst das Wort zu ergreifen, bevor ein Unglück geschah.

»Da machen Sie sich mal keine Sorgen. Die ewig geplante Umgehung der B83 ist ja auch lange noch nicht fertig. Sollte diese Museumsbahn jemals kommen, so wird sie Sie und Ihre Mutter wohl kaum beeinträchtigen.«

Menke sagte keinen Ton.

Keller fuhr fort.

»Und jetzt rufen Sie in unserem Beisein noch einmal Herrn Steinbach an und entschuldigen sich bei ihm. Wir bleiben derweil hier sitzen und geben Ihnen nachher unsere Punktwertung.«

Menke nahm das Telefon und wählte die Nummer. Das Telefonat war kurz, aber erfolgreich. Zum Schluss wünschte Menke seinem Gesprächspartner sogar noch einen schönen Abend.

»Gut gemacht. Dann bleibt uns hier auch nichts mehr zu tun. Feierabend.«

Engelchen widersprach.

»Für ihn ja, wir haben noch eine gute Dreiviertelstunde zu fahren.«

29. September - vier Tage zuvor

Das Licht am Ende des Tunnels

Keller saß im ICE, der ihn zurück nach Kassel bringen sollte. Eine Weiterbildung in Frankfurt hatte er dazu genutzt, sich vor der Veranstaltung mit Doktor Franziska Winterbach, einer wissenschaftlichen Bediensteten des Landesamtes für Denkmalpflege in Wiesbaden, zu treffen. Frau Winterbach kam aus Hanau, so dass sie sich in der Frühe bequem am Frankfurter Hauptbahnhof zum Frühstück treffen konnten.

Zunächst sprachen sie über Dinge, die Keller im Wesentlichen bereits wusste: Die Carlsbahn wurde am 30. März 1848 eröffnet und verband, zusammen mit der Friedrich-Wilhelms-Nordbahn, Cassel mit Carlshaven. Sie wurde am 27. September 1966 für den Personenverkehr stillgelegt, der Güterverkehr lief noch für einige Zeit auf einem Teil der Strecke weiter.

»Ist es realistisch«, fragte Keller beim zweiten Kaffee nach, »dass der Museumsverein Erfolg hat und die Strecke reaktiviert wird?«

»Wir können ja noch nicht einmal von einer Reaktivierung sprechen, da es vielerorts gar keinen Gleiskörper mehr gibt.«

Ihr Blick blieb einen Augenblick in Kellers Augen hängen, bevor sie fortfuhr.

»Außerdem wird das ehemalige Gleisbett heute bereits anderweitig genutzt, überwiegend dient es als Radweg.«

Keller war durch den Blick der attraktiven Denkmalpflegerin etwas verunsichert, so dass er weiterhin schwieg. Gerade als er ansetzen wollte, fuhr sie fort.

»Und selbst wenn sie einen Nutzungsplan für den ehemaligen Schienenweg erreichen könnten, der wieder die ursprüngliche Nutzung in Betracht zieht und sämtliche Aspekte des Naturschutzes außer Acht gelassen würde, ist da niemand, der das bezahlen könnte. Da müsste schon ein reicher Gönner aus dem Nichts auftauchen. Und die romantische Vorstellung, dass wieder eine ›Dampflok den Sonnenweg entlangschnauft‹, können Sie komplett vergessen. Bestenfalls - und das auch nur, wenn wider Erwarten bis dahin alle anderen Dinge finanziert wurden - würde es für eine einfache Ferkeltaxe reichen.«

»Eine was?«

»Einen sogenannten Leichtverbrennungstriebwagen der Baureihe VT 2.09 der VEB Waggonbau Bautzen - vom Volksmund auch als ›Ferkeltaxe‹ bezeichnet. So eine steht übrigens in Bad Karlshafen vor der Marie-Durand-Schule, Sie müssten sie eigentlich kennen. Aus diesen finanziellen Erwägungen steht mein Amt auch auf der Seite derjenigen, die ein lokales Eisenbahnmuseum in Hümme priorisieren.«

»Kennen Sie zufällig einen Herrn Bachmann?«, fragte Keller eigentlich nur aus Routine.

»Christian, natürlich. Er ist übrigens auch ein Befürworter des Museums.«

»Woher kennen Sie sich?«

»Eigentlich tut das ja nichts zur Sache, doch wir haben uns hier zufällig auf dem Frankfurter Hauptbahnhof kennengelernt. Christian stand da vorne an der Bahnhofsmission und hat mich zum Kaffee eingeladen.

»Sie scherzen.«

»Natürlich. Aber da Sie schon so penetrant fragen, Christian und ich kennen uns seit etwa einem Jahr. Wir hatten in der Carlsbahnsache miteinander zu tun und waren uns auf Anhieb sympathisch. Ab und zu treffen wir uns und stehen uns mittlerweile auch recht nahe. Wenn Sie verstehen, was ich meine.«

Keller begrub die letzten Hoffnungen, den Vormittag statt in einem langweiligen Seminar über Computerkriminalität zusammen mit dieser attraktiven Frau in einem Frankfurter Hotel zu verbringen.

Seit er Kerstin auf dem Jahrgangstreffen wiedergetroffen hatte, dachte er so manches Mal daran, wie es wäre, ohne Angelika zu leben oder auch einfach nur einmal wieder mit einer anderen Frau zu schlafen. Schnell besann er sich. Schließlich sollte Frau Winterbach keinesfalls seine Gedanken erraten.

»Dann kennen Sie sicher auch Herrn Steinbach?«

»Puffer-Karl. Ja, den kenne ich auch.«

»Puffer-Karl, woher ...«

Frau Winterbach fiel ihm ins Wort.

»Das hat mir Christian erzählt. Steinbach gehörte in den fünfziger Jahren zu den Verrückten, die ihre ganze Freizeit damit verbracht haben, jeder alten, dampfenden, stinkenden und staubigen Dampflok nachzujagen, um sie zu fotografieren. Vielleicht kommt daher seine Meise.«

»Sie mögen ihn wohl nicht?«

»Wenn ich ehrlich bin - nein.«

168

»Haben Sie vielleicht Herrn Bachmann in seinem Machtkampf gegen Herrn Steinbach unterstützt? Der alte Mann ist nicht mehr so gut in Schuss, vielleicht würde er bei einer Niederlage mit seiner Museumsbahn abdanken?«

»Was unterstellen Sie mir da? Eine Unverschämtheit! Glauben Sie vielleicht, ich habe meine unabhängige Expertise hinsichtlich einer Bevorzugung von Herrn Bachmann aufgegeben?«

»So habe ich das nicht gemeint«, erwiderte Keller kleinlaut. »Doch ich bin Polizist und darf das fragen. Ich bin sogar dazu verpflichtet.«

»So hört es sich aber an! Der Ton macht die Musik. Dann bin ich es mal, die das Gespräch wieder auf eine sachliche Ebene zurückführt. Nur weil ich Herrn Bachmann mag, bin ich doch nicht gegen Herrn Steinbach. Aber Sie müssen mir versprechen, dass Steinbach nie etwas davon erfährt, sonst habe ich sofort eine Beschwerde am Hals.«

Keller versprach es ihr vorschnell. Wie konnte er diesen Augen und diesem Blick widerstehen. Schnell wurde ihm dann jedoch bewusst, dass er nun ein Ermittlungsergebnis vor Engelchen geheim halten musste.

»Können Sie mir sonst noch einen Hinweis geben, wer Interesse daran haben könnte, ein eigentlich utopisches Carlsbahn-Projekt auf diese Weise zu sabotieren? Kann es dazu überhaupt einen nachvollziehbaren Grund geben?«

»Nein, keine Ahnung. Sollte mir jedoch etwas einfallen, melde ich mich gerne bei Ihnen. Ich habe ja jetzt Ihre Karte.«

Offensichtlich wollte Frau Winterbach das Gespräch schnell beenden. Keller hatte das Gefühl, dass sie ein wenig eingeschnappt war.

Nachdem sie sich voneinander verabschiedet hatten, schaute Keller ihr noch einmal hinterher.

»Ach ja«, seufzte er.

Er schaute auf die große Bahnhofsuhr und stellte fest, dass er noch ein wenig Zeit hatte. Daher ging er noch in die große Zeitungs- und Buchhandlung. Plötzlich sah er Frau Winterbach von draußen winken. Er bezahlte schnell seine Süddeutsche Zeitung und ging zu ihr.

»Mir ist da noch etwas eingefallen. Haben Sie schon einmal daran gedacht, dass irgendjemand durch die Carlsbahn einen Schaden erlitten hat und nun eine Wiedereröffnung um jeden Preis verhindern will?«

»Nein, dieser Gedanke ist mir ebenso neu wie fremd. Vielleicht gucken Sie zu viel Fernsehen?«

»Na, dann nicht. Ich wollte Ihnen nur helfen.«

Jetzt war sie wirklich wütend.

Keller nahm sein Handy raus und machte sich eine Notiz. Heute Nachmittag würde er sie zurückrufen und sich bei ihr entschuldigen.

Mittlerweile war dieser Zeitpunkt gekommen. Das Telefon lag vor ihm auf dem kleinen Tisch seiner Vierersitzgruppe. Keller schaute es missbilligend an.

Gerade als er zum Telefon greifen und die Nummer wählen wollte, ›schoss‹ ihn eine ältere Dame von der Seite an.

»Nicht, dass Sie hier jetzt telefonieren wollen, das ist ein Ruheabteil.«

Keller sah sich um und stand auf.

Die Frau hatte natürlich Recht. Im Gehen tippte Keller die Ziffern ein und fügte sich seinem Schicksal.

Die Rückkehr eines üblich Verdächtigen

Als Keller um 18.00 Uhr noch einmal kurz in sein Büro ging, sah er Engelchen mit Tränen in den Augen in ihrem Büro sitzen.

»Was ist denn los, Frau Engel?«

Dass Keller sie mit ihrem richtigen Namen ansprach, war ein Zeichen wahrhafter Anteilnahme.

»Nichts Chef, aber danke, dass Sie fragen.«

»Nun raus mit der Sprache. Ist Ihr Buchhalter mit der Kassiererin durchgebrannt?«

Seine Fähigkeit, im rechten Moment das rechte zu sagen, hatte nur einen kurzen Moment angedauert.

Entsprechend war Engelchens Blick - böse.

»Nichts, gar nichts.«

Ohne Keller eines weiteren Blicks zu würdigen, drehte sie sich um und tat so, als würde sie weiterarbeiten.

»Mist«, entfuhr es Keller.

Keine Reaktion.

Er wartete zehn Minuten, dann ging er mit einer Box Softtücher und einem frischen Espresso aus der Kantine in ihr Büro.

»Es tut mir leid, sie wissen doch, wie ich bin. Ich geh jetzt wieder zurück in mein Büro. Falls ich Ihnen irgendwie helfen kann, so lassen Sie es mich bitte wissen.«

Herta Engel wusste, was es bedeutete, dass sich ihr Chef bei ihr entschuldigte. Doch wollte sie auch einmal zeigen, dass er nicht immer so einfach auf anderer Leute Gefühle rumtrampeln konnte. Sie wartete ewige fünf Minuten, dann ging sie hinüber.

»Danke für den Espresso.«

»Gerne. Was ist denn heute los mit Ihnen?«

»Es ist wegen meinem Onkel. Er ist heute Morgen gestorben.«

»Was! Das tut mir leid. Herzliches Beileid. Und das meine ich ernst!«

»Danke, das weiß ich doch.«

»Woran ist er gestorben?«

»Das ist es ja, was mich so fertig macht. Er wurde in seinem eigenen Haus von Bachmann zur Rede gestellt. Was das denn solle, warum er zur Polizei gegangen sei und dass er sich wie ein Verbrecher gefühlt habe. Es war eine lautstarke Auseinandersetzung, in der Onkel Karl plötzlich zusammengebrochen ist. Bachmann ist dann, ohne sich um Onkel Karl zu kümmern, einfach abgehauen. Zum Glück war meine Tante in ihrem Lesezimmer. Nachdem sie die Tür hatte knallen hören, ist sie rübergegangen, um nach ihrem Mann zu sehen.«

»So ein Schwein.«

Engelchen erzählte weiter.

»Onkel Karl lag auf dem kalten Fliesenboden und hielt krampfhaft seinen Brustkorb umklammert. Er war schweißnass und hat sich nur noch ab und zu gezuckt. Wenige Minuten später ist er dann gestorben.«

»Den kaufe ich mir. Wie war noch einmal die genaue Adresse?«

»Hümme, Hauptstraße, wir waren doch schon mal dort, als er nicht zu Hause war. Ich hol nur meine Jacke.«

»Sie bleiben hier. Das muss ich alleine machen. Sie sind so aufgebracht, dass Sie mir den Mann noch erwürgen würden.«

»Ich will aber dabei sein!«

»Nein, und das ist eine dienstliche Anordnung. Ich gebe es Ihnen auch gerne schriftlich.«

Kellers Miene verfinsterte sich. Er wusste nicht, worauf er wütender war, den rücksichtslosen Bachmann oder seine unvernünftige Kollegin.

Diese sah den Irrsinn ihres Wunsches schließlich doch ein.

»Sie haben ja Recht. Aber heizen Sie dem Kerl ordentlich ein.«

»Das werd ich tun, keine Angst.«

Er war bereits zur Tür hinaus, als ihm noch etwas einfiel. Ohne zu klopfen, ging er in Engelchens Büro. Sofort blaffte er sie wieder an.

»Damit Sie sich nicht langweilen, können Sie doch in Erfahrung bringen, ob es irgendwelche Personenunfälle gab, die mit unserem Fall in Verbindung stehen könnten. Vielleicht hat die Eisenbahndirektion in Frankfurt noch irgendwelche Unterlagen.«

»Jawoll, Sergeant Major«, antworte Engelchen, ohne sich nach ihm umzudrehen.

Im Auto schließlich brauchte er dann was Hartes. AC/DC´s ›Touch too much‹ kam ihm da gerade recht. Keller fuhr schneller, als es vernünftiges Handeln gebot. Er konnte es nicht erklären, aber er hatte den alten

Herrn gemocht. Bachmann war telefonisch über sein Kommen informiert. Den Grund dafür kannte er jedoch nicht. Keller war von sich selbst sehr überrascht, wie ruhig er das Telefongespräch über die Bühne gebracht hatte. Er wollte ihn wohl unbewusst in Sicherheit wiegen, obwohl Bachmann klar gewesen sein musste, dass der Kommissar bereits vom Tod des Onkels wusste.

Wütend fuhr er am Ortsschild von Hümme vorbei. Bachmann hatte ihn bereits kommen sehen und stand schon in der Haustür.

»Herr Kommissar, das ging ja schnell. «

Er reichte Keller die Hand, doch dieser ging wortlos am Hausherrn vorbei ins Wohnzimmer.

Dort stand eine Frau, die gerade dabei war, den Abendbrottisch abzuräumen.

»Meine Schwester, Charlotte. Wir sind gerade mit dem Abendbrot fertig, darf ich Ihnen dennoch noch etwas anbieten?«

»Danke, nein.«

Keller musste sich überwinden, da er seit dem Mittagessen in Frankfurt nichts mehr gegessen hatte.

Aber die Wut im Bauch war stärker.

»Würde es Ihnen etwas ausmachen, wenn ich unter vier Augen mit Ihrem Bruder sprechen könnte?«

»Charlotte und ich haben keine Geheimnisse voreinander, aber wenn Sie darauf bestehen. Was wollen Sie eigentlich - so spät und so aufgebracht.«

»Das kann ich Ihnen sagen. Wegen Ihres Auftritts heute Morgen hat meine Mitarbeiterin Ihren Onkel verloren.«

»Herr Steinbach ist tot, das wusste ich nicht.«

174

»Nun tun Sie mal nicht so. Sie haben ihn auf dem kalten Fliesenboden liegen lassen, nachdem er eine Herzattacke erlitten hatte. Seine Frau kann das bezeugen.«

Keller machte eine kurze Pause, er musste einmal tief durchatmen. In seiner Wut ließ er den zu einer Erklärung ansetzenden Bachmann dennoch nicht zu Wort kommen.

»Ab sofort gehören Sie für mich wieder zu den Verdächtigen des Erpressungsfalls. Nun wird die Sache schwerwiegender, das Erpressungsopfer ist verstorben. Aber zumindest werde ich Sie wegen unterlassener Hilfeleistung anzeigen, falls seine Nichte das nicht bereits schon getan hat.«

»Und ich werde mich bei meinem Freund, dem Polizeipräsidenten über Sie beschweren. Ich lasse mir von Ihnen keinen Mord anhängen.«

»Und wenn Sie zum Papst nach Rom pilgern, das ist mir egal.«

Nun sagte Keller etwas, was er vielleicht besser nicht gesagt hätte.

»Ich habe morgen Nachmittag in der Sache einen Termin mit Manfred Friedel, Ihrem Vereinsbruder. Er wird nach den Ereignissen sicher mit der Witwe Steinbach sprechen. Nach diesem Gespräch werden ihre Chancen auf die Übernahme des Vereinsvorsitzes sicherlich stark gesunken sein. Guten Tag!«

Wortlos ließ er Bachmann stehen und ging zum Auto. Wütend fuhr er mit durchdrehenden Reifen los. Ein Stein flog auf und zerschoss einen von Bachmanns Gartenzwergen auf dem golfgepflegten Rasen.

Der Rückweg ging dann nicht ganz so flott, doch lag das nicht nur daran, dass Keller sich inzwischen wieder beruhigt hatte. Vielmehr trugen die Baustellen auf der Holländischen Straße ihren Teil dazu bei, dass Keller etwas genervt in sein Büro zurückkehrte. Er hatte es kaum betreten, da stand auch schon Engelchen in der Tür. Inzwischen war es bereits weit nach 20.00 Uhr.

»Sie sollen den Polizeipräsidenten zurückrufen.«

»Der Polizeipräsident ist noch im Haus?«

»Ja, e wartet nur noch auf Ihren Anruf.«

Keller merkte natürlich, dass sie etwas ganz anderes viel mehr interessierte.

»Haben Sie Bachmann verprügelt?

Keller holte einmal tief Luft, bevor er ihr antwortete.

»Schlimmer noch, ich habe einen seiner Gartenzwerge zertrümmert.«

»Respekt. Viel Spaß mit dem Boss. Ich erwarte anschließend Ihren Bericht.«

Das Telefonat mit dem Polizeipräsidenten nahm den erwarteten Verlauf, Keller wurde zunächst nach allen Regeln der Kunst zusammengefaltet. Als der Kommissar jedoch das Gespräch auf die unterlassene Hilfeleistung brachte und eine Strafanzeige in dieser Sache ankündigte, wurde auch Bachmanns Duzfreund etwas vorsichtiger. Schließlich hatte Kellers Schilderung eine gewisse Wirkung, und die Frau war als Zeugin sicher über alle Zweifel erhaben. Letztlich blieb ihm nur die Drohung, seinen Mitarbeiter auf das unter Kollegen gefürchtete Psycho-Seminar ›Zuvorkommendes Verhalten im Dienst‹ bei Diplom-Psychologin Doktor Edelgard Großenhagen zu schicken. Mit der Aussicht auf eine

Woche Psychoterror und Erniedrigung durch eine männerhassende Amazone gelobte Keller Besserung. Daher kam er mit einer Ermahnung davon, die jedoch Eingang in seine Personalakte finden würde. Außerdem musste er den Gartenzwerg ersetzen. Seine Anzeige, da setzte sich Keller durch, würde er trotzdem einreichen.

Als er die Tür seines Büros wieder öffnete, wartete Engelchen schon neugierig auf seinen Bericht.

»Und?«

Nachdem Keller seinen Bericht abgeliefert hatte, nahm ihn Engelchen unverhofft in den Arm.

»Danke.«

»Wofür? Ich habe nur meine Pflicht getan.«

»Mehr als das, glauben Sie mir.«

»Aber jetzt ab nach Hause, wir sind nicht Ballauf und Schenk im Kölner ›Tatort‹!«

01. Oktober - zwei Tage zuvor

Gefahr im Verzug

Es klopfte an Kellers Bürotür. Die beiden blickten von ihrer Arbeit auf.

»Herein!«

Polizeioberkommissar Marcus Kneipp trat durch die Tür und gab Keller und Engelchen, freundlich, wie er stets auftrat, die Hand.

»Gut, dass Sie kommen. Wir reden gerade über den angekündigten Anschlag auf den Deisler Tunnel.«

»Genau aus diesem Grund bin ich zu Ihnen gekommen.«

Doch bevor er ansetzen konnte, hatte Engelchen bereits das Wort ergriffen.

»Ich habe übrigens auch noch etwas herausgefunden. Sie hatten Recht, es gibt ein Opfer eines Eisenbahnunfalls der Carlsbahn aus dem Jahr 1965, das mit unserem Fall in Zusammenhang stehen könnte.«

»Wie haben Sie das denn rausgefunden?«

»Ich bin Ihrem Vorschlag gefolgt und habe bei der Eisenbahndirektion Frankfurt angerufen. Ein netter Herr, der mich übrigens auch zum Essen eingeladen hat, hat sich die Mühe gemacht und umgehend die entsprechenden Statistiken aus dem Archiv holen lassen.«

»Und?«

»Ich weiß noch nicht, ob ich mit ihm essen gehe.«

Nur kurz grinste sie wieder wie üblich von Ohr zu Ohr. Aber dieser Moment währte nur kurz, dann holte die Erinnerung an ihren Onkel sie wieder in die Realität zurück.

»Der war gut. Ich werde ihn mal bei Gelegenheit Roland erzählen. Aber die Fakten bitte.«

»Rüdiger, er heißt Rüdiger«, warf sie ein. Sie war jedoch so froh über ihre Ermittlungsergebnisse, dass sie, ohne weiter auf Keller einzugehen, fortfuhr.

»Am 14. Juli 1965 wurde der damals zwölfjährige Werner Knillfuß bei einem übermütigen Sprung von der Plattform des Waggons von einem Rad erfasst und überrollt. Er hat bei diesem Unfall sein linkes Bein verloren, ein sauberer Schnitt oberhalb des Knies. Knillfuß hat den Unfall überlebt. Und jetzt kommt's.«

Kneipp ging jedoch dazwischen.

»Darf ich auch etwas sagen? Es gibt da eine Geschichte von meiner Oma ...«

»Einen Moment, Kneipp. Ich muss erst wissen, was Knillfuß für uns so interessant macht. Engelchen, bitte.«

»Knillfuß war bis zu diesem Zeitpunkt ein überdurchschnittlich guter Schüler. Doch der Unfall brachte ihn ziemlich aus der Bahn. Er machte seinen Hauptschulabschluss und ging in die Lehre. Und nun kommt's: Der Invalide war später jahrelang Sprengmeister in einer Firma, die alte Fabrikgebäude abgerissen hat. ›Knille Werner‹, so sein Spitzname bei der Arbeit, lebt in einem kleinen Haus in Deisel, das er von seiner Mutter geerbt hat. Den großen Hof seiner Eltern musste er verkaufen, nachdem er jahrelang erfolglos gegen die Bahn prozessiert hatte. Das hat ihn arm und verbittert gemacht.«

179

»Woher wissen Sie das denn schon wieder?«

»Ich kenne Volker Giebel, seinen direkten Nachbarn, noch von früher. Den habe ich gestern einfach mal angerufen.«

»Gute Arbeit, Engelchen. Wo wohnt der Mann? Wir sollten ihm sofort einen Besuch abstatten.«

Nun nahm sich Kneipp ungeduldig das Wort.

»Vieles von dem hätte ich Ihnen auch erzählen können.«

»Wie jetzt?«, fragte Engelchen.

»Meine Oma hat mir als Kind immer eine Geschichte erzählt, nach der ein kleiner Junge in Wülmersen vom Zug gesprungen ist und unter den Wagen geraten ist. Meine Großmutter hat an diesem Tag auch im Zug gesessen. Sie hat oft von diesen furchtbaren Schreien erzählt, die ihr damals wohl durch Mark und Bein gefahren sind. Es war dieser Halt in Wülmersen, der das Leben von Werner Knillfuß für immer verändert hat.«

»Was Sie nicht sagen.«

»Ich habe lange unter dieser Geschichte gelitten und hatte oft Alpträume. Wenigstens bin ich nie in meinem Leben von einem Zug gesprungen. Wir reden also von ein und derselben Person.«

»Also, auf nach Deisel. Kommen Sie mit?«

»Gerne, ich muss ja sowieso in die Richtung.«

»Dann fahren wir aber mit zwei Autos, wir wollen ja nicht mit dem Bus zurückfahren.«

Engelchen dachte immer so praktisch.

Als sie an ihrem Ziel angekommen und vergeblich an der Haustür geklingelt hatten, gingen sie um das Haus herum und betraten das Grundstück.

»Was machen Sie da im Garten von Herrn Knillfuß?«
Ein leicht übergewichtiger Mann mittleren Alters stand mitten in seinem Blumenbeet und schaute, was die beiden Fremden im Garten seines Nachbarn zu schaffen hatten.

»Die gehören zu mir«, sagte Engelchen, die gerade mit einer Brechstange aus dem Schuppen herauskam.

»Kriminaloberkommissar Keller, Polizeioberkommissar Kneipp«, stellte Kneipp sich und seinen Kollegen vor.

»Und Sie sind?«

»Volker Giebel. Nachbar und ehemaliger Schulkamerad dieser reizenden jungen Dame.«

Engelchen errötete ob dieses Kompliments.

»Du warst aber auch nicht von der schüchternen Fraktion.«

»Komplimente könnt ihr später austauschen. Was können Sie uns über Herrn Knillfuß sagen?«

»Ruhiger Typ. Er ist oft in seinem Schuppen und bastelt an irgendwelchen Apparaturen rum.«

»Komisch, der Schuppen ist gerade sehr aufgeräumt und im Wesentlichen mit Bierkisten und Lebensmitteln vollgestellt«, sagte die immer noch mit der Brechstange bewaffnete Assistentin.

»Ist Ihnen in den letzten Stunden irgendetwas Ungewöhnliches aufgefallen?«

Keller suchte nach einem Grund, ohne Durchsuchungsbefehl in das Haus zu gelangen. ›Gefahr im Verzug‹ sozusagen.

»In der Tat, vorhin kam doch so ein lautes Knattern aus seiner Küche.«

»Oh, da wird doch wohl nicht die Gasleitung geborsten sein?«Zu seiner Assistentin gewandt, sagte er: »Engelchen, den Zahnstocher bitte.«

Wenige Sekunden später war das Glas der Terrassentür geborsten und Keller stand in Knillfuß' Haus.

In der Küche erblickten sie ein kleines Notstromaggregat und eine Werkzeugkiste.

»Komisch«, entfuhr es Kneipp, »der Typ hat das Werkzeug in der Küche und die Lebensmittel in der Garage.«

Im ersten Stock des kleinen Hauses mit einem engen Treppenhaus fanden sie einen vollkommen abgedunkelten Raum. In ihm entdeckten sie allerlei elektronische Bauteile und Behälter mit verdächtigen Flüssigkeiten und Feststoffen. Das schiefe Regal an der Wand beherbergte einschlägige Fachliteratur, beispielsweise die Bücher ›Sprengtechnik‹, ›Explosivstoffe‹ und ›Zünden von Sprengladungen‹.

Als Keller dieses ›Labor‹ sah, war ihm das Begründung genug. Zudem lagen auf dem Tisch einige Zeichnungen und Fotos, die den Deisler Tunnel von allen Seiten zeigten. Die Zeichnungen waren mit genauen Bemaßungen versehen.

»Engelchen, wir machen heute Überstunden. Schicken Sie eine Fahndung nach Werner Knillfuß raus und holen Sie die Spusi. Sie sollen auch einen Sprengstoffexperten und den Spürhund mitbringen.«

Engelchen schmollte, doch fügte sie sich ihrem Schicksal.

»Herr Kneipp«, fuhr er fort, »können Sie bitte einmal die anderen Nachbarn befragen?«

Pilzsuche

Die Befragung der weiteren Nachbarn brachte keine neuen Erkenntnisse, aber dafür hatte Türmer, der Sprengstoffspezialist der Kripo, einiges zu erzählen.

»Mit dem Material hier kann man einigen Unfug anstellen. Knillfuß muss es noch während seiner ›aktiven Zeit‹ abgezweigt haben, durch optimale Lagerungsbedingungen ist der Sprengstoff noch immer gut zu gebrauchen.«

»Unser Problem ist vor allem das, was nicht mehr hier lagert und das er bei sich führt.«

»Stimmt«, sagte Türmer kurz vor einem Hustenanfall. »Das werden wir ...«

Weiter kam er nicht. Er begann heftig zu husten.

»Mann, ist das trocken hier!«

Keller brachte ihn schnell nach draußen, wo er die feuchte und kühle Luft des Diemeltals einsog.

Keller ging noch einmal um das Haus herum, als er eine Webcam erblickte, die mit ihrem Sichtfeld den Eingangsbereich des Hauses sowie die Garage abdeckte. Keller stellte sich direkt unterhalb der Kamera auf und schätzte exakt den Bereich ab, den sie erfasste. Anschließend ging er auf seine im Wagen sitzende Assistentin zu, wie zum Abmarsch bereit. Er setzte sich zu ihr in den Wagen.

»Schauen Sie jetzt mal nicht so auffällig hin, aber sehen Sie die Kamera, die uns die ganze Zeit beobachtet?«

Engelchen schaute sich vorsichtig um.

»Ja, die ist uns bisher noch gar nicht aufgefallen.«

Während sie sprach, suchte sie weiter in ihren Unterlagen herum. Der Wagen stand am Rande des Sichtfelds der Kamera. Knillfuß sollte keinen Verdacht schöpfen.

»Glauben Sie, der beobachtet uns jetzt?«

»Ich denke schon. Wir müssen noch einmal, von der Kamera unbemerkt, ins Haus, damit wir die Funktechnik inspizieren können. Vermutlich sendet die Kamera direkt auf Knillfuß´ Handy. Wir brauchen die Zugangsdaten, um das Telefon orten zu können.«

»Und was machen wir jetzt?«

»Wir fahren um den Block und steigen über den Zaun Ihres Kumpels seitlich ein. Hoffen wir mal, dass Knillfuß dort nicht noch mehr Kameras angebracht hat.«

Keller stieg aus dem Auto und ging auf seine Kollegen zu.

»Wir rücken ab.«

Verborgen durch seinen Körper reichte er Kneipp einen kleinen Zettel.

Fünf Minuten später blieb Keller am Maschendrahtzaun des Nachbarn hängen, zehn Minuten später hatten sie die Daten.

Die Kollegen hatten sich auf Kellers Vorschlag hin an der Bushaltestelle des Ortes versammelt. Er schaute sich um. Eigentlich waren alle notwendigen Personen und Mittel vor Ort, um auch noch einmal die Gegend um den Tunnel herum auf Sprengstoff hin zu untersuchen. Er griff zum Telefon.

Engelchen telefonierte inzwischen mit ihrem Freund bei der Telefonüberwachung, von dem sie wusste, dass er heute Bereitschaftsdienst hatte. Keine fünf Minuten später hatte sie die Information, dass Knillfuß' Handy ausgeschaltet und damit nicht zu orten war.

Weitere fünf Minuten später hatte Keller die Erlaubnis der Staatsanwaltschaft, den Wald rund um den Tunnel absuchen zu dürfen. Obwohl er sich über dieses unbürokratische Handeln freute, musste er auch einen Nachteil in Kauf nehmen: Oberstaatsanwalt Herbst machte sich in diesem Moment auf den Weg, um den potentiellen Tatort selber in Augenschein zu nehmen. Die Beamten hörten Kellers Anweisungen und murrten, doch fügten sie sich schnell in ihr Los. Schließlich wollten sie rasch nach Hause, eine Diskussion konnte ihr Schicksal auch nicht abwenden.

Eine halbe Stunde später erschien Oberstaatsanwalt Herbst am Tunnel, er hatte noch am Landgericht in Hofgeismar zu tun gehabt und war deshalb schnell vor Ort.

»Keller, sie sollen hier keine Pilze suchen.«

Noch bevor ihn der Kommissar begrüßen konnte, hatte er bereits Kellers intensive Betrachtung eines großen Knollenblätterpilzes gerügt.

»N´Abend, Herr Staatsanwalt.« Das ›Ober‹ ließ er in diesem Fall geflissentlich weg. »Bisher ist dieser giftige Pilz das Interessanteste, was wir gefunden haben.«

»Dann suchen Sie mal weiter - und nicht naschen!«

So schnell er gekommen war, so schnell war er auch wieder weg.

Keller rief Kneipp zu sich, der nervös mit seinem Schuh im losen Schotter scharrte. Eigentlich wollte er schon längst zu Hause sein, Nadeschda feierte heute ih-

ren neunten Geburtstag. Er war zur ›Stallwache‹ einge-
teilt und musste nachher wieder die gackernden Freundinnen seiner Tochter nach Hause fahren.

»Ja, was gibt es?«

»Was ist das da drüben für ein Haus?«

»Das ist das alte Bahnwärterhaus. Es gab während
der Betriebszeit der Eisenbahn zwei Bahnwärterhäuschen, jeweils vor und hinter dem Tunnel. Nun steht
aber nur noch dieses eine.«

»Es ist aber nicht mehr bewohnt, oder?«

»Nein, schon lange nicht mehr.«

»Gehen Sie doch bitte einmal mit dem Hundeführer
und seinem Hund sowie einem weiteren Beamten dorthin und schauen sich ein wenig um.«

»Wird gemacht.«

Kneipp wusste, dass er jetzt nicht mit einem Kinder-
geburtstag als Ausrede kommen konnte. Er rief die
Kollegen zu sich und erklärte ihnen ihren Auftrag.

Sie waren gerade einmal um das Bahnwärterhaus her-
umgegangen, als sie im Anschluss an ein lautes Schep-
pern ein fürchterliches Gezeter auf dem Radweg hörten.

»Sie Idiot, können Sie nicht aufpassen.«

»Passen Sie auf, was Sie sagen, Frollein. Sie sollten
lieber Ihren Fahrradführerschein machen, bevor Sie
hier so herumtönen. Schließlich haben Sie den Schwen-
ker gemacht und mich vom Radweg abgedrängt.«

»Was ist denn hier los?«

Als die junge Frau und der alte Herr die Polizisten
mit Kneipp an ihrer Spitze sahen, verstummte das Gezeter so schnell, wie es begonnen hatte.

»Ist jemand zu Schaden gekommen, möchten Sie Anzeige erstatten?«

»Nein, nein, alles in Ordnung. Ich habe nur eine Acht im Vorderreifen. Mein Auto steht ja in Wülmersen, da kann ich mein Rad schon hinschieben.«

Der alte Herr schob ab. Die Frau fuhr weiter. Ihr fahrbarer Untersatz hatte glücklicherweise keinen Schaden erlitten.

»Geht doch«, sagte Kneipp. »Wir sind, glaube ich, auch so weit fertig.« An seine Kollegen gewandt, fuhr er fort: »Oder ist euch noch irgendetwas aufgefallen?«

Sie verneinten und setzten sich Richtung Tunnel in Marsch.

»Und?«, fragte Keller.

»Nichts. Alles verrammelt, keine Spuren, der Hund hat auch nicht angeschlagen. Was dagegen, wenn ich jetzt gehe, Nadeschda hat heute Geburtstag?«

»Nein, natürlich nicht. Meine Glückwünsche an das Geburtstagskind!«

02. Oktober - ein Tag zuvor

Zurück auf Start

Am Tag vor dem nationalen Feiertag saßen Keller und Engelchen in seinem Kasseler Büro und dachten nach.

»Wie, wer, wo, was, wann, warum und wie viel«, entfuhr es Engelchen.

»Sind wir jetzt in der Sesamstraße?«

»Da heißt es ›Der, die, das‹, Sie Ignorant. Wahrscheinlich wollten Sie auch früher immer schon der Schlemihl sein.«

»Macht mich das nun zu einem der Guten?«

»Bestimmt nicht. Doch was soll's. Ich möchte die sieben W-Fragen beantworten, um zu überprüfen, was wir bereits wissen und wo wir noch im Dunkeln tappen.«

»Bitte, wenn's hilft.«

»›Wie‹ heißt, dass es ein Sprengstoffanschlag sein wird. ›Wer‹ ist auch klar, Werner Knillfuß. Kommen wir zum ›Wo‹?«

»Auch klar, im Deisler Tunnel.«

»Was?«

»Machen wir jetzt ein Fragespiel? Der alte Eisenbahntunnel.«

»Natürlich. Das ›Wann?‹ können wir derzeit nicht beantworten. Sind wir uns im Klaren über das ›Warum?‹«

»Späte Rache, würde ich sagen. Mit friedlichen Mitteln konnte er keine Wiedergutmachung erreichen, nun versucht er es auf die brutale Tour. Er weiß, dass die

Museumsbahn ohne den alten Tunnel nicht zu realisieren ist. Dafür ist er in der Bevölkerung viel zu beliebt.«

»Bleibt als Letztes noch das ›Wie viel?‹«

»›Wie viel?‹ im Sinne von ›Wie viel des Tunnels jagt er in die Luft?‹ oder ›Wie viel Schaden will er anrichten?‹«

»Immerhin hat er uns gewarnt. So kann er davon ausgehen, dass wir den Tunnel absperren und so vermutlich keine Menschen zu Schaden kommen werden. Seine immerhin im Ansatz humane Betrachtungsweise wird daher kommen, dass er selbst fast sein ganzes Leben unter einer Behinderung litt.«

»Jetzt machen Sie den Knillfuß nicht auch noch zum Helden.«

»Eher schon zu einem Michael Kohlhaas aus Gelegenheit.«

»Hä?«

»Werner Knillfuß hat jahrelang auf Wiedergutmachung geklagt. Warum auch immer. Der Unfall war ja aufgrund seines dummen Verhaltens quasi Vorsatz. Jahre später kommt dann jemand, der die von ihm verhasste Bahn wiederbeleben will.«

»Er kann also gar nicht anders, als gewalttätig zu reagieren.«

»Ja, so würde ich das sehen - in Ermangelung von Alternativen. Den Gerichten vertraut er nach seinen Erfahrungen sicher nicht mehr.«

»Gut gedacht, doch wie erfahren wir, wann er diesen verdammten Tunnel in die Luft jagt? Kneipp und seine Kollegen fahren verstärkt Streife. Doch können wir dort nicht ständig Beamte patrouillieren lassen.«

»Also bleiben das ›Wann?‹ und nachrangig das ›Wie viel?‹«

Sie rätselten den ganzen Vormittag - ohne ein greifbares Ergebnis. Als sie sich zusammen in die Kantine begaben, hofften sie, dass der Zufall ihnen zu Hilfe kommen würde. Oberstaatsanwalt Herbst würde das allerdings nicht reichen. Vor seiner Pressekonferenz um 14.30 Uhr erwartete er Resultate.

Engelchen konnte Keller in dieser Situation auch nicht moralisch unterstützen. Sie ging auf die Trauerfeier für ihren Onkel.

Mittlerweile war es 15.30 Uhr und seit inzwischen einer halben Stunde wurde Keller von Oberstaatsanwalt Herbst abgekanzelt. Die Pressekonferenz war schnell vorbei, da es noch keine greifbaren Ermittlungsergebnisse gab. Vor allem Kellers ›Freund‹ Meier von der Hessisch/Niedersächsischen Allgemeinen Zeitung, kurz ›HNA‹, hatte den beiden auf dem Podium unangenehme Fragen gestellt. Insbesondere auf seinen Kommentar, ob der Fall nicht besser an die Bundespolizei abgegeben werden sollte, reagierten Herbst und Keller extrem dünnhäutig. Solche frechen und herausfordernden Fragen konnte der karrierebewusste Oberstaatsanwalt nun überhaupt nicht leiden.

Das Bahnwärterhäuschen

Keller saß auch um 18.00 Uhr noch in seinem Büro und hing seinen Gedanken nach. Oberstaatsanwalt Herbst hatte ihn beschimpft, bedroht und verhöhnt. Er würde wieder Streifenpolizist, oder besser noch, Verkehrspolizist. Dann könnte er am Platz der Deutschen Einheit, dem größten Kreisverkehr in ganz Kassel, den Verkehr regeln. Dass das Ganze eigentlich bei einem Kreisverkehr gar keinen Sinn machte, auf diesen Gedanken kam er nicht. Keller hingegen sah es nicht als zielführend an, ihn in diesem Moment darauf aufmerksam zu machen.

Das Telefon klingelte wieder so plötzlich, dass der schreckhafte Keller nochmals abrupt aus seinen selbstzerstörerischen Träumen gerissen wurde.

»Keller hier.«

Im Stillen hatte er noch gehofft, der Anrufer würde nach zwei erfolglosen Versuchen vielleicht aufgeben, doch nun klingelte das Telefon bereits zum dritten Mal.

»Ja, hier Polizeioberkommissar Kneipp. Sie sind ja doch noch da.«

»Hätte ich Alkohol, ginge es mir besser. Sie glauben ja nicht, was ich für einen Tag hinter mir habe.«

»Und er ist noch längst nicht zu Ende.«

»Was wissen Sie, was ich noch nicht weiß?«

»Bei mir sitzt Fräulein Irmgard Decker. Sie hat auf ihrem Heimweg von Trendelburg nach Deisel etwas Interessantes beobachtet. Als sie gegen 16.45 Uhr am Bahnwärterhäuschen vorbeigeradelt ist, fiel ihr ein Mann auf, der dort über den Zaun rübergemacht hat.«

In diesem Moment dachte Keller, dass Kneipps ostdeutsche Vergangenheit immer mal wieder zu Tage trat.

»Und?«

»Die Beschreibung des Mannes passt auf Knillfuß. Als er Fräulein Decker ankommen sah, ist er losgelaufen und dabei gestolpert und hingefallen.«

»Und F r a u Decker hat Knillfuß eindeutig erkannt?«

»Ja, keinerlei Zweifel.«

»Gut, ich komme zu Ihnen in den Polizeiposten.« Er überlegte kurz. »Nein, am besten treffen wir uns wie letztens in Deisel, an der Bushaltestelle an der B83.«

Keller lächelte kurz bei dem Gedanken, der ihm in diesem Moment in den Sinn kam: Es hörte sich an, als wollten er und seine Kumpels sich treffen, um heimlich rauchen zu können. Doch Kneipp machte ihm einen Strich durch die Rechnung.

»Am besten, wir treffen uns gleich am Wasserschloss in Wülmersen. Soll ich Fräulein, ich meine Frau Decker mitbringen?«

»Lassen Sie die ruhig nach Hause fahren, es könnte vielleicht gefährlich für sie werden. Sie haben ja ihre Aussage.«

»Apropos Gefahr, bringen sie gleich das SEK mit?«

»Nein, Herbst würde das sicher nicht zulassen. Nach dem massiven, aber nutzlosen Einsatz gestern. Nein, ich komme alleine.«

»Also, bis gleich.«

Um kurz vor sieben Uhr erreichte Keller ihren Treffpunkt. Kneipp wartete bereits, doch war er nicht allein. Die Sonne ging gerade unter und sie hatten noch einen langen Weg vor sich. Vom Wasserschloss fuhren sie bis auf dreihundert Meter an das Bahnwärterhäuschen heran. ›Fräulein‹ Decker hatten sie gegen ihren Willen an Kellers Wagen zurückgelassen. Da ihr Fahrrad unerwartet einen Platten hatte und sie niemanden erreicht hatten, der sie abholen konnte, musste er sie gezwungener Maßen mitnehmen. Sie hatten die wenigen hundert Meter in Kneipps Polizeiwagen zurückgelegt. Keller konnte aber auch verstehen, dass Kneipp gerne die Gegenwart der hübschen Deisler Bankangestellten suchte. Dass sie sie nun in Wülmersen zurücklassen mussten, gefiel wohl allen Dreien nicht. Wahrscheinlich saß sie gelangweilt in Kellers Auto und mit ein bisschen Glück lief passend zur Situation gerade ›So lonely‹ von The Police vom Band.

Sie kamen gut voran. Es waren trotz des schönen Wetters keine Radfahrer oder Spaziergänger mehr auf der Strecke unterwegs. Sie hatten auch noch Taschenlampen dabei, falls es länger dauern würde und sie in das dunkle Haus eindringen mussten. Beide Polizisten zogen, als sie auf der Höhe des Bahnwärterhäuschens waren, ihre Dienstwaffen. Man konnte ja nie wissen. Zehn Minuten liefen sie, weitgehend ungeschützt, über das Grundstück. Das ›Fräulein‹ hatte Recht, man konnte im Gras noch die Spuren des flüchtenden Mannes sowie den Platz erkennen, wo er gestürzt war. Sie schauten sich sehr intensiv das Haus an, konnten jedoch nichts Auffälliges bemerken.

»Die Fenster sind alle fest mit hellblauen Fensterläden verschlossen oder mit Spanplatten einbruchssicher vernagelt. Ich habe auch alle Schlösser überprüft. Sie sind alle intakt. Außerdem sind sie so rostig, da sie wohl lange nicht benutzt worden sind.«

Keller steckte seine Waffe weg und setzte sich auf einen der großen Steine vor dem Haus. Er dachte nach.

Kneipp hatte die Gegebenheiten sorgfältig geprüft, das wusste er. Er wusste auch, dass Kneipp schon einmal hier gewesen war und dass damals auch der Polizeihund nicht angeschlagen hatte. Ein sicheres Zeichen, dass niemand im Haus war.

Gerade als Keller einen letzten Blick schweifen ließ und sich dazu durchgerungen hatte, den bequemen Sitzplatz zu verlassen, polterte es im Bahnwärterhaus. Kneipp drückte sich sofort eng an die Südmauer. Keller rannte auf die andere Seite des Hauses. Beide hatten nochmals ihre Waffen gezogen, waren im Augenblick jedoch unschlüssig, was zu tun sei. Keller gab Kneipp ein Zeichen, an seinem Platz zu bleiben und die Haustür im Auge zu behalten. Er selbst lief auf der gegenüberliegenden Seite des Hauses entlang, um auf den Anbau zu gelangen.

Es war wieder einer der Momente, wo Keller zwei Dinge bereute - seine fehlende Fitness und den Wohlstandsgürtel um seine Hüften. Er brauchte drei Versuche, um über eine zurechtgerückte Holzkiste auf den Anbau zu gelangen. Er hatte schon befürchtet, die Kiste würde unter seinem Gewicht zusammenbrechen, doch wenigstens das blieb ihm erspart. Keller saß, vollkommen am Ende seiner Kräfte, auf dem Vorbau.

Sein Herz schlug wie der Colibri die Flügel, zumindest kam es Keller so vor. Endlose Minuten waren nötig, um wieder zu Atem zu kommen. Erst dann war es ihm möglich, seinen Weg zu einem der vernagelten Fenster fortzusetzen.

Keller wollte sich nach der Zwangspause gerade erheben, als im Inneren des Hauses wieder ein Poltern ertönte. Aus einem Reflex griff er die auf dem Boden abgelegte Pistole und stand auf. In diesem Moment bewegte sich einer der Fensterläden zur Seite und verblieb in dieser Position. Keller machte instinktiv einen Schritt zur Seite. Da er jedoch bereits am Rand des Vorbaus stand, fand sein Fuß keinen Halt mehr. Das Letzte, was Keller hörte, war ein lauter Knall.

Das Erste, was Kriminaloberkommissar Ernst Keller dann wieder sah, waren ein Sanitäter des Roten Kreuzes und Kneipp, die gemeinsam mit ihm in einem Krankenwagen saßen.

Keller machte einen Systemcheck und bemerkte einen Widerstand an seinem linken Arm. Dieser war geschient. Außerdem hatte er stechende Kopfschmerzen. Er fuhr mit seiner gesunden, rechten Hand an seinen Kopf. Er wollte fühlen, wo genau der lange Dolch in seinem Kopf steckte.

»Was ist passiert?«

»Sie wurden aufgeschreckt und sind vom Dach gefallen. Ich habe alles beobachtet, als ich nach Ihnen sehen wollte. Sie hatten sich so lange nicht geregt. Da habe ich mir Sorgen gemacht.«

»Ich musste ja erst einmal auf diesen verdammten Vorbau klettern.«

Beim Versuch, seinen Kopf zu drehen, verspürte er einen tiefen Stich, der aus seinem Kopf bis in den letzten Nerv seines Körpers drang.

»Was ist mit Knillfuß? Ist er entkommen?«

Kneipp grinste.

»Was grinsen Sie so dreckig? Irgendetwas muss Sie ja sehr belustigen.«

»Ich hätte nicht gedacht, dass Sie einen derart possierlichen kleinen Kerl für einen derartigen Schwerverbrecher halten konnten.«

»Häh?«

»In dem Moment, in dem Sie vom Dach gefallen sind, lief ein aufgeschreckter und nun vermutlich ziemlich traumatisierter Waschbär über den Vorbau. Ich habe ihn kaum gesehen, da ist er auch schon wieder an der anderen Wand nach unten geklettert. Dann habe ich mich natürlich erst einmal um sie gekümmert.«

»Und wer hat verdammt noch mal auf mich geschossen?«

»In dem Moment«, antwortete Kneipp, wieder mit einem ernsten Gesicht, »als Sie rücklings auf der Holzkiste aufgeschlagen sind, hat sich ein Schuss aus ihrer Dienstwaffe gelöst. Dass Sie das nicht mehr wissen!«

»Blackout.« Zum Sanitäter gewandt: »Wie schlimm ist es?«

Der jungsche Sanitäter - er hatte lange blonde Haare und trug eine Brille wie damals John Lennon - machte plötzlich ein ernstes Gesicht.

»Fifty-fifty.« Er stockte. Dann grinste er. »Dass Sie morgen das Krankenhaus wieder verlassen können.«

»Scherzkeks«, entfuhr es Keller.

Der Sanitäter, in Kellers Augen der Typ ›Zivi‹, über den sie sich früher bei der Bundeswehr immer lustig gemacht hatten, erklärte ihm seine Situation.

»Sie haben einen gebrochenen Unterarm, eine Gehirnerschütterung und vermutlich ein paar Prellungen. Sie haben großes Glück gehabt, dass Sie nicht richtig mit dem Kopf aufgeschlagen sind.«

»Aber ...«

»Jetzt bringen wir Sie erst einmal in die Kreisklinik nach Hofgeismar. Morgen früh geht es Ihnen sicher schon viel besser.«

»Ein Waschbär? Ein verdammter Waschbär.« Mehr konnte er nicht mehr sagen, das Beruhigungsmittel hatte bereits zu wirken begonnen.

03. Oktober - Tag der Deutschen Einheit

»Abbruch! Sofort!« Keller schrie in sein Funkgerät. In diesem Moment gab es einen infernalischen Knall, eine Taube flog erschrocken auf und trudelte nach dem Zusammenstoß mit einem dicken Ast zu Boden.

Eine Beamtin des SEK taumelte Keller entgegen, mit den Händen die Augen verdeckend. »Das ist Tränengas, dieses Schwein hat uns mit Tränengas beschossen.«

Ein Beamter nahm sie zur Seite und brachte sie zu dem in sicherer Entfernung wartenden Rettungswagen.

Von den drei Beamten, die sich noch am und auf dem Haus befanden, gab es keinerlei Lebenszeichen. Keller befürchtete das Schlimmste und winkte Kneipp zu sich heran.

»Wir müssen sehen, was mit den Kollegen ist. Bleiben Sie hinter mir und halten die Augen offen.«

»Was haben Sie vor?«

»Ich gehe zum Haus und trete die Tür ein.«

»Das ist Wahnsinn.«

Keller wusste das, vor allem da er aufgrund seines gebrochenen Arms die strikte Anweisung von Oberstaatsanwalt Herbst erhalten hatte, sich dem Tatort nicht mehr als fünfzig Meter zu nähern. Aber nachdem der Notruf eingegangen war und er nach Deisel gefahren war, konnte ihn nichts hinter der Absperrung zurückhalten. Inzwischen standen dort auch schon bereits rund zwanzig Schaulustige.

»Ich weiß, aber gerade damit wird Knillfuß nicht rechnen.«

Kneipp wollte gerade ansetzen, Keller diesen wahnwitzigen Plan auszureden, als die drei Beamten vorsichtig am Haus entlang in ihre Richtung liefen. Glücklicherweise waren sie unverletzt. Nun war nur noch Knillfuß im Bahnwärterhaus.

Keller und Kneipp sprachen mit den Polizisten.

»Er ist jetzt allein da oben. Wir wissen jedoch nicht, welches Waffenarsenal ihm noch geblieben ist«, sagte der eigentlich urgemütlich wirkende Scholz, Leiter des SEK.

Ein zweiter Beamter ergänzte: »Mir kam es so vor, als war die Explosion gerade nicht beabsichtigt. Ich meine, nach dem Knall ein Fluchen und ein Stöhnen gehört zu haben.«

»Ein Fluchen?«, fragte Kneipp sichtlich irritiert nach.

»Scheiße, mein Arm. So oder so ähnlich.«

»Drauf können wir uns aber nicht verlassen, Brandt. Wir brauchen etwas Handfestes.«

Nachdem die drei Beamten Kneipp und Keller alle wesentlichen Informationen gegeben hatten, machten sie sich ebenfalls auf den Weg zum Rettungswagen.

»Wir müssen mit Knillfuß sprechen! Holen Sie mir bitte das Megaphon!«

Eine Minute später war Kneipp zurück und gab Keller das Megaphon.

»Was wollen Sie tun?«

»Ich weiß es noch nicht, ich muss improvisieren.«

»Na dann viel Erfolg.«

Keller stellte sich auf und trat mitten auf die Wiese neben dem Bahnwärterhäuschen. So hatte Knillfuß die Chance, ihn zu sehen. Kneipp hatte er weggeschickt. Er wollte ›Knille-Werner‹ sichtlich allein entgegentreten.

»Knillfuß, hören Sie mich?«

Es dauerte ungefähr eine Minute, bevor Knillfuß am Fenster erschien. Keller konnte deutlich erkennen, dass er eine technische Apparatur in der rechten Hand hielt. Keller hatte aber auch den Eindruck, dass Knillfuß ernsthaft verletzt war.

»Machen Sie keine Dummheiten, sonst sprenge ich den Tunnel in die Luft.«

»Was wollen Sie?«

»Wie Sie sehen, bin ich verletzt. Ich brauche einen Arzt und außerdem jemanden von der Presse.«

»Wozu brauchen Sie jemanden von der Presse?«, rief Keller.

»Fragen Sie nicht. Ich will den Arzt sofort und den Pressefritzen in spätestens einer halben Stunde. Er soll über meine Geschichte berichten.«

»Den Arzt kann ich Ihnen gerne schicken. Ich weiß jedoch nicht, ob ein Pressevertreter in einer halben Stunde hier sein kann.«

»Keine Tricks. Der Arzt kommt unbewaffnet und darf erst wieder gehen, wenn der Reporter da ist. Das sind meine Bedingungen.«

»Und wie geht die Sache dann weiter?«

»Ich erzähle dem Reporter meine Geschichte und wenn alle brav waren, gebe ich auf.«

Keller blieb keine andere Wahl, er musste auf Knill-fuß' Forderung eingehen.

Doktor Stecker hatte die Unterhaltung gehört und war mitsamt seiner Tasche in Bereitschaft.

»Viel Erfolg, Doc!«

Mit einem grimmig-entschlossenen Blick ging Doktor Stecker zur Haustür des Bahnwärterhäuschens.

Keller blieb inzwischen keine Wahl, er musste i h n anrufen. Mit einem lauten Seufzen drückte er auf die Wahltaste seines Telefons.

»Meier, hier Keller.« Keller drückte die Lautsprechertaste, so dass auch der inzwischen wieder neben Keller stehende Kneipp das Telefonat mithören konnte.

»Der Herr Polizeipräsident persönlich, was verschafft mir denn die Ehre?«, krächzte es aus dem Lautsprecher.

»Ich brauche Ihre Hilfe.«

»Ich glaube, mein Telefon ist kaputt, da kommen immer so komische Geräusche raus. Es klang wie ›Hilfe.‹«

»Meier, mir ist im Augenblick nicht nach Scherzen zumute. Der Mann, der den Deisler Tunnel in die Luft sprengen will, will unbedingt mit einem Zeitungsreporter sprechen.«

»Und warum soll gerade ich mich in Gefahr begeben?«

»Erstens sind Sie der Einzige, der hier in der Nähe ist. Und zweitens ist es vielleicht Ihre Chance, groß herauszukommen.«

»Vielleicht ist es für dich auch nur eine günstige Gelegenheit, mich loszuwerden.«

»Meier, Sie überschätzen mein privates Interesse an Ihrem Wohlbefinden.«

Er musste ihn locken, das war klar.

»Aber ich biete Ihnen heute die Chance, ein Held zu werden.«

»Gut, gib mir eine halbe Stunde, um mich zu entscheiden!«

»Das geht nicht, Sie müssen in einer halben Stunde bereits hier sein, um mit ihm zu sprechen.«

»Gesetzt den Fall, ich mache das, wie komme ich dann so schnell von Eberschütz nach Deisel? Mein alter Corsa will nämlich nicht mehr so richtig.«

»Mein Kollege Kneipp wird Sie abholen. Er ist schon auf dem Weg.«

Keller sah an Kneipps Gesicht, dass dieser gar nicht damit einverstanden war, derart übergangen zu werden.

»Okay, ich warte in der Nähe des Kindermodeladens, die Straße heißt ›Am alten Backhaus‹.«

Kneipp lief los, kurze Zeit später konnte man bereits das Blaulicht sehen.

»Knillfuß, mein Kollege ist unterwegs, um den Zeitungsreporter abzuholen. Sie sind ungefähr in fünfunddreißig bis vierzig Minuten hier«, informierte Keller den im Bahnwärterhäuschen Wartenden.

»Aber keine Minute länger.« Einen Moment später hörte er einen schmerzvollen Aufschrei »Autsch, nicht so fest!«

Es dauerte lange vierzig Minuten, bis das Blaulicht, Kneipp und Meier am Tatort auftauchten.

Widerwillig gab Keller Meier die Hand.

»Ich kann nicht anders, als zu sagen, dass das Schicksal des alten Tunnels nun ganz in Ihren Händen liegt.«

»Wenn´s mehr nicht ist!«

»Viel Glück!«

»Dank dir.«

Knillfuß hatte die Ankunft beobachtet und gab nun seine Anweisungen.

»Der Reporter kommt zur Tür und übergibt dem Arzt seinen Presseausweis. Ist der in Ordnung, kann er hochkommen und der Arzt gehen. Und versucht ja keine Tricks!«

Nachdem die Bedingungen erfüllt waren, verließ Doktor Stecker das Bahnwärterhäuschen.

Wütend wollte der Arzt anschließend an Keller vorbeistürmen, doch dieser hielt ihn am Arm fest.

»Was ist da drinnen los?«

»Hören Sie, Keller, der Mann wird sterben, wenn er nicht so schnell wie möglich in ein Krankenhaus kommt. Und zu allem Überfluss geben Sie ihm jetzt auch noch die Gelegenheit, einem Zeitungsmann seine sicherlich traurige Lebensgeschichte zu erzählen. Ganz davon abgesehen, dass Sie auch noch ohne Not den Reporter in Gefahr bringen.«

»›Ohne Not!‹ Hören Sie mal gut zu. Ich habe doch gar keine andere Wahl, schließlich droht uns der Mann, den Tunnel in die Luft zu sprengen.«

»Ich bin der Ansicht, dass Sie zu einer solchen Entscheidung nicht befugt sind - Tunnel hin oder her. Noch heute werde ich mit Oberstaatsanwalt Herbst darüber sprechen.«

»Das können Sie gleich jetzt machen, er wird in einer Viertelstunde hier eintreffen.«

»Worauf Sie sich verlassen können!«

»Mist!«, dachte sich Keller, »der meint das wirklich ernst.«

Nachdem Stecker weg war, fluchte Keller gut hörbar vor sich hin. Das hatte ihm gerade noch gefehlt.

Als Herbst dann endlich kam, rechnete er schon mit dem Schlimmsten. Doch er hatte sich geirrt, Herbst teilte seine Einschätzung:

»Wenn uns der Mann da drin abkratzt, müssen wir nur noch die Hunde losschicken, um den Sprengstoff zu suchen. Wie geht es Ihrem Freund?«

»Keine Ahnung. Er ist auch eigentlich kein enger Freund, nur ein Lokalreporter, den ich zufälligerweise kenne.«

Herbst grinste verschmitzt. Er hatte schnell durchschaut, dass sich Keller insgeheim doch Sorgen um Meier machte.

»Ich hoffe für Sie, dass er gesund aus der Sache rauskommt. Ansonsten wird Ihnen der traurige Doktor dort sicher eine Dienstaufsichtsbeschwerde reindrücken.«

»Wir werden sehen.«

Keller wollte gerade noch etwas zu seiner Verteidigung sagen, da kam Meier heraus. Seit Doktor Stecker das Bahnwärterhäuschen verlassen hatte, war inzwischen mehr als eine Stunde vergangen.

»Er ist tot.«

»Wo liegen die Sprengsätze?«

»Es gibt keine Sprengsätze! Er hat nur geblufft.«

Herbst und Keller sahen sich an.

»Das glaube ich jetzt nicht«, entfuhr es dem Staatsanwalt.

»Aber es ist so. Er wollte nur, dass seine Story in die Zeitung kommt.«

Meier erzählte mit wenigen Worten, was im Bahn-wärterhäuschen geschehen war.

Kurz darauf zog Keller seine Waffe und entsicherte sie. Er ging auf die halboffene Tür zu und trat sie ein. Er hustete sogleich, die auf den Boden krachende Tür hatte Unmengen Staub aufgewirbelt. Es roch moderig, das Haus war schon längere Zeit unbewohnt. Erst als er sicher war, dass sich niemand in diesem Raum befand, schaltete er seine Taschenlampe ein. Knillfuß musste im ersten Stockwerk liegen, Meier hatte ihm die räum-liche Situation kurz beschrieben.

Keller kletterte, soweit es ihm sein gebrochener Arm erlaubte, die mit allerlei Unrat vollgestellte Treppe hoch. In dem Moment, in dem er die nicht sehr vertrau-enswürdige Treppe betreten hatte, sah er, dass Kneipp ihm gefolgt war.

Als er die Treppe so weit erklommen hatte, dass er den oberen Raum einsehen konnte, bot sich ihm ein grauenhaftes Bild: Knillfuß lag in einer Ecke des Raumes und rührte sich nicht, der von Doktor Stecker angelegte Verband war bereits wieder durchgeblutet. Soweit Keller es im Halbdunkel des Wohnraums erken-nen konnte, glänzte Knillfuß' Gesicht noch immer vor Schweiß. Und das, obwohl sein Körper den Kampf ge-gen die Verletzung bereits für immer verloren hatte.

10. Oktober - Epilog

Keller stellte seinen Fernseher laut, er wollte auch hören, was er bereits auf dem Bildschirm sah:

»Gestern am späten Abend wurde ein Sprengsatz gezündet, der das Nordost-Portal des ehemaligen Eisenbahntunnels im nordhessischen Deisel stark zerstörte und Teile des Tunnels zum Einsturz brachte. Die Polizei hat mit Hinweis auf die laufenden Ermittlungen eine Nachrichtensperre verhängt.

Soweit uns bekannt ist, steht die Explosion mit großer Wahrscheinlichkeit in Zusammenhang mit den Ereignissen am Tag der Deutschen Einheit vor einer Woche. An diesem Tag hatte sich ein Verwirrter in einem in der Nähe des Tunnels befindlichen Haus verschanzt. Dieser Mann hatte gedroht, den Tunnel zu sprengen. Während der Erstürmung des Hauses durch Spezialkräfte gelang es ihm jedoch, einen selbst gebastelten Sprengsatz zu zünden, den er als Selbstschutz gegen die Erstürmung versteckt hatte. Dabei wurde er schwer verletzt, wenig später ist er dann seinen Verletzungen erlegen. Wir hoffen, in den Spätnachrichten Genaueres berichten zu können.«

Keller konnte es nicht glauben, Knillfuß hatte Meier tatsächlich belogen.

Als er sich vor Wut mit der flachen Hand auf sein rechtes Bein schlug, wurde es auf einmal dunkel. In diesem Moment merkte er, dass er zu Hause in seinem Bett lag. Er hatte zum Glück nur schlecht geträumt.

Die neben ihm liegende Angelika reagierte auf die plötzlichen Bewegungen Kellers mit einem leisen Röcheln.

- E N D E -

Herrenabende auf Ratenzahlung

Kommissar Kellers vierter Fall

Das Gartenfest

Der Mann schob die Vorhänge zur Seite und nahm das Fernglas von der Fensterbank. Sein Blick richtete sich auf die Party-Gesellschaft des gut hundert Meter entfernten Anwesens. Er suchte und erkannte Winkelmann und all die anderen feinen Anwälte. Aber wer war der unsportlich wirkende Mann in seinem schlecht sitzenden Konfirmationsanzug? Er sah aus wie ein Bulle …

*

Amelie Winkelmann, geborene von Lichtenau, staunte nicht schlecht, als die Frau wie selbstverständlich die Terrasse ihres Hauses betrat. Die Körpergröße dieser Person hing nicht unerheblich von ihrem Schuhwerk ab, es waren modische High Heels mit zehn Zentimetern Hackenhöhe. Frau Winkelmann musterte die Frau von unten nach oben. Die Netzstrümpfe maßen ebenfalls eine nicht unwesentliche Länge, bis sie endlich den kurzen schwarzen Rock erreichten. Dieser war aus Leder, hauteng und nur geringügig länger als die Unterwäsche, die Frau Winkelmann üblicherweise trug. Mit jedem Schritt, den sich die Fremde auf die Partygesellschaft zubewegte, tanzten ihre Hüften im Takt hin und her. Es dauerte nur Sekunden, bis sie die ersten Blicke auf sich zog. Vor allem die jungen Anwälte ließen das Miststück nun nicht mehr aus den Augen. Die Advokaten - aus eigener Überzeugung Geschenke Gottes für die Frauen dieser Welt - hatten ihren Blick aber schon längst weiter nach oben gerichtet. Dorthin, wo das Dekolletee der Frau das Dunkle in den Augen der Männer quasi magisch anzog wie ein schwarzes Loch alles in seinem Umfeld. Ihr Blick wurde für das natürlich schöne Gesicht und die gelockten, schulterlangen blonden Haare getrübt, die den Gesamteindruck einer wunderschönen Frau abrundeten. Sie war nur dezent geschminkt. Üppigen Farbauftrag oder gar Botox hatte sie nicht nötig.

Amelie Winkelmann spürte, wie das Adrenalin in ihrem Körper seine Wirkung entfaltete. Die Konfrontation war unausweichlich, schließlich war es ihr Revier. Als der Abstand zwischen den beiden Kampfhennen gerade einmal noch fünf Meter betrug, sprach Thomas, dieser junge Schnösel, die Fremde von der Seite an. Frau Winkelmann war trotz aller Wut über das Eindringen des fremden Weibchens gespannt, was nun geschehen würde.

»Verpiss dich, Kleiner. Heute bin ich nur für deinen Chef da.«

Bedröppelt verließ der verhinderte Don Juan die Szene, nicht ohne das fiese Lächeln seiner Kollegen wie ein Messer im Rücken zu spüren.

»Sach mal, Tante, wo finde ich denn hier den Konrad?«

Die beiden Alpha-Weibchen standen sich nun filmreif Auge in Auge gegenüber.

»Wer sind Sie und was wollen Sie von meinem Mann? Das ist eine private Geburtstagsfeier und es würde mich wundern, wenn Konrad Sie eingeladen hätte.«

212

»Ach lass ma, da vorne steht er ja. Pass ma lieber auf, dass dir keener den Lachs vom Buffet klaut.«

Die fremde Frau ließ Amelie einfach stehen und ging weiter über den Golfrasen hin zum Swimmingpool, dort, wo Dr. jur. Konrad F. Winkelmann, Hausherr und Mittelpunkt der Feier zu seinem eigenen, dem sechzigsten Geburtstag stand.

Kriminaloberkommissar Ernst Keller, der das ganze Geschehen von Beginn an mit großem Interesse beobachtet hatte, war gespannt, wie es nun weiterging.

Die Frau trat von hinten an den Gastgeber heran und hakte sich ein. Einfach so und als wären die beiden entweder gute alte Bekannte oder sie auf Ibiza auf der Suche nach einem wohlhabenden Sugardaddy. Winkelmann schien überrascht, jedoch auch etwas geschmeichelt von derart hübscher Gesellschaft. Doch als die Frau ihn ansprach, änderte sich das schlagartig.

»Komm Konni, die Mutti hat noch ein ganz spezielles Geburtstagsgeschenk für dich.«

In diesem Moment kam seine Ehefrau hinzu und riss die beiden auseinander. »Machen Sie auf der Stelle, dass Sie hier wegkommen, sonst rufe ich die Polizei.«

»Hey, lassen Sie mich los. Gunther hat ja schon gesagt, dass das hier anstrengend wird, aber heute lasse ich mich bestimmt nicht auf einen Dreier mit so einer alten Schachtel ein. Du kannst zuschauen, aber das kostet dich zweihundert extra.«

Kellers Lebensgefährtin Angelika wurde es langsam zu bunt.

»Ernst, tu doch was, du bist doch schließlich Polizist.«

Doch Keller blieb seelenruhig stehen. Warum sollte er sich hier auch einmischen? Angelika hatte ihn nur mit einer Mischung aus Drohungen und Lockungen auf diese Party gebracht, Winkelmann war einer ihrer Geschäftspartner und hatte sie eingeladen. Keller stand nicht der Sinn nach ›schnöseligen Anwälten‹ und er hatte erst nach längeren Diskussionen klein beigegeben. Nun wollte er einfach seinen Spaß haben und sich vielleicht ein wenig betrinken.

Amelie Winkelmann zerrte immer noch an der Frau herum, bis, ja bis ein gellender Pfiff sie dazu bewegte, die fremde Frau loszulassen.

Inzwischen standen Herr und Frau Winkelmann mit dem ungebetenen Gast am Rande des Swimmingpools, umringt von rund vierzig Schaulustigen, ihren Gästen.

Es dauerte nur Sekunden und ein kräftig gebauter Mann, Anfang vierzig und mit einem atemraubend hässlichen Gesicht und einer Glatze durchbrach den Ring der Gaffer. Schnell verschaffte er sich Zugang zum Mittelkreis.

»Komm Vicky, wir gehen.«

»Schade, jetzt wo es gerade lustig wird.«

Der Mann zog Vicky am Arm. Sie folgte ihm widerwillig.

Vicky knuffte Konrad noch mal in die Wange, woraufhin Frau Winkelmann sich das Kuchenmesser schnappte. Sie schien entschlossen, damit auf Vicky loszugehen. Nun endlich hatte Ernst Keller sich durchgerungen, eingegriffen. Schnell wand er ihr das Messer aus der Hand.

»Machen Sie sich nicht unglücklich.«

214

»Tschüss Leutchen«, rief Vicky. Sogleich setzte sie hinzu: »Auch wenn`s nicht geklappt hat, Konni, ich kriech noch dreihundert von dir. Künftig stehe ich dir für solche Spielchen nicht mehr zur Verfügung.« Und mit Blick auf Frau Winkelmann: »Hab nämlich keine Lust, von so`ner Furie abgestochen zu werden.«

Als die beiden Eindringlinge das Grundstück durch das Gartentor verlassen hatten, raunte Angelika ihrem Ernst etwas zu - und das war nicht nett:

»Feigling!«

Auftritt Winkelmann

»Was, das glaub ich nicht. Und wie ging es dann weiter?«

Herta Engel war immer noch fassungslos. Sie konnte kaum glauben, was ihr Chef ihr gerade über die Erlebnisse vom Vortag erzählt hatte.

»Gar nicht«, antwortete Keller. »Zumindest nicht auf dem Fest. Die Gesellschaft verabschiedete sich schnell, das Spanferkel ist wahrscheinlich dem Regenschauer eine halbe Stunde später zum Opfer gefallen.«

»Aber für Sie war es noch nicht vorbei?«

»In der Tat, für mich begann die längste Autofahrt meines Lebens. Von Hofgeismar nach Kassel sind es zwar keine dreißig Kilometer, doch diese fünfunddreißig Minuten werde ich mein Lebtag nicht vergessen.«

»Armer Chef. Soll ich mich auf die Suche nach Vicky machen? Die könnte Sie sicher aufmuntern.«

»Scheren Sie sich aus meinem Büro!«

Sie war gerade durch die Tür getreten, da drehte sie sich noch einmal um.

»Ach Chef, ich habe während Ihrer spannenden Schilderung ganz vergessen, dass sich ihr Gastgeber von gestern für zehn Uhr angekündigt hat. Er möchte dringend etwas mit Ihnen besprechen.«

»Was will der denn von mir?«

»Keine Ahnung. Er ist ein Freund des Polizeipräsidenten. Der hat ihn zu uns geschickt.«

Keller schaute auf die Uhr, es war bereits drei Minuten nach zehn.

»Dann holen Sie ihn mal rein und setzen Sie sich am besten auch gleich dazu.«

Mit einem: »Sie wissen auch nicht, was Sie wollen«, ließ sie ihn zurück.

Keller war verunsichert. Er fragte sich, was Winkelmann wohl von ihm wollte.

Kurze Zeit später stürmte ›Konni‹ in Kellers Büro und setzte sich unaufgefordert hin.

»Nehmen Sie doch Platz«, fuhr es Keller heraus, woraufhin sich Engelchen ein Grinsen nicht verkneifen konnte. Doch bereits im nächsten Moment sollte ihr die gute Laune vergehen.

»Keller, wir müssen sprechen. Kann Ihre Tippse nicht mal einen Kaffee für uns holen gehen, die Sache ist sehr heikel.«

Keller wusste, dass Engelchen sich in diesem Moment gerade überlegte, welcher ihrer fiesen Würgegriffe in diesem Fall am besten anzuwenden sei. Er wusste jedoch auch, dass er sich schützend vor seine Kollegin stellen musste.

»Kriminaloberkommissarin Engel wird diesem Gespräch bewohnen. Sollten Ermittlungen aufgenommen werden, wird sie mir sowieso zur Seite stehen. Was kann ich also für Sie tun?«

»Ich bin Rechtsanwalt Konrad F. Winkelmann, Gründer und Inhaber der größten Rechtsanwaltskanzlei in Hofgeismar. Jemand will uns mit einer gezielten Kampagne in den Schmutz ziehen. Ich brauche Polizeischutz und jemanden, der dieses Schwein findet, das uns fertigmachen will.«

Noch bevor Keller irgendetwas sagen konnte, fuhr er fort: »Sagen Sie mal, kennen wir uns nicht? Sie sehen so aus wie der Typ, der uns letzte Woche den Rohrbruch im Klo repariert hat.«

»Nein, tut mir leid ...«

Und wieder unterbrach Winkelmann den Kommissar. Engelchen wunderte sich über gar nichts mehr.

»Kreuzwürgegriff«, dachte sie.

»Jetzt hab ich's: Sie sind der Polizist, der uns gestern nicht vor dieser Furie beschützt hat. Sie waren mit Angela da, dieser scharfen Brünetten mit den Sexy-Locken.«

»Meine Lebensgefährtin heißt Angelika.«

Winkelmann war das ziemlich egal.

»Horst, ihr Chef, hat gesagt, ich wäre bei Ihnen gut aufgehoben. Ich bin da nicht so sicher, was Ihre Fähigkeiten angeht. Vielleicht hat er sich geirrt und ich sollte lieber zu einem Kollegen von Ihnen gehen?«

»Da muss ich Sie enttäuschen, es ist Ferienzeit und viele meiner Kolleginnen und Kollegen sind im Urlaub.«

»Gut. Vielleicht gebe ich Ihnen einfach noch mal eine Chance. Wer so eine hübsche Kollegin hat, der kann so schlecht nicht sein.«

Keller überhörte die Beleidigung.

»Was ist ihr Problem?«

»Wir sind eine einflussreiche Rechtsanwaltskanzlei mit zwölf verpartnerten Anwälten. Wir arbeiten auf verschiedenen Fachgebieten, unser Schwerpunkt ist jedoch die Forderungsbeitreibung, für Sie als Laien einfach ausgedrückt, der Einzug von Forderungen gegenüber Firmen und Privatpersonen.«

»Sie sind also die Guten?«

»Ihren Sarkasmus können Sie sich sparen. Ich gebe Ihnen Recht, wir helfen beispielsweise armen Handwerkern, ihren gerechten Lohn zu bekommen.«

»Und jetzt geht jemandem Ihre fürsorgliche Tätigkeit für andere Menschen gegen den Strich?«

»Ja, in den vergangenen Tagen sind seltsame Dinge passiert: Zuerst hat letzten Mittwoch jemand alle vier Reifen des Wagens einer meiner Rechtsanwaltsgehilfinnen zerstochen. Dann gestern der Auftritt dieser Bordsteinschwalbe auf meinem Fest. Und heute Morgen wurde ich schon um sieben Uhr angerufen, weil so ein Schmierfink ein Graffiti bei uns an die Hauswand gesprüht hat.«

»Was für ein Graffiti?«

In diesem Moment kramte Winkelmann in seiner Jacketttasche und holte sein Smartphone hervor. Er drückte ein paar Knöpfe, dann zeigte er Keller das Bild. ›Kampf den Parasiten‹ stach in großen blauen Lettern von der strahlend weißen Wand ab.

»Das ist nun wirklich sehr deutlich.«

»Das will ich aber auch meinen«, schnitt er Kellers Entgegnung aggressiv ab. »Ich möchte nun von Ihnen Personenschutz und ein fähiges Team, das den Täter seiner gerechten Strafe zuführt«, untermauerte er seine Forderung lehrmeisterhaft. Ihre Kollegin könnte beispielsweise heute Nacht die Schicht übernehmen.«

Wieder hoffte Keller, dass Engelchen sich beherrschen konnte. Und in der Tat, seine zwischenzeitlich von ihm beförderte Assistentin sagte keinen Ton.

»Das überlassen Sie mal uns. Wie ich sehe, sind Sie derzeit nicht in einer konkreten Gefahrensituation. Sollte sich der Verdacht auf einen persönlichen Angriff verhärten, werden wir Personenschutz in Erwägung ziehen. Ihre Ansprechpartner sind Frau Engel und ich, das sollte derzeit genügen. Eigentlich liegt Ihr Problem außerhalb unseres Zuständigkeitsbereichs, doch werden Sie sicher nicht locker lassen, bevor Sie bekommen, was Sie wollen.«

»Eine Frechheit, ich werde mich über Sie beschweren. Ich kann nicht verstehen, dass Angela mit so jemanden wie Ihnen liiert ist.«

»Auf Wiedersehen, Herr Winkelmann.«

Keller und Engelchen konnten sich nur einen Moment über die Unverfrorenheit ihres Besuchers wundern, da klingelte auch schon das Telefon.

»Das ist bestimmt Richard Löwenherz. Er will sich sicher postwendend bei Ihnen beschweren, dass Sie es gewagt haben, die edlen Motive von Robin Hood in Frage zu stellen.«

Keller lächelte nur kurz. So etwas Ähnliches hatte er auch gedacht. Er ahnte voraus, dass er gleich mit dem Polizeipräsidenten würde sprechen müssen.

Explosionen

Keller konnte den Polizeipräsidenten glücklicherweise davon überzeugen, dass Winkelmann hemmungslos übertrieb. Er machte ihm vorsichtig klar, dass die gefährliche Verbindung von persönlicher Paranoia und Selbstüberschätzung Winkelmann so auftreten ließ. Der Polizeipräsident ließ sich nur allzu gerne von Keller überzeugen, so ganz koscher war ihm sein ›Freund‹ Winkelmann in letzter Zeit auch nicht mehr. Es hielt sich das Gerücht, dass der ›PP‹ tief in Winkelmanns Schuld stand. Dieser soll ihm in jungen Jahren einmal in einer kniffligen Verkehrsrechtssache aus der Patsche geholfen haben.

Zufrieden gingen Keller und Engelchen nach Feierabend ins Maya Coba. Seit dem Umbau des Wumpiceks haben sie sich eine andere Kneipe für ihr gelegentliches Feierabendbier suchen müssen. Sie unterhielten sich dann über dies und das, sogar ihre jeweiligen Beziehungen waren ein Thema. Als sie sich kurz nach sieben Uhr trennten, waren sie beide guter Dinge.

Ernst Keller sollte jedoch schon wenig später in der eigenen Wohnung von einem Tsunami überrascht werden. Er war noch nicht ganz zur Tür eingetreten, da sah er auch schon Angelika, die sich mit ihrem größten Koffer auf das gemeinsame Schlafzimmer zubewegte.

»Du willst verreisen?«

»Gut, dass du kommst. Ich habe beschlossen, dass wir uns besser für eine gewisse Zeit nicht sehen sollten. Dein Verhalten auf Konrads Gartenfest gestern hat mir den letzten Impuls gegeben, unsere Beziehung einmal gründlich zu überdenken. Du kannst dich ja noch nicht einmal angemessen kleiden, mit deinem alten Anzug hast du ausgesehen wie ein Konfirmand.«

»Und wo willst du hin?«

»Da das immer noch meine Wohnung ist, wirst du gehen.«

Keller blieb zu seiner Überraschung erstaunlich ruhig.

»Angelika, können wir das nicht noch einmal in Ruhe besprechen?«

»Wir haben genug geredet, ich brauche Abstand. Ich muss nachdenken.«

Gemeinsam packten sie den Koffer und Kellers große Reisetasche. Das heißt, Angelika packte unter Tränen wahllos Kellers Anziehsachen in den Koffer, woraufhin dieser sie wieder herausnahm und andere zusammenfaltete und einpackte. Als sie endlich fertig waren, stellte er Koffer und Reisetasche vor die Wohnungstür. Angelika war gerade im Begriff, die Wohnungstür abzuschließen, da kam Keller noch einmal zurück. Er ging ins Wohnzimmer und machte sich an dem Flachbildfernseher zu schaffen, der auf der antiken Anrichte von Angelikas Großvater stand.

»Was machst du?«

»Deine Wohnung, mein Fernseher.«

»Und meine Top-Modells?«

»Die müssen sich heute Abend mal ohne deine Hilfe an fremden Stränden räkeln.«

So ließ er seine Lebensabschnittspartnerin stehen und ging nach unten. Er rief seinen Kollegen Heini an, ob der ihn nicht für eine Nacht aufnehmen könnte. Heinz Döring war erwartungsgemäß nicht sehr begeistert, doch konnte er Keller den Gefallen nicht abschlagen. Heini wollte sich schon lange wieder einmal mit Keller treffen, nur hatte dieser bereits geplante Verabredungen - meist unter irgendeinem fadenscheinig wirkenden Vorwand - immer wieder verschoben.

Nach einer kurzen Nacht, stummgeschalteten Top-Modells im Fernsehen und zwei Flaschen argentinischem Malbec saß Keller am Frühstückstisch der Familie Döring. Die vier Kinder hatten ein Schlachtfeld hinterlassen, die als Lehrerin arbeitende Ehefrau war bereits auf dem Weg in ihre Schule. Keller konnte nun gut verstehen, dass Heini abends so gerne lange im Büro arbeitete. Morgens bekam er keine Motivation, früh nach Hause zu kommen. Wieder klingelte während des Frühstücks Kellers Handy. Es war der Polizeipräsident. Heini konnte noch in drei Meter Entfernung jedes Wort der Brülltriade verstehen. Keller kam es vor wie ein Déjà-vu. Er hatte in der Nacht geträumt, in Winkelmanns Anwaltskanzlei sei eine Bombe explodiert.

»Scheren Sie sich sofort an den Tatort.«

Das waren die letzten Worte, bevor der Polizeipräsident das Gespräch beendete.

In Hofgeismar angekommen, erlebte Keller allerdings eine Überraschung: Die ›Sprengung des Hauses‹ entpuppt sich als die Explosion eines dilettantisch zusammengebauten, überdimensionalen Feuerwerkskörpers. Dieser hatte das Herz und gleichzeitig das Heiligtum der Kanzlei, die moderne Espressomaschine im Aufenthaltsraum, zerstört.

»Da wusste einer ganz genau, was er tat«, dachte sich Keller, als er zu Engelchen an den Ort des Geschehens trat. Ihm brummte derart der Kopf, dass er zur Begrüßung noch nicht einmal ein ordentliches ›Guten Morgen‹ herausbekam.

»Moin Chef. Sie sehen furchtbar aus. Schaffen Sie jetzt noch nicht mal zwei Bier? Sie werden alt!«

»Fragen Sie nicht. Was ist hier passiert?«

»Eigentlich nur eine kleine Explosion, doch in den Augen des Seniorpartners ist heute Morgen erneut das World Trade Center angegriffen worden. Er erwartet uns.«

Keller und seine Assistentin hatten kaum Winkelmanns zu einer Residenz ausgebauten Arbeitsbereich betreten, als dieser auch schon losbrüllte.

Keller wusste glücklicherweise, wie man mit solchen unangenehmen Typen umzugehen hatte. Winkelmann erinnerte ihn in diesem Moment ein wenig an seinen eigenen Vater. Dieser hatte die Familie früher auch immer mit seinen jähzornigen Wutattacken gequält. Man konnte nur abwarten und ruhig bleiben - und die Zeit für böse Gedanken nutzen.

Als sich der Anwalt nach zwei Minuten Gebrülle endlich beruhigt hatte, stellte Keller ihm seine Fragen.

»Wer könnte das getan haben?«

»Na wohl derselbe, der schon die Bordsteinschwalbe auf mein Fest geschickt hat und der die Reifen von Frau Manteuffels Wagen zerstört hat. Und die Schmiererei an meiner Wand nicht zu vergessen.«

»Haben Sie Feinde?«

»Nein. Ich sehe uns eher als diejenigen, die diesem faulen Pöbel das Messer an die Brust setzen. Nur so kommen die Menschen, die ihr Geld ehrlich und mit harter Arbeit verdient haben, aber es nicht bekommen, zu ihrem Recht.«

Keller überkam ein Brechreiz. Ihm war jedoch nicht klar, ob vom Restalkohol, Winkelmanns Ausführungen oder einfach nur der Gesamtsituation.

»Meinen Sie nicht«, fragte Keller weiter, »dass einer dieser armen Schlucker - oder wie Sie sie nennen ›fauler Pöbel‹ - ein Interesse hätte, sich an Ihnen zu rächen?«

»Ich glaube nicht, dass die auch im hellsten Moment dazu in der Lage wären. Schauen Sie mal, in unserer Gesellschaft ist es doch so: Da gibt es die, denen es gegeben ist, aktiv die Gesellschaft mitzugestalten und ein wertvoller Teil der Gemeinschaft zu sein. Sie allein übernehmen Verantwortung, setzen sich ein und gefährden manchmal auch Leib und Leben für ihre Ideale.«

»Und zu dieser besonderen Gruppe, sozusagen der Elite unserer Gesellschaft, zählen Sie sich selbst ebenfalls, stimmt's?«

»Ja, Fräulein. Auch wenn Sie sicher früher in Latzhose auf Demos Pflastersteine gegen die trotz jeder Verleumdung sicheren Atomkraftwerke geschmissen haben. Aber das kennt man ja - sie sind Polizistin geworden, ein anderer Autonomer wurde Außenminister.«

»Sie irren sich«, nahm Keller seine Assistentin in Schutz. Er machte eine kurze Pause, um seinen Ausführungen einen gewissen Nachdruck zu geben. »Frau Engel war Vorsitzende der Julis in ihrem Heimatort und ist eine gute Bekannte des ehemaligen Außenministers Guido Westerwelle.«

Verdutzt sahen Winkelmann und Engelchen auf Keller. Na immerhin hatte sie dem ehemaligen Außenminister schon einmal die Hand geschüttelt. Keller beeilte sich, mit der Befragung fortzufahren.

»Also, keine wütenden Anrufe, keine E-Mails?«

»Wenn ich es Ihnen doch sage.«

»Herr Winkelmann, ich möchte nicht, dass Sie das jetzt falsch verstehen. Doch im Augenblick sitzen wir alle in einem Boot. Sie mögen gerne der Kapitän sein. Ohne Steuermann und jemandem im Maschinenraum werden Sie jedoch untergehen. Wir sind Ihre Mannschaft, sie müssen sich auf uns verlassen. Wenn Sie sich aufführen wollen wie der Kapitän der Costa Concordia, so können sie das gerne tun - aber erst wenn dieser Fall aufgeklärt ist. Ich kann auch zum Polizeipräsidenten gehen und mich von diesem Fall abziehen lassen.«

Keller stutzte - so hatte er noch nie mit einem Opfer gesprochen. Doch hatte die Ansprache ihre Wirkung nicht verfehlt, Winkelmann stimmte mit einem leichten Nicken Kellers Vorschlag zu.

Was nun?

Keller und Engelchen saßen nach der intensiven Befragung der übrigen Mitarbeiter der Anwaltskanzlei wieder in Kellers Büro. Sie überlegten angestrengt, wie sie weiter vorgehen sollten.

»Gestern habe ich übrigens die erste Folge der zweiten Staffel von ›The Newsroom‹ gesehen, der Serie, von der ich Ihnen schon einmal erzählt habe.«

»Die amerikanische Tagesschau.«

»Fast. Der Titel der ersten Folge der zweiten Staffel wird Ihnen gefallen.«

»Der da lautet?«

»First Thing We Do, Let's Kill All the Lawyers.«

»Okay, ich kann ja verstehen, dass Sie dieser arrogante Drecksack wieder und wieder beleidigt hat. Ich teile hier durchaus Ihre Sympathien und Ihren Ansichten. Aber Sie sind Polizistin und müssen akzeptieren, dass er heute nicht der Täter ist, sondern das Opfer ist.«

»Ich weiß, aber mit ihm bin ich noch nicht fertig.«

»Vorsicht, Engelchen, sonst muss ich Sie von diesem Fall abziehen.«

»Sie haben Recht. Ich werde also nichts tun, was Sie nicht auch machen würden.«

Dieser Satz machte Keller wirklich Angst.

»Was haben wir also?« Keller wollte das Thema wieder auf ihren Fall lenken.

»Zum Zeitpunkt der Explosion war nur eine Person in der Kanzlei, Frau Claudia Haberlandt, die Chefsekretärin der Kanzlei. Sie kommt immer so früh ins Büro. Da sie im Moment der Explosion direkt neben der Espressomaschine stand, hat sie sich ein paar Schnittwunden zugezogen und einen Schock erlitten. Sie ist zur Beobachtung im Krankenhaus.«

»Konnten wir alle Mitarbeiter auf der Liste befragen?«

»Wir konnten wider Erwarten mit allen sprechen, nur nicht mit der verletzten Haberlandt und einem der Anwälte, Egon Krämer. Dieser hatte sich krankgemeldet. Krämer ist seit gut anderthalb Jahren in der Kanzlei. Er arbeitet als angestellter Rechtsanwalt und ist als Einziger noch kein Partner.«

»Den sollten wir mal besuchen. Allerdings glaube ich nicht, dass es jemand aus dem Kreis der Beschäftigten war. Dazu ist der alte Winkelmann viel zu vorsichtig, er sucht sich seine Leute sicher sehr sorgfältig aus.«

Keller überlegte, bevor er fortfuhr.

»Wie kommen wir an die Akten der Rechtssachen, vor allem an die Inkasso-Unterlagen? Freiwillig wird er uns die wohl kaum geben.«

»Stimmt, Chef. Vielleicht muss der Polizeipräsident noch einmal auf ihn einwirken und ihm die Ernsthaftigkeit der Situation darlegen.«

»Gute Idee. Doch wer spricht mit dem Polizeipräsidenten? Ich bin derzeit für ihn ein rotes Tuch.«

»Soll ich zu ihm gehen? Ich ziehe auch einen kurzen Rock an.«

»... immerhin können Sie ja keinen Einlauf von Ihrem Rüdiger bekommen.«

»Immerhin kennen Sie jetzt, da wir uns getrennt haben, seinen Namen. Danke übrigens, dass Sie mich daran erinnert haben. Ich war gerade dabei, es zu verdrängen. Außerdem war das mit dem Rock auch nur ein Witz.«

»Gut, wenn das mit dem Rock nicht klappt, muss ich ihn wohl gleich anrufen und mir einen Termin geben lassen.«

Zwei Sekunden rief er ihr nach: »Für was steht eigentlich das ›F‹ in Winkelmanns Namen?«

»Ferdinand«

Keller nahm sein Smartphone und tippte darauf herum:

»Ferdinand - der ›kühne Beschützer‹ - das passt.«

Der Polizeipräsident war für Keller in der Tat nicht zu sprechen. Das lag jedoch nicht an seiner Wut auf Keller, sondern daran, dass er gerade zu einer Besprechung ins Landeskriminalamt nach Wiesbaden abgereist war. Seine Sekretärin machte Keller jedoch eine telefonische Verbindung ins Auto.

»Keller, was wollen Sie noch?«

Als Keller ihm die Sachlage erläutert hatte, erlebte er eine Überraschung.

»Also gut, ich werde mit Konrad sprechen. Er wird sich bei Ihnen melden.«

Dann legte er auf.

Gerade, als er zu Engelchen ins Büro gehen wollte, sah er, dass sie ihre Tür verschlossen hatte. »Ungewöhnlich, sonst war sie doch immer auf«, dachte Keller und klopfte ordnungsgemäß an. Er stand wohl immer noch unter Einfluss des Gesprächs mit dem Polizeipräsidenten.

Keller konnte durch die Glastür sehen, dass Engelchen den Hörer auflegte, sobald er geklopft hatte. Sie winkte ihn herein.

»Geheimnisse, Fräulein? So geht das aber nicht.«

»Jetzt machen Sie aber nicht einen auf Winkelmann, Chef.«

»Gut. Wir kriegen die Unterlagen. Versuchen Sie doch einmal, noch mehr über die Anwaltskanzlei Winkelmann und Partner in Erfahrung zu bringen, vor allem was deren Ruf und Ansehen angeht. Ich will die wirklich dreckigen Details wissen. Hier glaube ich, müssen wir ansetzen.«

»Wird gemacht. Und Sie?«

»Mit Ihrer gütigen Erlaubnis würde ich einmal Herrn Krämer aufsuchen. Ich möchte gerne wissen, wie krank er wirklich ist.«

Besuch vom Gesundheitsdienst

Der Kommissar hatte das Haus der Krämers in Grebenstein schnell gefunden. Er musste mehrfach klingeln, bevor eine Frau in einem eleganten Morgenmantel unwillig die Tür öffnete.

»Wer sind Sie und was wollen Sie?«

»Mein Name ist Keller, ich komme vom Gesundheitsdienst Kassel. Ich hätte gerne einmal Ihren Mann gesprochen. Sie sind doch vermutlich die Frau von Egon Krämer?«

»Ja, das bin ich. Und nein, das geht leider nicht, er liegt mit einer Grippe oben in seinem Bett.«

»Dürfte ich einmal kurz mit ihm sprechen, es dauert nicht lange?«

»Egon muss sich schonen. Entschuldigen Sie mich bitte.«

Keller merkte, dass er sein bereits risikoreiches Auftreten noch weiter steigern musste.

»Schauen Sie, ich bin durch die Krankenkasse Ihres Mannes aufgefordert, mir vor Ort ein Bild von seinem Zustand zu machen. Treffe ich ihn nun nicht an und er ist nicht beispielsweise im Krankenhaus, so muss ich das melden.«

Um sein schwerstes Argument aufzufahren, machte Keller eine rhetorische Pause.

»Und was das für die Karriere Ihres Mannes bei Winkelmann und Partner bedeutet, können Sie sich ja wohl denken.«

»Kommen Sie rein, ich möchte nicht, dass die Nachbarn irgendetwas mitbekommen.«

Sie gingen in das Wohnzimmer.

»Es stimmt, Egon ist nicht krank. Er ist in Baden-Baden zu einem Vorstellungsgespräch.«

»Und was soll ich nun Ihrer Meinung nach machen?«

»Können Sie nicht einfach sagen, dass Sie ihn haben tief und fest geschlafen sehen, als Sie da waren?«

»Das könnte ich, wenn ich Ihnen vertrauen kann, dass Sie mir die Wahrheit sagen.«

»Gut, ich erzähle Ihnen die Geschichte.«

Sie setzte sich Keller gegenüber auf das Sofa und begann zu erzählen ...

... und fand erst nach einer guten halben Stunde ein Ende.

Keller hörte derart gespannt zu, dass er während der ganzen Zeit keine Zwischenfragen stellte. Frau Krämer hatte an der Seite ihres Mannes in den letzten Monaten viel durchgemacht und brauchte scheinbar ein Ventil, um sich ihren Frust von der Seele zu reden.

»Wichtig ist es, dass ich so schnell wie möglich mit Ihrem Mann spreche. In unser aller Interesse sollten Sie Stillschweigen bewahren und außer Ihrem Mann niemanden etwas erzählen.« Mit diesen Worten gab er ihr seine Karte.

»Ich erwarte ihn nach seiner Rückkehr noch heute bei mir im Polizeipräsidium. Rufen Sie ihn am besten umgehend an, dann kann er gleich auf dem Weg bei mir vorbeischauen.«

Es dauerte lange, bis Frau Krämer reagierte - und ihre Reaktion war impulsiv.

»Sie sind Polizist. Sie haben mich belogen. Wissen Sie, was mein Mann mit jemandem wie Ihnen macht?«

»Ja. Wenn er klug ist, kommt er zu mir und bestätigt mir das, was Sie mir erzählt haben. Wenn er mir dann noch ein Alibi nachweist, dann ist die Sache aus meiner Sicht gelaufen.«

Man sah, dass sich die Wut, die sich in der Frau aufgestaut hatte, explosionsartig entladen wollte.

»Das ist, das ist ...«

»... in meinen Augen nicht mein schlechtester Vorschlag heute.«

Keller sah in ihre Augen und wusste, dass sein Plan gelingen und sie mitspielen würde.

Auf dem Weg zurück zu seinem Wagen traf er auf den Postboten. Gut gelaunt begann er ›Ten ´o clock postman‹ von Secret Service vor sich hin zu pfeifen.

Der Simulant im Kreuzverhör

Keller hatte es sich nach der Kaffeepause kurz nach 16.00 Uhr gerade wieder in seinem Büro gemütlich gemacht, da stand Egon Krämer vor seiner Tür. Engelchen stellte ihn vor.

»Da haben Sie meiner Frau ja einen ganz schönen Schrecken eingejagt, Herr Kommissar. Ich überlege ernsthaft, ob ich nicht eine Dienstaufsichtsbeschwerde gegen Sie einreiche.«

Keller wusste natürlich, dass der Mann Recht hatte. Doch dachte er im Stillen daran, ihn mit irgendetwas zu bewerfen. Er kam in diesem Moment zu einer verheerenden Einsicht: In dieser Kanzlei arbeitete vermutlich kein einziger Mensch, der noch fest mit beiden Beinen auf dem Boden stand.

Daher musste er hier auch auf unkonventionelle Weise vorgehen.

»Gute Idee, Herr Krämer. Aber Sie sind klug genug zu wissen, dass ich mich dagegen zur Wehr setzen würde. Die Befragung würde durch den Polizeipräsidenten erfolgen, der wiederum ein guter Freund von Herrn Dr. Winkelmann ist. Natürlich würde ich meine Ermittlungsergebnisse detailliert offenlegen müssen. Es ist also meiner Ansicht nach am besten, wenn wir das unter uns regeln.«

Krämer nickte nur kurz.

Keller gefiel die Rolle des ›Bad Cop‹, doch wusste er auch, dass er hier mit einem hohen Risiko spielte. Er rief Engelchen herüber, die mit einem digitalen Aufnahmegerät das Gespräch aufzeichnen sollte.

»Kein Protokoll, das ist meine Bedingung.«

»Gut, dann wird Frau Engel jedoch im Raum bleiben müssen.«

»Wenn es sich nicht vermeiden lässt, bitte.«

»Wie lange sind sie schon bei Winkelmann und Partner?

»Neunzehn Monate.«

»Und Sie sind noch kein Partner?«

»Nein, obwohl mir das bei meinem Einstellungsgespräch fest in Aussicht gestellt worden war.«

»Was ist geschehen?«

»Ich bin in den Augen von Winkelmann zu weich für diesen Job. Ich habe zu viele Skrupel. Sehen Sie, wir beschäftigen uns vor allem mit Abmahnungen und der Forderungsbeitreibung. Ich weiß nicht, ob Ihnen diese Begriffe geläufig sind.«

»Durchaus, bitte fahren Sie fort. Erklären Sie mir jedoch vorab einmal, wie eine Anwaltskanzlei wie die Ihre eigentlich arbeitet? Vielleicht kann ich dann den oder die Täter besser verstehen.«

»Das können Sie bestimmt. Wir sind im eigentlichen Sinne nicht wirklich nützlich für die Gesellschaft.«

Keller hüstelte.

Er war erstaunt ob dieser überraschenden Einsicht. Vielleicht hatte er Krämer doch falsch eingeschätzt.

»Das sieht Ihr Chef aber ganz anders. Vor allem ist er stolz, dass die kleinen Handwerker dank seiner Hilfe endlich zu ihrem wohlverdienten Lohn kommen.«

»Stimmt, das ist sein bestes Argument. Aber letztlich treten uns in der Hauptsache große Unternehmen ihre Forderungen ab, denen sie aus verschiedenen Gründen selber nicht mehr nachgehen können oder wollen. Dabei handelt es sich beispielsweise um Versandhäuser oder auch Verkehrsbetriebe, die uns die Strafen ihrer Schwarzfahrer eintreiben lassen.«

»Okay, das hört sich ja noch durchaus nach berechtigten Anliegen und sogar legal an.«

»Aber jetzt kommt's. Ist die Adresse einmal in unserem Besitz, wird sie durch weitere Forderungen ordentlich versilbert. Die Menschen, die meist zu einer bestimmten gesellschaftlichen Gruppe gehören, bekommen dann wieder und wieder Forderungen, die sie begleichen sollen.«

»Sie meinen Menschen, die eher zu den weniger wohlhabenden Schichten unserer Gesellschaft gehören.«

»Genau die. Sie können sich oft nicht mehr daran erinnern, ob sie nicht doch irgendetwas bei einem bestimmten Versandhaus bestellt haben oder nicht. Ihr Konsumverhalten würde ich trotz ihrer oft beschränkten Mittel eher als riskant beschreiben. Dies ist auch meist der Grund dafür, warum sie aus der Schuldenspirale nicht mehr herauskommen. Konfrontiert man diese Zielgruppe dann auch noch mit einer hart formulierten

Forderung und droht zudem mit dem Gerichtsvollzieher, so werden sie weich. Viele Schuldner lassen sich auf die ihnen gnädigerweise angebotene Ratenzahlung ihrer Schulden ein, anstatt gegen diese Forderungen rechtlich vorzugehen. Dass diese Ratenzahlung natürlich mit einer gewissen Verzinsung und weiteren Extrakosten verbunden ist, brauche ich wohl nicht extra zu erwähnen.«

Darauf ging Keller erst gar nicht ein.

»Halten Sie es also für möglich, dass einen dieser ›Schuldner‹ die Wut gepackt hat und er sich an Winkelmann rächen will?«

»Das halte ich für durchaus möglich.«

»Haben Sie einen konkreten Verdacht? Ist in den letzten Monaten irgendetwas in dieser Richtung vorgefallen?«

»Nein, nicht dass ich wüsste. Doch wie Sie wissen, bin ich auch kein Partner und damit in dieser Kanzlei so etwas wie ein Mitarbeiter zweiter Klasse ...«

»... der übrigens auch einen guten Grund hätte, seinem Chef beziehungsweise dem ein oder anderen ungeliebten Kollegen einen ordentlichen Schrecken einzujagen«, fuhr Engelchen dazwischen.

»Sie überschätzen mich, ich bin ein sehr friedfertiger Mensch. Ich habe Jura studiert, um den Menschen helfen zu können.«

»Da haben wir also auch Bruder Tuck«, dachte sich Keller, der durch Krämers wohlgenährte Figur zu diesem Namen inspiriert wurde. Er fuhr fort:

»Sie müssen doch schnell gemerkt haben, wie dort der Hase läuft und dass diese Juristen nicht das Wohl der Menschen in den Mittelpunkt ihrer Bemühungen stellen?«

»Ja, das schon. Doch wir wissen ja alle, wie das ist. Geld macht korrupt. Annette und ich kommen aus armen Verhältnissen. Wir haben uns während unseres Studienjobs bei Burger King kennengelernt. Sie hat Kunstgeschichte in Göttingen studiert, ich Jura. Und als ich dann fertig war, musste Geld ins Haus. Sie hatte nur kurze Zeit eine Arbeit im Museum, dann wurden erst die Mittel gestrichen, dann die Stelle. Nachdem ich bei Winkelmann und Partner angefangen hatte, konnte plötzlich alles nicht gut genug sein.«

»Und Ihre inzwischen aufgekommenen Zweifel?«

»Die waren für Annette nicht von Belang. Ich solle mich mal nicht so anstellen. Unter uns gesagt, diese Frau weiß leider nur zu gut, wie sie mich für Ihre Interessen gewinnen kann. Sie verstehen, was ich meine?«

Keller dachte an Angelika und ihre kleinen dreckigen Tricks, ihn zu überzeugen. Doch verdrängte er sogleich alle Gedanken an seine Beziehung mit dieser Frau, das konnte ihn nur weiter runterziehen.

»Ich glaube, ich weiß, was Sie meinen.«

Eine kurze Pause. Engelchen rollte mit den Augen.

»Ich fasse also zusammen: Sie selbst waren es nicht. Sie teilen jedoch nicht die Ansicht Ihres Chefs, dass Ihre ›Kunden‹ zu derartigen Vergeltungsschlägen intellektuell nicht fähig sind? Sie selbst, sagen Sie, waren zur Tatzeit in Baden-Baden. Können Sie das beweisen?«

»Ja, hier sind die abgestempelten Fahrkarten und ein Beleg aus dem Bordbistro des Intercity Express vom heutigen Tag - keine drei Stunden alt. Die Wurst stößt mir auch immer noch auf.«

»Dann bleiben ja nur noch die werten Kollegen. Können Sie da irgendetwas sagen?«

»Nein, die fressen Winkelmann doch alle aus der Hand. Die Annehmlichkeiten für ›treue Gefolgschaft‹ sind in der Tat unschlagbar. Winkelmann weiß die jungen Kollegen durchaus zu motivieren.«

»Wie meinen Sie das?«

»Winkelmann sieht zu, dass er mehrmals im Jahr mit jedem der Kollegen sogenannte ›Herrenabende‹ verlebt.«

»Waren Sie jemals bei einem solchen Event dabei?«

»Nein, gerade als ich begonnen hatte, dort zu arbeiten, hatte so ein Herrenabend stattgefunden. Und als der Nächste vor der Tür stand, war bereits klar, dass ich nicht in das Gefüge des Unternehmens passte.«

»Und jetzt? Sie haben sich anderswo beworben?«

»Ja, bei einer Anwaltskanzlei in Baden-Baden. Dort werde ich dann hoffentlich richtige Anwaltsarbeit leisten können. Es war gar nicht so einfach, sie von meinen Idealen zu überzeugen, als ich den Namen meines jetzigen Arbeitnehmers genannt hatte.«

Keller wandte sich an seine bisher schweigsame Assistentin.

»Haben Sie noch Fragen?«

»Ja, zwei: Wer könnte es Ihrer Ansicht nach nun gewesen sein?«

»Noch einmal - ich weiß es wirklich nicht.«

»Sagt Ihnen der Name Sebastian Arndt etwas?«

»Nein, wer soll das sein?«

»Einer Ihrer Schuldner, der Ihnen wohl einen wütenden Brief geschrieben hat.«

»Davon weiß ich nichts.«

Keller schaute Engelchen vorwurfsvoll an.

Sie sprachen noch kurz über dieses und jenes, doch nach langen anderthalb Stunden war Keller klar, dass er keine neuen Erkenntnisse mehr erhalten würde.

»Gut«, sprach Keller, »dann beenden wir das für heute. Herr Krämer, Sie haben durch uns nichts zu befürchten. Wir wären Ihnen jedoch sehr verbunden, wenn Sie sich zu unserer Verfügung halten würden.«

Nachdem sie sich von Krämer verabschiedet hatten, gingen Keller und Engelchen zusammen zum Abendessen in die Kantine des Polizeipräsidiums. Auf dem Weg dorthin machte er ihr Vorhaltungen, ihn nicht vorab über Sebastian Arndt informiert zu haben.

Mit der Zeit nimmt die Ratlosigkeit zu

Sie saßen beim Nachtisch, er hatte Crème brulée, sie Tiramisu. Sie hatten die ganze Zeit beim Essen geschwiegen. Er machte den Anfang.

»Willst du eigentlich gar nicht wissen, wie das Vorstellungsgespräch in Baden Baden gelaufen ist?«

»Später, Egon. Erst will ich wissen, was du dem Kommissar erzählt hast.«

»So wie ich annehme, das Gleiche wie du. Er wusste nämlich schon ziemlich gut Bescheid.«

»Das war doch nur, weil er mich derart überrumpelt hat.«

»Hauptsache, du hast nichts verraten, was mich in Schwierigkeiten bringen könnte. Wenn ich nämlich meine Zulassung als Anwalt verliere, ist es Essig mit Haus und Weinberg in Baden Baden.«

»Keine Angst, wir halten zusammen. So wie damals, als wir als Studenten bei Burger King gearbeitet haben und du die Kasse manipuliert hast.«

»Jetzt ist die Sache nicht minder gefährlich. Mit den kopierten Akten will ich erreichen, dass ich ein ordentliches Zeugnis bekomme und mir die Kollegen ordentliche Referenzen geben. Im Zweifelsfall habe ich ja noch die Bögen des Geschäftspapiers, da könnte ich mir immer auch noch selbst ein gutes Zeugnis ausstellen.«

Seine Frau wusste nicht, dass Keller all dies ebenfalls wusste. Dieser hatte jedoch versprochen, die Sache nicht weiter zu verfolgen, da er wenig Interesse hatte, einen Mann wie Winkelmann zu schützen. Gleichwohl wusste er, dass er sich wieder einmal auf sehr dünnes Eis begab.

Holger E. Meier

»Wer ist bloß auf die blöde Idee gekommen, die Presse mit internen Informationen zu versorgen? Wissen Sie überhaupt, was Sie da angerichtet haben?«

Keller hielt den Telefonhörer in gefühlt vierzig Zentimeter Abstand, das Geschrei des Polizeipräsidenten
war immer noch deutlich zu verstehen.

»Ich will sofort wissen, ob Sie Ihren Freund von der
Hessisch/Niedersächsischen Allgemeine angerufen und
ihm was gesteckt haben? Etwa dass Winkelmanns Ge-
schäftsmethoden nicht ganz astrein sind und dass es regelmäßig sogenannte Herrenabende in zweifelhaften
Etablissements in Kassel gab?«

»Nein, wie kommen Sie denn ...«

Bevor Keller weiter sprechen konnte, fing sein Chef
wieder an zu brüllen.

»Wenn ich herausbekomme, dass Sie etwas mit der
Sache zu tun haben, dann stelle ich Sie mit Eselsohren
auf die Kreuzung am Altmarkt. Da können sie dann den
Verkehr regeln und über Ihre Blödheit nachdenken.«

Der Polizeipräsident knallte den Hörer derart auf die
Gabel, dass Kellers Trommelfell ernstlich in Mitleiden-
schaft gezogen worden wäre, hätte er den Hörer ans
Ohr gehalten.

Keller dachte nach: Engelchen musste nach dem Gespräch mit Krämer noch einmal mit Meier gesprochen
haben.

»Herta Engel, kommen Sie bitte sofort rüber zu mir!«

Doch zu ihrem Glück war Herta Engel bereits nach
Hause gegangen.

Keller blieb nichts anderes übrig, als sich mit Holger
E. Meier von der HNA in Verbindung zu setzen.

Die beiden Kontrahenten trafen sich an einer Imbissbude in der Kasseler Innenstadt. Es war bereits nach
fünf, als Keller etwas verspätet eintraf. Meier schaute

derart vorwurfsvoll, dass Keller fast ein schlechtes Gewissen bekommen hätte. Gerade noch rechtzeitig besann er sich eines Besseren.

»Erwin, ich hoffe, Sie warten noch nicht allzu lange.«

In Wirklichkeit war es Keller eigentlich egal, wie lange der Kerl wartete. Dann fiel ihm ein, dass er es war, der um das Gespräch gebeten hatte.

Meier eröffnete das eigentliche Gespräch, dann auch gleich mit einer Rüge.

»Du weißt schon, dass ich es nicht mag, mit meinem zweiten Vornamen angesprochen zu werden, insbesondere wenn du ihn noch nicht einmal richtig verwendest. Wenn du etwas von mir willst, solltest du freundlicher sein. Nur ein Wink von mir und du musst dir eine neue Assistentin suchen.«

Dann aber wesentlicher freundlicher fügte er hinzu: »Was kann ich also für dich tun?«

Keller hasste es, wenn Meier ihn duzte. Die Drohung verfehlte die Wirkung ebenfalls nicht, so dass er ganz zuckersüß antwortete.

»Hallo Herr Meier, es freut mich, dass Sie die Zeit gefunden haben, sich so schnell mit mir zu treffen.«

»Hör auf mit der Zuckerbrot-Nummer. Was willst du?«

»Was hat Engelchen Ihnen gesteckt?

»Meine gute alte Freundin Herta hat mich nur darauf aufmerksam gemacht, dass in der Anwaltskanzlei Winkelmann nicht alles mit rechten Dingen zugeht.«

»Und?«

»Ich habe einmal meine Kontakte spielen lassen und ein bisschen gebohrt.«

»Nun lassen Sie sich doch nicht alles aus der Nase ziehen.«

»Die Antwort von Miriam, einer Mitarbeiterin des Kasseler Etablissements ›Club B-52‹ steht noch aus, doch ich weiß bereits, dass Winkelmann eine Art privaten Sicherheitsdienst beschäftigt. Dieser hat die Aufgabe, Informationen über spätere Opfer ihrer Zahlungseintreibungen zu beschaffen. Zudem durchleuchtet er die Kandidaten, die sich bei der Firma als Mitarbeiter bewerben. Der Mann mag keine unliebsamen Überraschungen. Es ist eigentlich ein Pärchen, das hier agiert. Karsten Sturm ist ein Expolizist. Er ist der Rechercheur, der auch weiß, wie man an wertvolle Meldedaten kommt. Der Zweite ist mehr für die sportlichen Angelegenheiten zuständig - sie nennen ihn passenderweise ›Cassius‹. Mit bürgerlichem Namen heißt er Christoph Hermann. Er ist ein ehemaliger Boxer mit einem erheblichen Vorstrafenregister. Einbruch, Körperverletzung, Nötigung und so weiter - ein echtes Früchtchen. Heute sieht man ihn oft in einem schlecht sitzenden Anzug an der Seite von Sturm durch die Straßen ziehen.«

»Was wissen Sie noch?«

»Ich glaube, dass das für ein paar Stunden Recherche schon eine ziemlich gute Ausbeutung ist.«

Keller dachte laut: »Die geschlossene Tür. Engelchen hat Sie also gestern noch angerufen.«

»Das ist korrekt.«

»Gut, ich sage Ihnen, was wir jetzt machen. Sie halten mich weiter auf dem Laufenden und berichten mir regelmäßig, wenn Sie etwas Neues erfahren.«

»Und was habe ich davon?«

»Eine Top-Story, mein Wohlwollen und meine Verschwiegenheit. Außerdem wollen wir beide nicht, dass Engelchen ihren Job verliert. Ich muss mir also etwas einfallen lassen und zu meinem Pech bin ich dabei auf Ihre Unterstützung angewiesen.«

»Als Dank geht dann als Erstes die Currywurst auf deine Rechnung. Das ist wenigstens schon einmal ein Anfang.«

Keller stand noch lange am Würstchenstand und dachte nach. Seine eigene Currywurst war inzwischen kalt geworden. Er bestellte ein Bier, vielleicht half der Alkohol? Letztlich hatte es Keller auch nicht sonderlich eilig, nach Hause zu kommen. Er hatte sich ein Zimmer in einer Pension in der Nähe von Angelikas Wohnung genommen. Keller hatte nach vergeblichen Anrufversuchen und unbeantworteten SMS wenig Hoffnung, dass er zu seiner Lebensgefährtin würde zurückkehren können.

Er malte sich schon aus, wie er nach dreißig Dienstjahren immer noch in seine viel zu kleine Wohnung zurückkehrte. Die einzige Freude in seinem Leben wäre der monatliche Besuch des Etablissements ›Club B-52‹. Angelika wäre inzwischen dreifache Großmutter, Herta Engel nach ihrer Entlassung aus dem Polizeidienst und ihrer Heirat mit Holger E. Meier eine erfolgreiche Privatdetektivin.

Er schloss die Augen und bemerkte, dass sich Flüssigkeit in ihnen sammelte. Nur noch einen Moment und die erste Träne würde ihm über das Gesicht laufen. In diesem Moment tippt ihm jemand von hinten mit den

Fingern auf die Schulter. Keller öffnete die feuchten Augen und drehte sich um. Er konnte nicht glauben, welcher rettende Engel da vor ihm stand.

Er ist weg!

»Ich hätte das schon viel früher fragen sollen, doch wo ist eigentlich Dieter?«

Kerstin, im halboffenen Bademantel und mit einer Zigarette im Mundwinkel, wuschelte Keller kurz durch die Jahr für Jahr dünner werdenden Haare.

»Auf Montage.«

Gestern Abend hatten die beiden nicht sehr viel Zeit damit verschwendet, ihre jeweiligen Lebensläufe auf den aktuellen Stand zu bringen. Sie hatten noch ein Bier an der Imbissbude getrunken, dann waren sie mit der Linie 3 aus der Stadt heraus in Kerstins Wohnung gefahren. Aus irgendeinem Grund waren Keller und Kerstin dann übereinander hergefallen, anschließend war Keller sofort eingeschlafen.

»Ich will ja nicht undankbar und indiskret erscheinen - machst du so etwas öfters?«

»Mir einfach Männer an einer X-beliebigen Imbissbude aufgabeln und mit nach Hause schleppen? Nur, wenn mir mal wieder danach ist.«

Keller überlegte noch, was er darauf antworten sollte, da fuhr Kerstin fort: »Ich hatte diesen Gedanken übrigens schon, nachdem du mich nach unserem Jahrgangstreffen heldenhaft in Schutz genommen hattest.«

»Geheimniskrämerin«, entfuhr es Keller. Seine Hand fuhr unter ihren Bademantel. »Vielleicht sollte ich gleich einmal meine Zinsen kassieren, schließlich ist das schon gut drei Jahre her.«

»Spinner.«

In dem Moment, als Keller ihr nacheilen wollte, um ihr den Bademantel abzustreifen, klingelte sein Handy. Das mit dem gemütlichen Frühstück konnte er jetzt vergessen.

»Keller.«

Engelchen war dran. Keller konnte zunächst nicht glauben, was seine Assistentin ihm gerade mitgeteilt hatte. Nach dem Anruf ließ er sich auf Kerstins Bett zurückfallen und schloss die Augen. Ein letztes Mal malte er sich aus, wie es wäre, jetzt noch einmal mit Kerstin zu schlafen. Dann stand er auf.

»Was ist los?«

»Ich muss zum Dienst.«

»Was ist in drei Teufels Namen passiert?

»Er ist weg!«

Keller zog sich an und gab Kerstin einen flüchtigen Kuss. »Ich ruf dich an!«

*

Der Mann sah aus seinem Fenster: Der vermeintliche Bulle, der vor einigen Tagen noch diesen schäbigen Konfirmandenanzug getragen hatte, klingelte in Begleitung einer attraktiven Blondine an der Tür der Villa Winkelmann. Die des Hauses öffnete ihnen die Tür. Er legte das Fernglas weg.

»Traurig sah sie nicht aus«, dachte er.

»Ganz schön schnell, dein Freund und Helfer«, sagte er zu dem Mann auf dem Sofa.

Doch bekam er von ihm keine Antwort.

Großfahndung

Frau Winkelmann konnte nicht viel sagen, ihr Mann hatte sich am vergangenen Abend mit den Worten: »Ich treff mich in Kassel mit Freunden. Warte nicht, es wird spät werden«, abgemeldet.

Sie hatte den beiden Polizisten berichtet, dass Konrad Winkelmann wahrscheinlich wieder einen netten Abend in einem der üblichen Etablissements verbrachte, um seine Partner zu belohnen. Seiner Frau war das nicht neu, sie hatten sich arrangiert und führten nur nach außen das Leben des erfolgreichen Anwalts und seiner ihn liebenden Frau. Hinter den Kulissen vergnügte sich der Herr des Hauses mindestens einmal im Monat im Nachtleben der ›großen Stadt‹. Seine Frau tröstete sich währenddessen mit einem Herrn aus dem Tennisclub, mit dem sie schon seit Jahren ein Verhältnis hatte.

Obwohl die Fassade in diesen Kreisen das Wichtigste ist, hatte Frau Winkelmann den Polizisten in dieser schwachen Stunde alles erzählt. Genauer gesagt, hatten die beiden Frauen miteinander gesprochen, sie suchte in diesem Moment mit Engelchen das ›Gespräch von Frau zu Frau‹.

Keller hatte indessen die Zeit genutzt und ein Handy-Foto von Winkelmann an die Zentrale nach Kassel geschickt, um eine Fahndung auszulösen.

»Gesucht wird Konrad Ferdinand Winkelmann, 60 Jahre alt, korpulente Figur, graues Haar, Bürstenschnitt, Schnurrbart, randlose Brille. Er war zuletzt bekleidet mit einem dunklen Boss-Anzug, Krawatte und Hut.«

Er wollte gerade das Gespräch beenden, da stürmte Engelchen auf ihn zu.

»Noch was, das Auto steht in der Garage. Er muss von zu Hause aus entführt worden sein.«

Keller fragte nicht nach, sondern gab die Information gleich durch: »Ausgangspunkt ist das Haus in der Straße zum Sudheimer Kreuz in Hofgeismar.«

»Was meinen Sie damit, er wurde von zu Hause aus entführt?«

»Der Mercedes, mit dem er gestern Abend unterwegs war, steht abgeschlossen und unbeschädigt in der Garage.«

»Das will ich sehen.«

Sie ließen sich von Frau Winkelmann durch das Haus in die Garage bringen. Der Wagen stand in der Tat dort, er war abgeschlossen und unbeschädigt.

»Der Schlüssel, wo liegt der Schlüssel?«

»Normalerweise hängt Konrad seine Schlüssel immer an das Schlüsselbrett im Flur, doch da sind sie nicht.«

Keller griff zum Telefon.

»Wir werden jetzt Kriminaltechnik rufen, die sollen sich das einmal ansehen.«

Sie verabschiedeten sich von Frau Winkelmann und gingen zu ihrem Wagen.

Keller tippte Engelchen von hinten auf die Schulter. »Was ist eigentlich mit Sebastian Arndt?«

»Falscher Alarm. Der Mann sitzt im Rollstuhl und kann es nicht gewesen sein. Aber er ist sehr wütend über die Briefe, die er ständig bekommt. In diesem Jahr waren es bereits drei Stück. Und immer Dinge, die er gar nicht beauftragt haben konnte. Zunächst ist da die Forderung einer Reisegesellschaft für Trekkingreisen, dann haben wir noch einen Drogeriemittelversand und zuletzt eine ostdeutsche Verkehrsgesellschaft, die ihre erhöhten Beförderungsentgelte bei ihm eintreiben wollte. Dabei wohnt der Mann in Heppenheim und hat seit drei Jahren sein Haus nicht mehr verlassen. Er macht es richtig, er hat sich jetzt einen Anwalt genommen und geht gegen diese Blutsauger vor.«

»Gut so. Aber das nächste Mal informieren Sie mich, bevor sie vermeintliche Verdächtige ins Spiel bringen.«

»Jawohl, mein Gebieter.«

*

Der eine Mann verließ seinen Beobachtungsposten am Fenster und nahm dem anderen Mann den Knebel aus dem Mund.

Sofort fing dieser an zu schimpfen »Was denken Sie eigentlich, wie lange Sie mich verstecken können? Sie suchen mich doch schon längst«

»Mich auch, mein Lieber. Und das ist dein Problem.«

Wo ist Egon Krämer?

Als Keller und Engelchen gegen 16.00 Uhr wieder in ihrem Büro im Kasseler Polizeipräsidium Platz genommen hatten, klingelte unmittelbar das Telefon.

»Ja, Frau Krämer. Nun machen Sie sich mal keine Sorgen. Wir sind schon auf dem Weg.«

»Was ist los?«

»Egon Krämer ist verschwunden.«

»Was?«

»Kommen Sie, packen Sie Ihre sieben Sachen, wir fahren nach Grebenstein.«

Vierzig Minuten später saßen sie bei Frau Krämer im Wohnzimmer und tranken Kaffee.

»Egon ist gestern Abend nicht nach Hause gekommen. Um acht Uhr habe ich dann in der Kanzlei angerufen, doch dort konnte ich niemanden mehr erreichen. Ich habe es noch bei zwei Arbeitskollegen probiert, mit denen Egon ab und zu abends ein Bier trinken geht. Sie wussten aber auch nicht, wo Egon stecken könnte. In meiner Verzweiflung habe ich anschließend noch seine Schwester in Hann. Münden sowie meine Schwiegermutter angerufen. Nichts!«

Engelchen brannte eine Frage auf den Lippen. »Und warum haben Sie sich nicht schon viel früher bei uns gemeldet?«

»Ich wollte einfach nicht vor der Zeit überreagieren. Vielleicht hatte er ja viel zu tun und ist über Nacht in der Kanzlei geblieben.«

»Macht er das öfters? Ich meine, im Büro zu übernachten, ohne sich abzumelden? Und warum sollte er dann nicht ans Telefon gehen. Und was ist mit seinem Handy?«

»Nein, noch nie. Sein Handy liegt hier, es ist kaputt. Gestern Mittag wollte er sich Ersatz besorgen.«

»Wissen Sie, Frau Krämer, wie eng der Kontakt zwischen Herrn Dr. Winkelmann und Ihrem Mann war?«

»Nicht sehr eng, wie Sie ja bereits wissen. Doch was hat das mit Egons Verschwinden zu tun?«

»Nichts«, log Keller, »das war nur so eine Frage.«

Engelchen sah ihren Chef an. Sie begriff, dass Keller Frau Krämer nicht sagen wollte, dass neben ihrem Mann auch Winkelmann vermisst wurde. Es konnte immer noch sein, dass Herr Krämer etwas mit der Entführung zu tun hatte und sie ihren Mann warnen würde. Andererseits würden Radio und Fernsehen in kürzester Zeit die Nachricht von Winkelmanns Verschwinden verbreiten. Er würde seine Gründe haben, dachte sie sich.

»Eine letzte Frage noch.«

»Bitte.«

»Gab es jemals Streit zwischen Ihrem Mann und Herrn Winkelmann?«

»Nicht dass ich wüsste. Doch warten Sie, einmal, ganz am Anfang, da haben sie Streit bekommen über die Geschäftspraktiken der Kanzlei. Egon wollte nicht unschuldige Menschen mit ungerechtfertigten Mahnschreiben malträtieren.«

»Jetzt habe ich doch noch eine Frage«, mischte sich Engelchen ein.

»Wie stehen Sie zu Herrn Winkelmann?«

»Wir kennen uns kaum, daher kann ich dazu nicht viel sagen.« Sogleich setzte sie hinterher: »Ich bin wohl nicht sein Typ.«

»Vielen Dank. Wir leiten die entsprechenden Schritte ein und melden uns umgehend bei Ihnen, sobald wir etwas wissen.«

Als sie im Auto saßen, war es ausnahmsweise einmal Engelchen, die sich an Kellers Autoradio zu schaffen machte und eine Kassette einschob. Nach den letzten Takten von Funky Town von Lips Inc. begann leise ›Play the Game‹ von Queen. Außer der Musik war es still im Wagen. In diesem Moment zerbrachen sich wohl beide den Kopf darüber, welche Art von Spiel hier gespielt wurde.

Im Knast

Am folgenden Morgen kam ihnen der Zufall zur Hilfe. Engelchen hatte am Tag zuvor vorsorglich eine Mail an die anderen Fachkommissariate verschickt, um alle Personen im Dunstkreis von Winkelmann unter Beobachtung zu halten. Und tatsächlich, an diesem Morgen rief Arnulf Heinzen an, ein Kollege von der Schutzpolizei. Er berichtete, dass Christoph Hermann, eine der beiden ›Bulldoggen‹ von Winkelmann, im B-52-Club in Bettenhausen bei einer Routinekontrolle aufgegriffen wurde. Hermann hatte sich nicht sehr kooperativ gezeigt. Offensichtlich war er betrunken. Karsten Sturm war auch dort, er hatte sich jedoch im Gegensatz zu seinem Partner ordnungsgemäß verhalten.

Nachdem Engelchen Keller alles berichtet hatte, machte sie eine kurze Pause. Dann fügte sie hinzu: »Hermann sitzt noch ein, er hat eine Kollegin beleidigt und sein Glas in ihre Richtung zu entleeren versucht. Da haben sich die Kollegen gedacht, dem tun wir doch auch mal was Gutes. Daher sitzt er in diesem Moment in Untersuchungshaft und erfreut sich der äußerst zuvorkommenden Behandlung der Kollegen. Sie dürfen ihm natürlich nichts tun, doch Sie wissen, wie das ist, wenn man einen Kollegen angreift, das erhöht nicht gerade die Sympathiewerte.«

»Gut, statten wir dem Kerl doch einmal einen Besuch ab.«

Der Kollege freute sich, dass sich die Kripo nun mit seinem Gast beschäftigen wollte.

Auf ihren Wunsch hin hatten sie Hermann auch nicht in einen Verhörraum bringen lassen, sondern haben ihn direkt in seiner engen Zelle aufgesucht.

»Was wollen Sie von mir? Vielleicht können Sie mir freundlicherweise ein Glas Wasser bringen«, ergänzte er mit Blick auf Engelchen.

»Kommen wir zur Sache. Sie arbeiten für Herrn Winkelmann.«

»Für Sie sicher Dr. Winkelmann.«

»Sei´s drum. Also, wie lange.«

»Etwa drei Jahre.«

»Und was machen Sie so?«

Das Verhör zog sich hin und sie bekamen nichts Interessantes aus Hermann heraus. Nach dem Gespräch wussten sie nur, dass Hermann durch seinen Kollegen Sturm zu Winkelmann gekommen war. Und das sich Hermann sehr sicher war, dass ihn sein Chef aus dieser unangenehmen Situation befreien würde.

»Dr. Winkelmann«, korrigierte ihn Engelchen an dieser Stelle, als Keller das Gespräch später im Wagen rekapitulierte.

»Das Interessanteste ist«, fuhr Keller fort, »dass Hermann angedeutet hat, dass geheime Dossiers über alle Mitarbeiter existieren. Wir konnten ihm jedoch nur entlocken, dass diese nicht in der Kanzlei lagern, sondern in einem geheimen Lagerraum. Den müssen wir finden, dann haben wir wahrscheinlich auch Winkelmann und seinen Entführer.«

»Warum«, dachte er, »hängen Winkelmanns Gorillas in einem Kasseler Nachtclub ab, während ihr Chef gekidnappt wurde?«

Den Rest des Tages verbrachten sie damit, den geheimen Lagerraum zu suchen. Sie fragten die Mitarbeiter der Kanzlei, trafen jedoch zu ihrem zunehmenden Ärger auf eine Mauer des Schweigens.

Der Anruf

Rein aus Routine hatten sie nach Winkelmanns Verschwinden ein Aufzeichnungsgerät an dessen Telefonanlage angeschlossen. Gleichzeitig wurde dort ein Beamter postiert, der die Anlage bedienen konnte. Am Freitagmorgen um 10.00 Uhr rief dieser Keller an.

»Seegers hier. Die Entführer haben angerufen und eine Lösegeldforderung gestellt.«

»Was wollen sie?« Keller hatte inzwischen Engelchen herbeigewunken und das Telefon auf Lautsprecher gestellt. »Und bis wann?«

»Das ist ja das Seltsame, sie wollen bis übermorgen eine Million Euro, aber in Juwelen.«

»Das ist in der Tat seltsam.«

Er schaute auf Engelchen, doch die zuckte mit den Schultern.

»Was ist mit der Übergabe?«

»Sie rufen Frau Winkelmann übermorgen diesbezüglich an. Am Sonntag um 10.00 Uhr, so ihre Ankündigung.«

»Keine treuen Kirchgänger«, dachte Keller bei sich.

Zu seinem Kollegen sagte er: »Schicken Sie uns die Datei mal rüber, vielleicht fällt uns noch etwas auf.«

»Gerne, Kollege. Sie müsste bereits auf Ihrem Handy sein.«

»Das geht aber zackig.«

Engelchen rollte in diesem Moment nur mit den Augen.

Die Auswertung des Audiofiles an Engelchen Computer brachte keine neuen Erkenntnisse: Die Stimme war professionell verfremdet und das Gespräch gab keinerlei Hinweise auf die Entführer.

»Lassen Sie mich die Aufnahme doch bitte noch einmal anhören.«

»Denken Sie, wir werden beim mittlerweile achten Mal etwas Neues erfahren?«

»Ich weiß nicht, dafür muss ich es noch einmal hören.«

Genervt drückte Engelchen noch einmal die Entertaste. Die 50-sekündige Aufnahme startete. Nach 37,85 Sekunden entfuhr es Keller: »Stopp! Gehen Sie noch einmal zehn Sekunden zurück! Und stellen Sie es gleich ein bisschen lauter, wir brauchen die Hintergrundgeräusche.«

»Keller, die Neunte.« Engelchen war nun wirklich genervt.

In der Tat, nun hörte Engelchen es auch. Es war ein Klingeln. »Aber was ist das?«

»Es erinnert mich an meine Kindheit, da kam am Donnerstag am späten Vormittag immer der Fischwagen zu uns auf den Berg. Das Klingeln konnte man ungefähr 150 Meter weit gut hören.«

Engelchen grübelte: »Wir haben weder den Ort, noch den Grund, warum jemand klingelnd durch den Ort fährt. Das Einzige, das wir wissen, ist die ungefähre Zeit und das es mitten in Hofgeismar war. Leider war es ein Prepaid-Handy.«

»Jetzt schauen Sie einfach mal nach, welche Bo-Frost-, Fisch-, Käse- Eis- oder Was-weiß-ich-für-Wagen freitagmorgens durch die Gegend juckeln.«

»Zu Befehl.«

Verhältnisse

»Ich bin wieder raus.«

»Dann komm sofort hierher und pass auf, dass dir niemand folgt«.

»Bin doch kein Anfänger. Bis später.«

*

»Was tun Sie gerade?«

»Ich biege mit dem Handy am Ohr links ab. Der Idiot fährt doch tatsächlich nach Hofgeismar rein.«

»Bleiben Sie dran. Sobald er sein Ziel erreicht hat, melden Sie sich.«

Keller überlegte. Er sah sich Engelchens Rechercheunterlagen auf seinem Rechner an. Seine Assistentin hatte ihnen den passenden Ordnernamen ›Bäckerblume‹ verpasst.

Nach ihren Recherchen fuhr jeden Montag bis Freitag ein Wagen der Bäckerei Knörzerich kreuz und quer durch die Stadt. Das war schon zu Kellers Schulzeiten so gewesen, so fiel es ihm später wieder ein. Er kannte die Gegend um Winkelmanns Haus gut, er hatte auf der Albert-Schweitzer-Schule sein Abitur gemacht. »Mensch, wie lange das schon wieder her war?«, dachte sich Keller. Erinnerungen an die Frikadellenbrötchen und die Berliner, die er sich jeden Morgen in der ersten großen Pause dort gekauft hatte, kamen auf.

Ein Anruf bei der Bäckerei ergab, dass der Wagen auch heute noch täglich gegen halb zehn Uhr die Schulen anfuhr. Das war neben dem Gymnasium auch noch die nebenan gelegene Berufsschule. Und ja, um 10.00 Uhr stand der Wagen üblicherweise am Eschtruthplatz und verkaufte das, »was die Schüler nicht weggefressen haben«. So drückte sich der Herr von der Bäckerei lachend aus.

»Aber uns soll es ja nur recht sein«, so sagte er noch.

Kurz, nachdem er aufgelegt hatte, klingelte das Telefon. »Engelchen«, sagte er halblaut zu sich.

»Was gibt´s?«

»Ich stehe in der Straße zum Sudheimer Kreuz. Hermann hat ein Haus in der Bürgermeister-Laneus-Straße betreten.«

Keller hörte in diesem Moment die laute Klingel des Bäckerwagens durch sein Telefon.

»Geben Sie mir bitte die genaue Adresse.«

Keller notierte sich Straßennamen und Hausnummer auf einem Notizzettel.

»Gut, danke. Bringen Sie mir bitte einen Berliner mit, ich habe noch nicht gefrühstückt.«

»Scherzkeks.«

»Ich überprüfe jetzt das Haus und seine Bewohner. Anschließend melde ich mich wieder bei Ihnen. Sie bleiben vor Ort und beobachten die Lage. Ich schicke Ihnen zur Sicherheit eine Streife in Ihre Nähe.«

Im Computer wurde Keller ratzfatz fündig: Das Haus gehörte einem Emanuel Schirmer, seines Zeichens Immobilienmakler. Es war an drei Parteien komplett vermietet. Die Mieter waren die Familie Dietrichs mit ihren zwei Kindern, der Verwaltungsbeamte Alfred Westerbach und Claudia Tänzer, eine Studentin.

Ludwig Dietrichs arbeitete als Lehrer an der Albert-Schweitzer-Schule. Keller dachte laut: »War das etwa der Dietrichs, dem sie als Referendar damals fast die Karriere als Lehrer versaut hatten? Jahrgang 1954. Könnte passen.«

Alfred Westerbach hatte als Fahranfänger wegen Fahrens unter Alkohol seinen Führerschein verloren, war aber ansonsten harmlos. Er arbeitete in der Führerscheinstelle des Landratsamtes. »Die haben ja viel Humor dort«, dachte sich Keller in diesem Augenblick.

Durch einen Abgleich des Melderegisters mit der Unidatenbank erfuhr Keller, dass Frau Tänzer zusätzlich in Kassel gemeldet war. Sie studierte im achten Semester Wirtschaftswissenschaften an der Kasseler Universität. Sie hatte eine Wohnung in der Goethestraße, wo sie sich aller Wahrscheinlichkeit nach auch überwiegend aufhielt.

»Tänzer, Tänzer. Ich kenne den Namen! Doch woher zum Teufel?«

Sein lautes Nachdenken wurde vom erneuten Klingeln des Telefons unterbrochen. »Ja, Keller.«

»Hallo Ernst, hier ist die Presse.«

»Meier, was wollen Sie von mir? Ich habe jetzt keine Zeit.«

»Willst du deinem Engelchen nun ihren süßen Hintern retten oder nicht?«

»Natürlich.«

»Siehste, geht doch. Können wir uns heute noch treffen? Ich hätte mal wieder Lust auf eine Currywurst.«

»Können wir nicht mal wieder in die Mensa gehen, da kennt uns wenigstens keiner?«

»Lass uns bei der Currywurst bleiben. 12.00 Uhr. Diesmal pünktlich.«

Keller blieb noch eine Stunde. Er setzte sich wieder an seinen Schreibtisch und starrte auf seinen Computer. Angestrengt dachte er darüber nach, was Meier wohl für ihn hatte.

Es dauerte keine zehn Minuten, da stand Keller von seinem unbequemen Bürostuhl auf und nahm seine Jacke. Er brauchte dringend frische Luft. Außerdem würde es nichts schaden, heute ausnahmsweise pünktlich zum Treffen mit Meier zu erscheinen. Der Imbiss am City Point hatte schon früh geöffnet. Keller war es in diesem Moment nach einem Bier, doch er wusste, dass das nicht drin war. Er brauchte einen klaren Kopf.

Keller dachte an früher. Wie oft waren sie hier in der Mittagszeit auf eine Currywurst mit Pommes vorbeigekommen. Immer wieder hatte sich der Standort des Pavillons geringfügig verändert, doch die Currywurst war immer noch die beste von ganz Kassel. Meier schien es genauso zu sehen, sonst hätte er diesen Treffpunkt nicht wieder vorgeschlagen.

»Hey, Ernst, heute bist du ja richtig früh.«

»Also Meier, was gibbet?

»Ich habe gestern Abend mit Miriam gesprochen.«

»Und?«

»Nicht so ungeduldig, mein Lieber. Sie hat mir zunächst einiges über Winkelmann erzählt. Bevor er mit Frau von und zu so bürgerlich korrekt wurde, wie wir ihn heute kennen und schätzen, war er schon einmal verheiratet. Gisela Hansen, eine bekannte Violinistin. Prinzipiell ist das noch nicht ungewöhnlich. Frau Hansen war jedoch oft auf Tournee und somit häufig nicht zu Hause. Herr Winkelmann wollte sich nicht langweilen und begann eine längere Affäre mit einer gewissen Carola Tänzer. Sozusagen als Frucht ihrer Lenden ging die kleine Claudia hervor, sie ist mittlerweile hübsche zweiundzwanzig Jahre alt und studiert hier in Kassel.«

»Lassen Sie mich raten«, unterbrach ihn Keller, »Wirtschaftswissenschaften?«

»Bravo Sherlock, woher weißt du das?«

»Wir sind - aber das bleibt unter uns - auf eine verdächtige Wohnung gestoßen, in der eine gewisse Claudia Tänzer wohnt.«

Keller stockte. Hatte er gerade im Vertrauen zu Meier gesprochen und verließ sich nun auf seine Diskretion? Da Meier ebenfalls darüber nachzudenken schien, fuhr er fort.

»Aber was hat Claudia Tänzer mit unserem Fall zu tun?«

»Ihre Mutter Carola Tänzer hat später Albert Berger geheiratet ...«

»... einen der anderen Partner der Kanzlei Winkelmann und Kollegen.«

»Richtig. Miriam vermutet, dass der gute Berger herausbekommen hat, dass seine Frau schon ein uneheliches Kind hat und dass Winkelmann der Erzeuger ist. Das Ganze ist so lange nicht aufgefallen, weil Claudia erst zum Studium wieder nach Kassel zurückgekommen ist. Aufgewachsen ist sie bei einer Tante in England. Winkelmann hat sich wohl die finanzielle Verantwortung für das Mädchen mit der ansonsten kinderlosen Tante und ihrem Mann geteilt.«

»Danke, Meier, das wird mich weiterbringen. Jetzt ziehe ich Engelchen erst einmal von ihrem Beobachtungsposten ab.«

Bevor er ging, steckte er Meier noch einen Zettel zu. Er kannte Meier und wusste, dass dieser sogleich zu der Adresse in der Bürgermeister-Laneus-Straße fahren würde, um sich dort umzuschauen. Dass das für Meier auch gefährlich werden konnte, das kam ihm nicht in den Sinn.

Auf dem Rückweg schaute er noch einmal in der Kurfürstenpassage vorbei. Er brauchte noch eine neue Batterie für seine Armbanduhr. Als er das Juweliergeschäft wieder verlassen hatte, blieb er so plötzlich stehen, dass eine Frau mit einer großen Tasche direkt auf ihn auflief.

»So passen sie doch auf, Sie Träumer.«

»`tschuldigung.«

Er musste so schnell wie möglich mit Engelchen telefonieren, vielleicht war sie in Gefahr.

Keller verwarf den Gedanken, sich beim Bäcker noch einen Berliner zu kaufen und ging auf dem schnellsten Weg zurück zum Polizeipräsidium. Am Ständeplatz angekommen, nahm er sein Telefon und drückte zum fünften Mal auf Wahlwiederholung. Doch Engelchen ging wieder nicht dran. »Hoffentlich macht sie keine Dummheiten und ist im besten Fall schon zurück«, schoss es ihm durch den Kopf. Er musste dringend mit ihr sprechen.

Ein Ausflug nach Schöneberg

»Sehnsucht?«

Engelchen saß auf dem Besucherstuhl in Kellers Büro und hatte die Füße auf den Tisch gelegt.

Keller ging an ihr vorbei, nicht ohne die Füße unsanft vom Tisch zu stoßen.

»Aua, das tut weh.«

»Wenn Sie es genau wissen wollen, ich hatte gerade mit Meier ein Gespräch darüber, wie wir Ihnen den Arsch retten können.«

»Das ist aber nett. Aber machen Sie sich um meinen Arsch mal keine Sorgen.«

»Ich mir keine Sorgen machen.« Bevor er fortfuhr, holte er erst einmal tief Luft. »Ich musste mich schon zweimal mit Meier treffen. Das ist eindeutig zweimal zu viel.«

Ohne darauf einzugehen, fragte sie sachlich nach dem Stand der Ermittlungen: »Was haben wir?«

»Wir haben zwei verschwundene Juristen, den Seniorpartner und Chef der Kanzlei und einen abtrünnigen Mitarbeiter. Dazu kommt ein frischgebackener Stiefvater, der über das Vorleben seiner Frau nicht glücklich sein dürfte.«

»Was bedeutet das im Einzelnen?«

»Dass Winkelmann und Krämer verschwunden sind, wissen Sie ja selbst.«

»Und wer ist dieser ›frischgebackene Stiefvater‹

»Albert Berger hat herausbekommen, dass seine Frau und Winkelmann eine gemeinsame Tochter haben, von der er bis vor kurzem nichts wusste. Winkelmann ist für Berger nun so etwas wie der ›Ex-Stiefschwager‹.«

»Is nicht wahr?«

»Doch. Und damit ist er im Augenblick ›Hofgeismars Next Top-Verdächtiger«

»Sie gucken zu viel Fernsehen.«

»Mag sein.« Keller dachte in diesem Moment an Angelika, vielleicht sollte er sie doch noch einmal anrufen. Das Intermezzo mit Kerstin war ja ganz nett, doch wussten sie beide nicht, wie lange es dauern würde.

»Was machen wir jetzt?«

»Wir statten Vater Kuckuck einen Besuch ab. Die Adresse haben Sie?«

»Klaro!«

In Kellers Wagen machte sich dieser sofort an seinem altertümlichen Kassettenrekorder zu schaffen. Er drehte die abgelaufene Kassette um, ›I surrender‹ von Rainbow ertönte. Er spulte weiter, aufgeben war gerade keine Option. Er wusste, dass als nächster Song ›Make it real‹ von den Scorpions kommen würde. Das traf die Sache schon wesentlich besser.

Sie fanden den umgebauten Bauernhof in Sielen schnell, doch war dort kein Berger zu finden. Seine Frau öffnete und ließ die beiden widerwillig hinein.

Nachdem sie eine Viertelstunde über das Kuckuckskind, die Anwaltskanzlei und die Ereignisse auf der Gartenparty gesprochen hatten, wurde Keller langsam etwas ungeduldig.

»Wo hält sich Ihr Mann im Augenblick auf, Frau Berger? Und glauben Sie mir, es ist wichtig. Ihr Mann ist vielleicht in Gefahr.«

Das Keller ihn für tatverdächtig hielt, hatte er so im Gespräch absichtlich nicht durchblicken lassen.

Engelchen schaute erwartungsvoll auf Frau Berger.

»Eine Möglichkeit gibt es noch. Wir haben ein Ferienhaus in Helmarshausen, oben auf dem Fahlenberg. Die Zufahrt ist an der Straße nach Langenthal. Wir haben viele Jahre in Helmarshausen gewohnt, da haben wir das Ferienhaus für unsere Gäste bauen lassen. Später haben wir dann versucht, es an Feriengäste von auswärts zu vermieten. Heute steht es leer und wir bekommen es nicht verkauft. Dort könnte er sein.«

»Danke, Frau Berger.«

Und zu Engelchen gewandt: »Aber da fahren wir heute nicht mehr hin, ich habe nachher noch einen Termin mit einem Kollegen aus der Sitte.«

Sein Blick auf Engelchen verdeutlichte dieser, dass sie besser nicht sagte, dass er eigentlich den heutigen Nachmittag geplant hatte, sich mit Kerstin zu treffen. Sie wusste sofort, dass er Berger noch heute in seinem Ferienhaus überraschen wollte.

Sie saßen kaum im Auto, da sahen sie Frau Berger bereits mit ihrem Handy am Ohr vor dem Fenster hin und herlaufen.

Einsatzort Ferienwohnung

Sie waren zunächst an der Einfahrt zum Berger`schen Ferienhaus vorbeigefahren. Keller musste an der Abzweigung nach Herstelle wenden und wieder den weiten Weg zurückfahren. Als sie den Schotterweg hinauf zum Ferienhaus fuhren, sahen sie einen BMW vor dem Häuschen stehen. Keller stoppte, sobald er den Wagen entdeckte.

»Sie steigen am besten aus und gehen im Schutz der Bäume auf die Rückseite des Hauses. Vielleicht hat Berger ja Fluchtgedanken.«

Ohne ein Wort zu sagen, stieg sie aus und schloss leise die Tür.

Als Keller an die Holztür klopfte, hörte er tatsächlich eine Tür auf der Hinterseite schlagen. Er wartete nicht länger ab und begab sich umgehend auf die Rückseite des Gebäudes. Er staunte nicht schlecht, als er Engelchen gemütlich auf einer Bank sitzen sah.

»Wollen Sie ihn nicht festhalten?«, rief Keller ihr wütend zu.

»Die Fluchtgefahr geht gegen Null. Sehen Sie denn nicht, dass er kaum laufen kann?«

»Ja, das sehe ich«.

Zu Berger gewandt, der seinen ›Fluchtversuch‹ freiwillig aufgab: »Berger, was ist passiert?«

»Darf ich mich setzen?«

»Bitte, es ist Ihr Haus.«

Langsam humpelte Berger in Richtung Bank und nahm neben Engelchen Platz. Ohne auf eine weitere Aufforderung zu warten, legte er los. Seine Stimme hatte etwas weinerliches.

»Ich bin krankgeschrieben, ich hatte einen Unfall.«

»Sicher nicht mit dem Auto«, entfuhr es Engelchen, »der ›Baader-Meinhof-Wagen‹ vor der Hütte hat jedenfalls keinen Kratzer abbekommen.«

Keller musste grinsen - wegen der von Engelchen ins Spiel gebrachten Vorliebe der RAF-Terrorristen für die Marke BMW und ihrer Absicht, Berger zu provozieren. Beide waren überrascht, dass Berger vollkommen unerwartet reagierte.

»Wussten Sie, dass mein Vater einer der Anwälte von Holger Meins war, einem der Terrorristen der ersten Generation? Er hat der Familie die Nachricht überbringen müssen, dass ihr Sohn durch einen Hungerstreik gestorben war.«

»Was ist mit Ihnen passiert?«

»Ich hatte eine ›freundliche Unterhaltung‹ mit Sturm und Hermann. Es ging um die Ereignisse auf Winkelmanns Gartenparty. Der Hausherr war nicht sehr erfreut über meine Idee gewesen, Vicky einzuladen. Die beiden haben Vicky und ihren Begleiter abgefangen und sie mit Geld gefügig gemacht. Sich mit Gunther zu prügeln, haben sie sich nicht getraut. Nach Zahlung einer ›angemessenen Summe‹ haben die beiden ihnen verraten, dass ich hinter der Sache stecke.«

»Dann haben Sie auch die Espressomaschine in die Luft gejagt, die Mauer besprüht und Winkelmann entführt?«

»In meiner Wut habe ich die Bordsteinschwalbe angeheuert. Ich wollte dieses arrogante Arschloch vor aller Augen blamieren. Ich habe mir gedacht, dass sowieso niemand auf mich kommt, jetzt wo die Kanzlei unter Beschuss steht.«

»Herr Berger, wir nehmen Sie jetzt mit. Sie haben ein zu gutes Motiv, als dass sie nicht wegen des Sprengstoffanschlags, der Entführung, der Sachbeschädigung

266

und/oder des Graffitis zumindest unter Verdacht stehen. Über Ihre Rechte kläre ich Sie gerne nachher im Auto auf, aber ich denke, dass das eigentlich nicht notwendig ist. Doch bevor ich wegen eines Formfehlers Ihre Freilassung riskiere, gehe ich lieber auf Nummer sicher.«

Keller wusste, dass er sich auf ganz dünnem Eis bewegte, doch brauchte er gegenüber dem Polizeipräsidenten und der Presse zumindest einen Verdächtigen. Konnte Berger nur eine der Taten nicht mit einem hieb- und stichfesten Alibi widerlegen, so würde er zumindest diese Nacht im Kasseler Polizeigewahrsam verbringen. Diesmal wäre der Zimmerservice jedoch nicht so freundlich und zuvorkommend wie im B-52-Club.

Sie fuhren nach Kassel zurück, Engelchen hatte sich nach hinten zu Berger gesetzt.

Sie sprach ihn an. »Dann erzählen Sie doch mal, wie war das denn so auf den Herrenabenden?«

*

»Du wolltest also meine Papiere stehlen, um mich später erpressen zu können. Hast du ernsthaft gedacht, dass du damit durchkommst?«

»Ich wollte Sie nicht erpressen. Ich wollte nur sicherstellen, dass ich für meinen Job in Baden-Baden ein gutes Zeugnis und gute Referenzen bekomme. Sonst habe ich keine Chance auf dem Arbeitsmarkt«

»Du warst schon immer ein Waschlappen. Ich hätte dich gar nicht erst einstellen dürfen.«

Der Mann holte tief Luft.

»Was soll ich jetzt mit dir machen?«

267

»Lassen Sie mich einfach laufen und wir vergessen die ganze Sache.«

»Schlechter Vorschlag. Wir machen das anders. Du hast mich entführt, um dich an mir zu rächen. Aufgrund einer Unachtsamkeit konnte ich dich jedoch überwältigen und musste dich zu meinem Bedauern in Notwehr töten.«

Der andere Mann schluckte. Er war verloren.

Reporter in Not

Am folgenden Morgen saß Keller an seinem Schreibtisch und dachte nach.

»Wir haben immer noch diese Wohnung«, rief er zu Engelchen herüber, die sich gerade einen Kaffee kochte.

Da schreckte ihn das Läuten seines Handys auf. »Hört das mit meiner Schreckhaftigkeit denn nie auf«, ging es ihm durch den Kopf.

»Keller.«

»Hallo Ernst. Ich stehe hier vor dem Haus in der Bürgermeister-Laneus-Straße.«

»Meier, machen Sie keine Dummheiten.«

»Hast du etwa Angst um mich?«

»Eher würde ein Sababurger Bundespräsident werden. Aber Sie gefährden die gesamte polizeiliche Ermittlung.«

»Ich klingle jetzt. Du darfst aber gerne mithören.«

»Meier, Meier, so hören Sie.«

Doch er antwortete nicht mehr.

»Engelchen, machen Sie sich fertig, wir müssen Meier retten!«

»Ihren Busenfreund Meier?«

»Genau den. Stecken Sie Ihre Dienstwaffe und Handschellen ein und beeilen Sie sich!«

»Ich darf doch gar keine Waffe führen.«

»Wie wäre es dann mit einem Multifunktionseinsatzstock oder zumindest CS-Gas.«

»Den Stock leihe ich mir bei Hanni aus, meiner Jiu-Jitsu-Partnerin. Und ein Döschen Pfefferspray habe ich sowieso immer dabei.«

»Dann los!«

Meier sprach zu sich selbst, daher wussten die Polizisten, was er gerade tat. Er hatte sein Handy angelassen, sodass Keller und Engelchen verfolgen konnten, was sich im Haus in der Bürgermeister-Laneus-Straße tat.

Meier war schwierig zu verstehen, da er mit gedämpfter Stimme sprach. »Ich bin jetzt im Treppenhaus. Eines der Kinder hat mich freundlicherweise hineingelassen. Ich stehe jetzt vor der Tür und klingele.«

»Nein, tun Sie das nicht.« In diesem Moment wurde Keller jedoch bewusst, dass sich das Handy in seiner Jackentasche befand und Meier ihn nicht hören konnte.

Endlich war Engelchen soweit. Sie liefen los.

»Während wir fahren, rufen Sie eine Streife zu dem Haus.«

Im Gehen hörten sie Stimmen aus Meiers Mobiltelefon.

»Wer ist da?«

»Mein Name ist Müller, ich wohne im Nachbarhaus. Ich habe durch mein Fenster gesehen, dass mit Ihrer Regerinne etwas nicht in Ordnung ist.«

»Danke für den Hinweis, wir kümmern uns darum.«

»Ist denn Frau Tänzer nicht zu sprechen?«

»Nein, sie ist heute nicht da.«

»Sie hatte sich letzte Woche einen Fotoapparat von mir ausgeliehen. Den hätte ich gerne zurück. Sie sagte, sie würde ihn für den Fall, dass sie nicht zu Hause ist, auf den Küchentisch legen.«

»Da ist kein Fotoapparat, auf Wiedersehen!«

»Ich brauche den Foto unbedingt. Können Sie mich nicht kurz reinlassen, dann schaue ich selber gerne einmal nach.«

Keller hörte sich an, was in Hofgeismar geschah. Plötzlich schlug er mit Wut gegen eine gerade geöffnete Tür. Er merkte mit einem Mal, wie hilflos er war.

Als sie nach einem Galopp in die Tiefgarage endlich in Kellers Wagen saßen, fing es plötzlich an zu poltern. Meier schlug allem Anschein nach kräftig mit der Faust gegen die Tür. »Ist der jetzt vollkommen wahnsinnig geworden?«, ging es ihm durch den Kopf. Aber auch: »Hoffentlich geht das Handy nicht aus.«

Sie horchten, während sie mit Blaulicht die Wolfhager Straße entlangrasten, gespannt auf das Telefon.

»Hören Sie endlich auf, gegen die Tür zu schlagen!«

»Dann lassen Sie mich rein.«

Die Tür schien sich zu öffnen, sie hörten ein Knarren. Als Letztes hörten Keller und Engelchen einen dumpfen Schlag, danach war Totenstille. In diesem Moment sprang die Kassette in Kellers Autoradio automatisch um. Die B-Seite der Kassette begann mit ›Save me‹ der Gruppe Clout. Ein Zeichen?

Irgendwas mit Strom-aus

Statt der Streife hatten sie das in Kassel stationierte Mobile Einsatzkommando zur Hilfe gerufen. Keller und Engelchen hatten ungefähr eine Stunde bis zu deren Eintreffen, dann konnten sie die Wohnung stürmen. Bis dahin mussten sie die Entführer hinhalten.

»Irgendwelche Ideen?«

Sie hatten gerade Grebenstein verlassen und waren auf der Höhe der Kelzer Teiche.

»Wir könnten uns einen Wachturm besorgen und als Zeugen Jehovas vorsprechen.«

»Nicht schlecht. Aber die lassen nicht jeden hinein. Sie machen ja ohne wichtigen Grund noch nicht einmal die Tür auf. Wir müssen sie verwirren, so gewinnen wir Zeit.«

»Wie wäre es, wenn wir den Strom kappen würden. Es ist heute ein recht trüber Tag und sie brauchen sicher künstliches Licht. Außerdem läuft im Krimi in solchen Fällen immer der Fernseher.«

»Gute Idee.«

Keller parkte seinen Audi in der Straße zum Sudheimer Kreuz.

Er musterte seine Kollegin.

»Haben wir etwas zum Verkleiden dabei? Sie werden sicherlich die Straße beobachten?«

»Ich glaube, hinten im Kofferraum liegt noch Angelikas rosafarbener Regenumhang. Der sollte Ihnen passen.«

»Schade, rosa stand Ihnen damals so gut, sie wissen schon, der Bademantel.«

»Klappe. Sie klingeln bei Familie Dietrichs und lassen sich von Frau Dietrichs zeigen, wo die Hauptsicherung ist. Mit ein bisschen Glück ist es ein altes Haus und die Sicherungskästen der Wohnungen befinden sich wie üblich im Keller.«

»Und dann?«

»Sie schicken Frau Dietrichs zum Einkaufen oder zum Friseur und gehen an den Sicherungskasten. Zunächst schalten sie die Gesamtsicherung der Wohnung Tänzer einfach einmal für zehn Sekunden aus, dann schalten Sie sie wieder ein. Stromschwankungen sollen ja in den besten Stromnetzen vorkommen.«

Und warum schalte ich den Strom nicht einfach ganz aus?«

»Weil dann jemand kommt und den Schaden in Ordnung bringen will. Das Spielchen wiederholen Sie etwa alle fünf Minuten. Das dürfte ausreichen, um die Entführer ein wenig abzulenken.«

Engelchen hörte gespannt zu. Keller fuhr fort.

»Wenn das MEK bereit ist, gebe ich Ihnen ein Signal und Sie schalten den Strom komplett weg. In diesem Moment sind die Beamten in Position. Je nach Situation gibt es zwei Möglichkeiten: Entweder dringen wir in die Wohnung ein, wenn jemand die Tür öffnet, um in den Keller zu gehen. Oder wir warten ab und ziehen zunächst diese Person auf dem Weg in den Keller aus dem Verkehr.«

»Schlauer Plan.«

»Dann legen Sie mal Ihre Verkleidung an und statten Frau Dietrichs einen Besuch ab.«

»Was mach ich, wenn sie nicht zu Hause ist?«

»Dann schlagen wir zu, sobald das Rollkommando da ist.«

Als Engelchen sich den hübschen Regenumhang angezogen hatte und gerade im Begriff war, ihre Mission zu beginnen, rief Keller sie noch einmal zurück.

»Lassen Sie bitte Ihr Handy an, dann kann ich im Notfall eingreifen. Alles Gute, Sie wissen, auf was Sie sich einlassen?«

»Das weiß man ja bei Ihnen nie so genau, aber vielen Dank.«

Sie ließ ihren sprachlosen Chef im einsetzenden Nieselregen stehen.

Das bittere Ende

Die Beamten des mobilen Einsatzkommandos hatten sich im Flur sowie an allen vier Seiten des Gebäudes verteilt. Keller schickte einen der vier Männer, die sich auf der Treppe oberhalb der Wohnungstür positioniert hatten, zu Engelchen hinunter. Dieser würde, schwer bewaffnet, seine Assistentin nötigenfalls zu schützen verstehen.

Einer der Männer brachten die Einmann-Ramme in Position. Er wartete nur noch auf Kellers Zeichen. Dem Kommissar erschien es nach Absprache mit dem Leiter des MEK günstiger, sofort zu stürmen. Vielleicht hatten sie ja für den Fall, dass jemand die Wohnung verlassen sollte, ihre Waffen griffbereit. Dieses Risiko wollte Keller nicht eingehen.

»Los!«

Der Beamte brauchte zwei Schläge, dann war die Tür eingeschlagen. Keller stürmte voran, die anderen folgten ihm. Engelchen hatte ihnen den groben Grundriss der Zielwohnung durchgegeben. So rannte der Kommissar am Badzimmer links vorbei bis zum Ende des Flurs. Als er in das Wohnzimmer blickte, sah er, dass Hermann im Begriff war, seine Waffe auf ihn zu richten. Der nachfolgende Beamte erkannte die Situation, stieß Keller zur Seite und brachte Hermann mit einem gezielten Schuss zur Strecke. Gerade rechtzeitig. Eine Kugel schlug nur Zentimeter neben ihm in der Wand ein. Sturm befand sich zu diesem Zeitpunkt in der Küche. Er erhob beim Anblick der Polizisten sofort die Hände. In einer Ecke des Raumes saßen Winkelmann und Krämer am Esstisch. Krämer war immer noch gefesselt.

Winkelmann erkannte die Situation schnell und warf sich dem Kommissar sogleich vor die Füße. »Gut, dass Sie kommen. Ich wollte Sie gerade anrufen.«

Einer der Polizisten nahm Krämer die Fesseln ab.

»Dieser Mann«, Winkelmann zeigte auf Krämer, »hat mich vor meinem eigenen Haus überfallen und in diese Wohnung hier entführt. Meine Leute haben mich gerade befreit.« Er wurde geradezu theatralisch: »Ich hatte das erste Mal in meinem Leben richtige Angst.«

Jetzt meldete sich Krämer schüchtern zu Wort »Er lügt, Sie wissen, dass er lügt.«

Der Leiter des MEK gab Keller die Hand. »Ich lasse Ihnen zwei Mann hier, man kann ja nie wissen.«

»Danke. Nun zu unserem Angsthasen hier.«

Winkelmann schaute ihn erwartungsvoll an.

»Gutes Drehbuch. Beinah. Doch letztlich ist die ganze Blase geplatzt: Entführung, Lösegeldforderung und so manches mehr - alles nur ein großer Bluff.«

Zu Kramer gewandt: »Sie haben Recht.«

Just in diesem Moment betrat Engelchen die Wohnung.

»Ganz schöne Schweinerei hier, da fehlt die ordnende Hand einer Frau.«.

Keller grinste.

»Frau Engel, würden Sie bitte Herrn Dr. Dr. Winkelmann und seinem ›Assistenten‹ Handschellen anlegen. Es besteht Fluchtgefahr.«

»Alles klar, Herr Kommissar.«

Engelchen war an diesem Tag irgendwie nicht die Geschickteste, was das Handschellenanlegen anging. Winkelmann stöhnte auf, als sie die Handschellen zuzog.

»So, Winkelmann, nun mal Butter bei die Fische. Zuerst will ich wissen, wo Sie meinen Freund Meier versteckt haben. Bei all Ihrer Arroganz müssten Sie wissen, dass Sie das Spiel verloren haben.«

Doch Winkelmann schwieg. Wusste er bereits, dass er das Spiel verloren hatte?

An Krämer und Sturm gewandt: »Vielleicht können Sie mir weiterhelfen. Ihr Boss schmollt.«

Während Krämer mit den Schultern zuckte, antwortete Sturm: »Der Pressefritze ist oben auf dem Dachboden.«

»Verräter«, zischte Winkelmann in Sturms Richtung.

»Ihr passt auf unsere Beute auf, während ich die Pressefreiheit wieder herstelle.«

»Ich möchte gerne mitkommen«, bat Engelchen.

»Holger E. ist Ihnen wohl ans Herz gewachsen. Okay, Jungs, ihr macht das schon. Und wehe, ich finde nicht alles so vor, wie ich es verlassen habe.«

Keller stellte sich vor Winkelmann: »Das gilt vor allem für unseren promovierten Papiertütenkleber in spe.«

Befreiung

Keller und Engelchen gingen hastig die letzte Treppe hinauf. In ihrer Begleitung befand sich Frau Dietrichs, die sie führen sollte. Krämer saß währenddessen immer noch auf seinem Platz auf der Küchenbank und rührte sich nicht.

Oben an der Tür angekommen, ging Frau Dietrichs an den Polizisten vorbei und öffnete mit ihrem Schlüssel die Tür. Auf dem staubigen Dachboden befanden sich vier Boxen, drei davon mit Vorhängeschlössern gesichert. Keller hörte Meier bereits gedämpft husten.

»Suchen Sie doch im unverschlossenen Werkzeugraum einmal nach einer Axt oder einem Hammer.«

Wortlos reichte Engelchen ihm eine Minute später ein Beil. Keller holte aus und schlug mit der stumpfen Seite des Beils auf das schwere Vorhängeschloss vor der Tür. Aber es gelang ihm nicht, das Schloss zu zerstören, so dass er mit zwei gezielten Schlägen den Beschlag vom Rahmen herunterschlug.

Engelchen stürmte an Keller vorbei und machte sich sofort daran, Meier den Knebel und die Fesseln zu lösen. Nachdem sie den Knebel gelöst hatte, atmete Meier einmal tief ein und fing sogleich wieder an zu husten. Engelchen nahm ihm auch noch die Handfesseln ab. Einen Moment später hatte er bereits die Hände vor seinem Mund.

»Schnell, wir brauchen etwas zu trinken.« Frau Dietrichs machte sich umgehend auf.

Während sie warteten, fiel Kellers Blick auf eine staubige Holzkiste mit der Aufschrift ›Wein aus deutschen Landen‹.

Meier trank fast die ganze Flasche ›Hohes C‹ aus, bevor er sich an seine Retter wandte.

»Ich danke Euch.«

Engelchen half ihm wieder auf die Beine.

»Ach Ernst, ich hab da noch was für dich. Sitzt Krämer noch unten?«

»Ja, brauchst du etwa einen Anwalt?«

»Ruhig, Brauner, sonst gibt's kein Zückerchen.«

Von Minute zu Minute wurde Meier wieder ganz der Alte.

Unter in der Wohnung angekommen, sah Meier Winkelmann mitleidig an. »Miriam hat mir schon verraten, dass du auf Fesselspiele stehst. Aber da, wo du jetzt hingehst, sind deine Gespielinnen stärker behaart.«

Keller tippelte ungeduldig mit dem Fuß auf den Linoleumfußboden.

Meier sah auf Keller tippelnden Fuß. »Einen Moment, du ungeduldiger Bulle. Wo ist Hermann?«

»Der liegt mausetot im Wohnzimmer.«

Meier ging zu ihm und drehte ihn mit dem Fuß um. Die Spurensicherung war ihm in diesem Moment egal.

Er ging wieder zurück in die Küche, Keller folgte ihm.

Dort angekommen, setzte er sich neben Krämer auf die Bank. »Sie erlauben.«

Doch da hatte er schon Krämers rechten Ärmel ein Stück nach oben geschoben.

»Schaut mal, die blauen Farbreste an seinem Unterarm. Er war derjenige, der das Graffiti an die Wand gesprüht hat.«

»Also doch?«, fragte Keller. »Sie sind kurz vor der Abfahrt nach Baden-Baden wohl noch mal an ihren Arbeitsort gefahren?« Krämer antwortete nicht, was Keller als Geständnis wertete.

Meier fuhr fort: »Leider ist mein Telefon vorhin aus meiner Jacke gefallen, sonst hättet ihr alles live mithören können. Es kommt nämlich noch besser.«

»Sag an, Holgi.«

Keller war sehr überrascht über den vertraulichen Umgangston zwischen seiner Assistentin und dem nervigen Lokalredakteur.

»Dass Winkelmann seinem ›Sicherheitsdienst‹ einen Eingangsschlüssel für die Kanzlei gibt, mag ja noch angehen. Doch wenn ihr euch die Schlüsselbünde von Hermann und Sturm einmal genauer anschaut, werdet ihr sehen, dass diese jeweils in Besitz eines Generalschlüssels sind. Komisch, wo doch gerade in dieser Branche so viel Wert auf Sicherheit und Verschwiegenheit gelegt wird. Sie waren ein Team. Hermann hatte den Auftrag, während der Herrenabende die Büros auf verdächtige Dinge hin zu untersuchen. Zur gleichen Zeit übernahm der weitaus besser ausgebildete Sturm die Aufgabe, Festplatten und E-Mails der Partner zu prüfen. Und was hat er da nicht alles gefunden: Pornofilmchen, verfassungsmäßig fragwürdige Pamphlete rechter Gruppierungen und viel Mailverkehr mit außerehelichen Liebschaften.«

»Tja, Winkelmann, da wird meine ›Kriminalassistentin‹ in den kommenden Tagen viel Spaß mit ihrem Archiv haben, das wir vorhin oben auf dem Dachboden entdeckt haben. Und Ihre ›Partner‹ werden hoch erfreut sein, dass Sie, wie einst die Stasi, Akten über sie geführt haben. Ich würde mir nicht so viel Hoffnung machen, dass einer von Ihnen Ihre Verteidigung übernimmt. Abführen.«

»Und was wird aus mir?« Krämer hatte bis dato immer noch stumm auf der Bank gesessen.

»Gehen Sie zum Teufel oder zumindest nach Baden-Baden.«

Keller ging zu ihm und flüsterte etwas, so dass es Winkelmann, Sturm und die anwesenden Beamten nicht mitbekamen: »Mit der Sache warten wir erst mal ab, ich glaube nicht, dass da noch jemand Rechenschaft fordert.«

So entlassen folgte Krämer Winkelmann, Sturm und den Beamten nach unten.

Keller, Engelchen und Meier waren nun allein mit dem toten Hermann in der Wohnung.

»Nehmt ihr mich bitte mit zurück nach Kassel? Meinen Wagen hole ich mir morgen.«

Epilog

Sie hatten sich für den kommenden Abend – ›auf eine Currywurst‹.

»Wie an der ›Wurstbraterei‹ im Kölner Tatort«, bemerkte Keller gutgelaunt.

»Stimmt, Ernst. Diese Runde geht auf mich, ich muss mich doch bei meinen Rettern erkenntlich zeigen.«

Keller wollte gerade etwas erwidern, da begann Meier erneut.

»Ernst, ab heute bin ich für dich wieder der Holger. Schließlich haben wir uns in der Schule früher auch nicht gesiezt.«

Keller verzog das Gesicht, doch Meier ließ ihn einfach nicht zu Wort kommen.

»Und dass du´s weißt: Du hast mir das Leben gerettet und damit bist du den Rest meines Lebens für mich verantwortlich.«

Endlich kam Keller zu Wort. »Wollen Sie, willst du wirklich dein Leben in meine Hände legen?«

Alle lachten, Engelchen bestellte noch eine Runde Bier für alle.

»Krieg ich auch eins?«, tönte es von hinten, Kerstin war zu ihnen gestoßen.

Sie nahm Keller von hinten in den Arm und gab ihm ein Küsschen.

»Was ihr könnt, das können wir schon lange.« Engelchen und Meier gingen aufeinander zu und gaben sich einen langen Kuss.

»Jetzt sind wir verlobt und ihr seid unsere Zeugen.« Engelchen lachte laut auf, als sie die Fassungslosigkeit aus Kellers Gesicht las.

Keller war verstummt, Kerstin grinste.

Engelchen wandte sich der ihr bereits vom Jahrgangstreffen-Fall bekannten Kerstin zu: »Ich bin übrigens die Herta.« Sie gab erst Kerstin und dann auch Keller die Hand.

»Kerstin.«

Keller sagte nun gar nichts mehr, sogar seinen Vornamen hatte er in diesem Moment vergessen.

›Klick‹

Meier hatte diesen besonderen Moment in einem Selfie festgehalten.

- E N D E -

Danksagung

Vielen Leuten gilt es heute, Anfang September 2015, Dank zu sagen.

Da ist zuerst meine Mutter, die mich immer bei allem unterstützt hat, was auch immer ich in meinem Leben unternommen habe. Gerne hätte ich noch die Gelegenheit gehabt, ihr mein erstes richtiges Buch zu überreichen.

Ohne meine Frau Beate würde es dieses Buch und seine Geschichten nicht geben. Sie hat mir nicht nur ermöglicht, ein freischaffender Autor zu werden. Sie war stets kritische Erstleserin und unersetzliche Ratgeberin.

Mit meinem Bruder Michael habe ich unendliche viele Stunden Auge in Auge sowie am Telefon über meine Geschichten gesprochen. Danke.

Meine Freunde haben meine schriftstellerischen Tätigen immer mit Interesse und kritischem Wohlwollen verfolgt.

Meine Autorenkolleginnen und Autorenkollegen vom Bundesverband junger Autoren (BVjA) haben mir viele Hinweise gegeben und mich unaufhörlich unterstützt. Hier sollen vor allem Ralf Gebhardt, Ute Bareiss und Nicole Böhm genannt werden. Ihr habt mir immer wieder Mut gemacht. Auch ein ›Gefällt mir‹ auf Facebook kann einen in einer schwierigen Situation wieder motivieren.

Kerstin Schulz hat das Ganze als Lektorin kritisch begleitet und mir viele wertvolle Hinweise gegeben.

Danke!